ВЫСО

ИРИНА МУРАВЬЁВА

МЫ ПРОСТИМСЯ НА МОСТУ

МОСКВА
2013

УДК 82-3
ББК 84(2Рос-Рус)6-4
М 91

В оформлении обложки использован рисунок
Виталия Еклериса

Муравьева И.

М 91 Мы простимся на мосту : роман / Ирина Муравьева. —
М. : Эксмо, 2013. — 320 с. — (Высокий стиль. Проза
И. Муравьевой).

ISBN 978-5-699-62501-7

К третьей части семейной саги Ирины Муравьевой «Мы простимся на
мосту» как нельзя лучше подошли бы ахматовские строки: «Нам, иссту-
пленным, горьким и надменным, не смеющим глаза поднять с земли, за-
пела птица голосом блаженным о том, как мы друг друга берегли». Те герои,
чьи жизни переплелись внутри этого романа, и есть «исступленные, горькие
и надменные люди», с которыми наступившее время (1920-е годы!) играет в
самые страшные и самые азартные игры. Цель этих игр: выстудить из души
ее светоносную основу, заставить человека доносительствовать, предавать,
лгать, спиваться. Мистик и оккультист Барченко, вернувшись в Москву с
Кольского полуострова, пытается выжить сам и спасти от гибели Дину, которая уже попала в руки Лубянки, подписав страшную бумагу о секретном
сотрудничестве с ЧК...

УДК 82-3
ББК 84(2Рос-Рус)6-4

ISBN 978-5-699-62501-7

Михаил ЭПШТЕЙН

Власть души,
или Похвала сентиментализму.
О прозе Ирины Муравьевой

О прозе Ирины Муравьевой

Что такое душа и на чем держится ее власть над нами, никто в точности не знает. Иные знатоки, выступая от имени точных наук, даже утверждают, что душа — это миф, что поведением людей правят гены и гормоны, а их химические реакции воспринимаются нами изнутри как душа. Но не вернее ли наоборот: наши душевные движения воспринимаются извне приборами как реакции молекул или электрические разряды нейронов в мозге? Но мы-то сами не приборы, мы находимся не там, где нас извне наблюдают, а там, где эти внутренние движения зарождаются и происходят. А значит, от себя, от своей души нам все равно никуда не деться.

Об этой неотменимой реальности души напоминает нам литература, которую принято снисходительно называть «сентиментальной». Когда-то, в XVIII столетии, сентиментализм был свежим и обновляющим движением — художественным авангардом эпохи Просвещения. Томас Грей, Сэмюэл Ричардсон, Лоренс Стерн, Жан-Жак Руссо, Николай Карамзин... Прочь от рационалистических условностей классицизма, от всех этих нравоучительных схем, иерархии жанров — к излияниям человеческой души! Сентиментализм открыл уникальность личности, не подвластной никаким моральным шаблонам и гражданским нормам. Из сентиментализма родился романтизм, расширивший душевное до духовного, до представления об исключительной, мирообъемлющей личности.

Но дальше, за чередованием разных школ и направлений, от реализма до модернизма и постмодернизма, сентиментализм был забыт, точнее, отошел в область уже не столько индивидуального, сколько стереотипного. Вся литература от середины XIX до конца XX в. стеснялась прямого обращения к чувствам, поскольку и научное мировоззрение, и социальные идеологии учили обратному: чувства предопределены либо биологически, либо социально, в них нужно видеть выражение либо классовых, либо половых инстинктов. И вообще задача художника — дистанцироваться от всех первичных, «голых» эмоций, перекрывать их иронией, метафорами, языковой игрой. Даже поэзия, как говорил Т. Элиот, — это «не свободный выход эмоции, а бегство от эмоции; не выражение личности, а бегство от личности». Этот постулат, усвоенный модернизмом середины XX в., был передан по наследству постмодернизму конца XX в., и скептическое отношение к экспрессивно-эмоциональному в тексте — то немногое, что их объединяло.

Между тем эмоции, конечно, никуда не ушли, но они оттеснялись на периферию большой литературы, в отдельный жанровый пласт беллетристики — «сентиментальный». Наиболее успешно освоила этот жанр и добилась его массовой популярности прекрасная и чувствительная половина человечества. Даниэла Стил, Барбара Картленд, в России — Галина Щербакова, Татьяна Устинова... Здесь чувства не только царили, но и порой эксплуатировались вовсю, с нажимом и хрустом, превращаясь в «чуйства», в преувеличенные пародии на самих себя. И легко было бы насмешничать над этими стереотипами страстей, нежностей, воздыханий, розовых соплей в голубом сиропе, если бы сами насмешки такого рода не были еще более стереотипны.

Более того, в эпоху ускоренной технизации и информатизации общества сентиментальная литература приобретает важную антрополотическую миссию, рассказывая о неистребимости эмоционального в человеческой натуре. Главное стремление сентиментальной литературы, которое на наших глазах становится все более благородным и одухотворенным, — это выявить в человеке самое человеческое, несводимое к информационным, генетическим, медицинским и прочим технологиям. Можно ли строить цивилизацию будущего на основе только интеллекта, придавая ему техническую мощь, совершенствуя до компьютерной точности и попутно освобождая от эмоциональных слабостей?

По сути, сентиментальная литература возвращается к той бунтарской роли, какую играл сентиментализм в XVIII веке по отношению к господствующему классицизму с его культом рассудка, схематизмом правил и приматом искусственного над естественным. Рационализм нашего времени отчасти наследует классицизму, правда, опираясь уже не на образцы античной классики, а на проекции компьютерного будущего. Но и в том, и в другом случае функция сентиментализма — вызов технологическому подходу к человеку, восстановление дикого, непреодолимо чувствительного и чувственного в его природе. Тем самым современный сентиментализм возвращается в русло «большой литературы», поскольку связан с основными проблемами века, с выбором ориентации для будущего человечества.

Разумеется, значительная часть сентиментальной словесности остается развлекательным чтивом для чувствительных девиц и домохозяек. Но такое расслоение на разные эстетические уровни происходило и с другими направлениями литературы, включая романтизм и реализм, у которых были свои вульгарно-массовые разновидности. Важно то, что сентиментализм сегодня заново приобретает черты цельного и последовательного мировоззрения, а тем самым и открывает для себя выход в большое литературное пространство. В этом смысле проза Ирины Муравьевой — характерно пограничное явление, точнее, знак преодоления границы между сентиментальностью как жанром массовой литературы и сентиментализмом как способом жизнепонимания и жизнетворения.

Можно выделить три исторических периода, когда сентиментализм был призван к служению Литературе с большой буквы. Первый — это, конечно, Н. Карамзин и его школа, бросившая вызов классицизму XVIII в. и затем сдавшая его в архив, а также сформировавшая новый русский язык (честь, которая незаслуженно приписывается одному Пушкину). Вторая волна сентиментализма — это 1840—1850-е гг., раннее творчество Ф. Достоевского («Бедные люди») и Л. Толстого («Детство. Отрочество. Юность»). Этот сентиментализм отталкивался от того просветительского рационализма, который выразился в деятельности В. Белинского и сформированной им «натуральной школы».

Третья волна сентиментализма пришлась уже на советское время и достигла пика в 1950—1960-е гг., как результат разочарования в коммунистической догматике и проекте рационально-революционного переустройства общества. В официальной эстетике нового строя господствовал социалистический реализм, который в силу его нормативности, идеальности, героичности было бы правильнее, по верному замечанию А. Синявского, назвать социалистическим классицизмом. Как антитеза этой суровой догматике со временем выдвинулось течение «социалистического сентиментализма», с его мягким, добрым взглядом на человека и его место в природе. Социалистический сентиментализм лиричен и пейзажен, от злобы дня и жестокости классовых битв он обращается к детски-наивному и старчески-мудрому взгляду на гармонию человека с самим собой и с природой. Предтечей этого направления может считаться М. Пришвин, а главным достижением — роман Б. Пастернака «Доктор Живаго». Если рассматривать его как произведение сентиментализма, то сразу отпадут многие эстетические претензии к нему, которые исходят из того, что этот роман обязан следовать логике реализма. Живаго — типичный сентиментальный герой, живущий в мире природы, любви и поэзии, которые защищают его — увы, не слишком надежно — от социально-политических реальностей революционного времени. В 1950—1960-е гг. эта сентиментальная линия была продолжена в поэзии Е. Евтушенко, Б. Окуджавы, Б. Ахмадулиной, Н. Матвеевой. Евтушенковское «людей неинтересных в мире нет» стало своеобразным отзывом на карамзинское «и крестьянки чувствовать умеют». И в поэзии, и в прозе — В. Панова, И. Грекова, В. Солоухин — отвергался героический канон соцреализма и утверждалась поэтика чувствительности, мечтательности, уязвимости человеческого сердца.

И вот в последние лет 10—15 поднялась четвертая сентиментальная волна, уже постсоветская. Она возникла благодаря разочарованию в очередном рациональном проекте: переустройстве российской жизни на началах капиталистического разума и свободной трудовой этики. Особенность этой четвертой волны — то, что она представлена в основном женщинами как хранительницами и воспитательницами чувств. Мужчины дезертировали в постмодернизм, концептуализм, социальный реализм, фантастику, публицистику, биографический жанр... На знаменах сентиментализма остались только женские имена. Л. Улицкая, Т. Толстая, М. Вишневецкая, Д. Рубина, В. Токарева...

Среди них Ирина Муравьева занимает особое место.

Я бы назвал ее прозу *пронзительно сентиментальной*, в том смысле, что мир чувств не отделен от мира вещей, но пронизывает собой историю, всю предметную и социальную реальность. И сами чувства достигают такой пронзительности, что истощают, опустошают, выжигают души тех персонажей, которых автор проводит через это испытание.

Проза Муравьевой всегда захватывает так, как будто налетает ветер и несет читателя с первой страницы до последней, не позволяя перевести дыхания. Муравьеву не так легко цитировать, поскольку вся сила ее прозы — в сцепке деталей, в перекличке лейтмотивов. Но вот один из фрагментов, который можно считать исповеданием ее художественной веры. Говорят муж и жена Веденяпины, до полусмерти истерзавшие друг друга любовью, ненавистью, отчаянием, всей этой каруселью чувств, как будто еще не отделившихся друг от друга и предстающих — как часто у Муравьевой — в своей саморазрушительной амбивалентности. Но это не только их чувства, это состояние терзающей себя страны — события разворачиваются в 1917 г. (роман «Холод черемухи»): «Это только кажется, что мы с тобой и эти выстрелы, и всё, что сейчас там, в городе, — она показала подбородком на темноту за окном, — что это совсем никакого отношения одно к другому не имеет. А я, Саша, знаю, что все это — одно и то же, все одно: и мы с тобой, и наш сын, и ложь, и скандалы, и не только у нас с тобой, у всех почти так, поэтому и кровь полилась! *Отворили* ее! — Нина всплеснула руками, и он содрогнулся: вспомнил этот ее детский давнишний жест». Семейные скандалы достигают масштаба войн и революций, поскольку заводятся тем же самым нервическим повышением тона, истерическими нотками в голосе: влюбленных, супругов, властей, сословий, народов... История тоже вплетена в узор интимнейших чувств и отношений, которые экспрессивно настолько напряжены, что выходят за рамки интимности.

Достоевский изобразил непонятную для европейцев любовь русских к скандалам, когда все общественные условности вдруг мигом слетают с людей, закрученных вихрем какого-то нервического припадка откровенности: режь правду-матку — и пропади все пропадом. Вот скандал, закипая по семьям, чинам и сословиям, и громыхнул на все общество — революцией. Все летит вверх тормашками. Еще недавно приличные люди начинают выворачивать друг другу карманы, сначала исподтишка, а потом все более наглея в присутствии обкраденного, попутно объясняя ему, что сам он вор. И по мордасам, по мордасам. И визгливые возгласы: «мое!» — «не твое!» — «отдай!» — «не трожь!» — так называемая идеология. Ленин: «А вот сейчас как вдарю!» Либералы: «А ну-ка убери руки!» Монархисты: «Вязать его, сукиного сына!» Меньшевики: «Полегче, полегче, сейчас разберемся, товарищи». Народ: «А ну отойди от меня, я припадочный!» Революция — это и есть скандал, только не семейный, а всенародный.

Об этом — последняя трилогия Ирины Муравьевой, начатая романом «Барышня» и продолженная романом «Холод черемухи» (скоро выходит в свет и завершающая часть трилогии «Мы простимся на мосту»). Это самое монументальное ее произведение — и вместе с тем первое на историческую тему: эпоха, разломленная пополам революцией, 1910—1920-е гг. Угадываются мотивы и нотки «Доктора Живаго», «Хождения по мукам», «Белой гвардии». Поначалу хочется даже воспринять эту трилогию как вольную вариацию и «суммарный образ», своего рода концепт русского социально-психологического романа о революции. Только социальные темы здесь разрежены, а «психотемы» и «психосущности» сгущены. Так выявляется особый подход Муравьевой к истории, который можно назвать эмотивным. Она ищет объяснения всему происходящему со страной не в политических, социальных, экономических обстоятельствах, не в роли тех или иных выдающихся личностей, не в особенностях исторического пути или религиозного самосознания России. Для нее революция — это эмоция, которая постепенно овладевает множеством людей, переливается через край, выходит из-под контроля и перерастает в истерику. Недаром один из главных персонажей «Холода черемухи», Алексей Валерьянович Барченко — это исследователь трансов, истерик, гипнозов и других «измененных» состояний души, работающий по личному поручению Дзержинского на революцию, на ЧК. К нему обращается дерзкая, своевольная Дина, ставшая его любовницей и униженно готовая идти за ним на край света: «Вы же говорите, что истерика — это самое высокое состояние! Вы вон шаманов любите, потому что они все время в истерике! Вы опиум курите! Вы и на Тибет собрались, чтоб только проверить, как там у них с истерикой...» Отсюда и взгляд Муравьевой на революцию: не как на переворот, а как на припадок. Вообще Муравьева — мастер изображения таких чувств: страсти, ревности, обиды, нетерпения, смятения, отчаяния, — которые обладают механизмом самозаводки и перерастают в истерию. На символическом уровне это соприкасается с традиционным представлением о женственности русской души. Русь — «возлюбленная, жена, мать, подруга, незнакомка», а значит, как утверждают психологи, более, чем мужская душа, расположена к таким истерическим состояниям, где сладкая боль и мука наслаждения неразделимы (не случайно само слово «истерика» происходит от греческого, означающего «матка»).

Стиль Муравьевой — это избирательный, утонченный гиперболизм чувств, своего рода гиперпсихологизм.

«Он смотрел на жену с этими ее расширившимися глазами, слушал ее ровный голос, и тихая холодная дрожь колотила его изнутри. Совсем рядом с новой, угрожающей силой прокатились выстрелы». Здесь интенсивность каждого действия: расширившиеся глаза, колотящая дрожь, угрожающая стрельба — доведена до предела, как будто через них проходит одна эмоциональная волна. Эта концентрация каждого переживания, приобретающего, помимо психологического, еще и событийное, «историко-истерическое» измерение, выделяет Муравьеву в кругу современной женской прозы. Каждое чувство у

Муравьевой заостряется, порой до страсти и наваждения, — и перерастает в жизнечувствие. «И главное: ненависть укрупняла наставшую жизнь, наделяя ее почти и немыслимым прежде, мучительным смыслом».

Этот сентиментализм, распространяясь на вещи, природу, историю, на своем пределе переходит в анимизм, т.е. представление об одушевленности каждого предмета и мироздания в целом. Это придает особую эмоционально-сюжетную напряженность муравьевской прозе, как будто единая душа правит всем происходящим, в этой душе сливаются люди, дома, облака, деревья, улицы, города, народы... Порою эта интенсивность достигает степени унанимизма — поэтики «общедушия». Такое направление существовало во французской литературе первых десятилетий XX в. (Жюль Ромэн, Жорж Дюамель и др.). Унанимисты стремились показать «единодушную» (unanime) жизнь людей, вещей, событий, обнаружить мистическую душевную связь семьи, группы, толпы. Разумеется, Муравьева далека от урбанистического, коллективистского духа унанимизма. Ее мысль — не народная, а семейная: бесконечно запутанные, обморочные, вяжущие петли отношений между близкими людьми. Но именно в новой трилогии эта картина разваливающейся жизни нескольких семей перерастает в панораму революции, которую Муравьева рассматривает как психиатрический феномен «разделенного помешательства». «...Если в семье есть один сумасшедший, его бредовые идеи, а также и страхи, а также и мании, постепенно овладевают всеми остальными членами семейства... Бред Ульянова-Ленина не только индуцировал его ближайших помощников, но с помощью мощно развитой советской пропаганды завладел огромными массами людей...»

Блестяще написаны портреты исторических фигур, в каждой из которых тоже проглядывает личное безумие, вливающееся в общее безумие революционного времени. Ленин, Дзержинский, Клюев, Есенин, Лариса Рейснер... В портрете последней поражают глаза, «спокойные и бешеные одновременно, похожие на спелые виноградины своим чистым зеленовато-солнечным светом, которые вдруг очень ярко темнели, когда опускались густые ресницы».

Как и во всей нашей вселенной, в мире Муравьевой на маленькую долю видимого вещества приходится огромная масса «темной материи» и особенно «темной энергии». Почти невозможно судить о силе воздействия ее прозы по подбору слов, вроде бы вполне заурядных. Трудно доказывать с цитатами в руках, что эта проза воздействует на читателя своим музыкальным напором, причем музыка рождается не на уровне ударений и слов, а на уровне мотивов, событий, судеб, вступающих в полифоническую перекличку. Если остановить поток этой прозы, выделить из него несколько слов, фраз, то можно пожать плечами: ну и что? Но эта проза живет только в движении. Если взять на ладонь несколько капель и рассмотреть их бедную прозрачность, то никак нельзя предугадать силы той волны, которая ударит тебя через мгновенье. Вообще с уровня языка, излюбленного плацдарма литературы XX в. (как модернистской, так и постмодернистской), сентиментальное направление выходит на уровень тех душевных движений, которые передаются читателю всей протяженностью голоса, всем ритмом дыхания и не воспринимаются в малых промежутках, в фонетических и лексических слагаемых текста. Поэтому нет возможности судить об эстетических свойствах муравьевской прозы лишь на уровне лингвистического анализа, — но только на уровне того, что М. Бахтин называл «высказыванием», т.е. романным целым во всем его эмоционально-смысловом напряжении.

Тем не менее и по частностям иногда можно составить представление о целом. Муравьева обладает поразительным даром вчувствоваться в своих персонажей, видеть их глазами, осязать их кожей и переживать с ними даже смерть. Вот маленький фрагмент, свидетельствующий об изобразительной и метафорической силе ее письма: состояние болезни, едва не закончившееся смертью главной героини.

«Ни света в туннеле, ни даже самого туннеля, ни Дины, ни мамы, ни папы, ни няни, но было болезненно покалывающее, тянущее, сводящее ноги и руки, как сводит их летом в холодной воде, отсоединение ее самой от того, что **казалось** ею. Это странное, медленное и натужное отсоединение осуществлялось с помощью разрыва каких-то наполненных кровью волокон, которые разрывались не просто так, а каждый пучок со своим новым звуком, и самым отчетливым среди всех был звук, похожий на тот, который весна извлекает из снега, уже почерневшего и обреченного».

Переживание смерти передается звуком снега, с которым он, тяжело вздохнув, вобрав воздух в свои крупнеющие ноздреватые поры, вдруг горестно опадает. Муравьева не просто пишет о чувствах — она умеет их предметно выразить, как мало кто в современной литературе. Это сентиментализм, вобравший в себя точность реализма. А главное для большого сентиментального стиля — Муравьева умеет показать власть души над человеком — загадочной, неведомой души, которая хранит тайны даже от самой себя. «Ни одна душа не знает, что ее ждет. Душе только кажется, что она чувствует все, и в этом ее сокровенная сила». Это душа совсем не в психоаналитическом смысле — юнговской анимы или фрейдовского «оно»; она никак не связана ни с народными мифами, ни с архетипами, ни с индивидуальным или коллективным бессознательным, ни с пансексуальностью. Скорее, это душа в толстовском и пастернаковском смысле, т.е. текучая стихия, которая перетекает из природы в личность, из личности в общество, взаимно наполняя их и заряжая энергией чувства-действия. При этом она не нуждается и не поддается психоаналитической расшифровке.

Душа распоряжается не только поступками человека, но и его судьбой. Чувство судьбы исключительно сильное в прозе Муравьевой: не суетно-паническое, не рабски-фаталистическое, а, хочется сказать, аристократическое, что придает благородный оттенок ее сюжетике и стилистике. Плебей, мелкий человек не знает и не боится судьбы, потому что для него есть только непосредственная данность житейских дел, за которыми не стоит никто и ничто, превышающее его волю. Благо-родный — тот, кто чтит благо своего рождения и родителей, свой род и семью как основания своей судьбы. Благородство и судьбоносность — это почти синонимы, почему о судьбе и говорят: «на роду написано». Таковы персонажи Муравьевой, точнее, таково авторское видение тех личностей, с которыми ее сводит искусство романа. Основа этого высокого сентиментального искусства — понимание души человека как его судьбы, в которую нужно вникать, откликаться на ее зов и, мучительно пытаясь с ней совладать, в конце концов признавать верховность ее власти.

Михаил Эпштейн

ИРИНА
Муравьёва

Мы простимся
на мосту

Что радует сердце, когда наступает май? Тепло. Тепло, и цветы по полям и по взгорьям. А вот в мае 787 года по всей Европе стояли такие холода, что сердце у птиц на лету разрывалось, и, мертвыми, все они падали наземь. Кто помнит теперь этих птиц? Да никто. Точно так же, как никто не помнит и тех очень грубых, курносых ребят, которые без счета погибли от холода зимою 1408 года, когда набежали татары. А в 1417 году, спасаясь от голода, русские люди пошли в Литву (да что там «пошли»! — поползли, потащились, детей своих поволокли) — и тут уж морозы настали такие, что прямо с детьми и вмерзали в снега.

Ах, Господи, не перечислить!

«Мразы стояли великие, — говорят летописцы, которых никто больше тоже не помнит. — Зима бысть люта. Поньтское море померзло на 30 локоть, а снег паде на нем 20 локоть». А в ту зиму, когда по Дунаю крестились болгаре, «зима бысть тяжка, студена велми зело, за 120 дён одержаще гололед землю и глад бысть великий...»

Никто нас не помнит, никто нас не вспомнит. И все мы друг друга забудем. Неважно, когда кто замерз. О, неважно! Хоть в прошлом столетии, хоть в понедельник. Замерзла ведь та быстрокрылая птичка? Замерзла и стала комочком надгробья. Потом вместе с веткой продрогшей сирени смешалась с землей. В земле, кстати, кто? В ту пору — девица, поодаль — военный. Ходили к девице папаша с мамашей и тоже почили. К военному часто ходила невеста, пока не просватали. Ча-а-асто ходила!

А взять бы да вспомнить: замерзших, голодных, зверей по берлогам и рыб по озерам, беременных мертвыми детками женщин, старух, выметаемых на тротуары, больных, пересохших от жара и жажды, младенцев, подростков... Зачем? Они *были*. А толку? Ну разве заметно пылинку, песчинку? Вон сколько земли и песка, сколько снега, зеленой травы, а в траве насекомых — а в каждом и крылышки, и перепонки, и каждое вертит кудрявой головкой, а дождик пойдет — так и черви полезут, и божьи коровки взлетят прямо в небо. И всех нас так много, так неисчислимо... Никто нас не вспомнит, никто не заметит.

Странно, однако, что эта мысль не приносит облегчения.

Зима 1920 года была одной из тех лютых зим, о которых прежде писали летописцы. И поэтому, когда знаменитый певец Федор Шаляпин позировал прикованному к креслу живописцу Кустодиеву, он сидел в бобровой своей шубе, а любимый им черно-белый французский мопс был закутан в пушистый платок, хотя и в платке то чихал, а то кашлял. Картина уже получалась прекрасно, но верить ей было нельзя. И страдающий от тяжелой болезни позвоночника живописец Кустодиев нисколько не верил тому, что он пишет, и Федор Иваныч не верил. И даже большая бобровая шуба, в изображении живописца величаво распахнутая над пестрым собраньем людей и церквушек, была вся, от верху до низу, застегнута.

— Вернетесь с гастролей? — вежливо спросил у певца живописец.

— Вернусь ли? А кто его знает? — хмуро ответил Шаляпин. — А кто его знает...

— А я прямиком да на кладбище, — вдруг повеселел Кустодиев. — И Волги своей не увижу. А как хороша! Как прекрасна!

— Какая уж Волга... Теперь не до Волги.

— С женою поедете?

— Да. Вместе с Машей. Иола останется.

— Как вы, Федор Иваныч, умудрились устроиться: в одной столице — одна семья, в другой — другая?

— Да что... Одни хлопоты...

— Вы были в Кремле? Я так слышал... — посмеиваясь, словно речь шла о чем-то забавном, спросил Кустодиев.

— Да, был, — с вызовом ответил Шаляпин. — Дочь погибала, Маринка. Через Горького передал: так и так, певец Федор Шаляпин просил принять по личному делу. Безотложному. О жизни и смерти ребенка. Назначили: завтра. Пришел. У них там тепло, не в пример вашей мастерской, и печи хорошие. Везде стоят эти... ну, с ружьями. Охрана, короче. Рожи бандитские. Поганые, наглые рожи. Ведут — два сзади, два спереди. Спрашиваю: куда, мол, идем? Вас, говорят, товарищ Шаляпин, товарищ Ленин ожидает в своем кабинете. Сам Ленин, слыхали?

— Ну, ну... — посмеиваясь, сказал Кустодиев. — Везет вам! Сам Ленин...

— Прихожу. И он выбегает навстречу. Я даже не понял откуда. Как будто сквозь стену. Короткий, совсем недомерок. Глаза очень юркие. Я терпеть не могу, кстати, когда у кого глаза юркие. Я сразу ему говорю: «Помогите. Ребенок мой, дочь. Лекарств не достать и питания тоже. А главное — врач. Всех врачей как смело. Кого пристрелили, кто съехал, кто умер». Он сразу вскочил. «Барышня, соедините...» Прокартавил там что-то. Потом говорит: «Завтра у вас, товарищ Шаляпин, будет отличнейший доктор! Наипревосходнейший! Манухин Иван Иваныч. Лучший специалист по туберкулезу». Ну, вот. И Манухин помог.

— Милый мой Федор Иваныч, — ласково и

просто сказал живописец. — Езжайте отсюда быстрее и не возвращайтесь. А то они вас подомнут.

— Не думал, не гадал, — мрачно сказал Шаляпин. — Вот уж правду вам говорю. Как на духу. Что только бежать и останется... Как на духу!

— Куда вы сначала?

— Сначала в Берлин. Потом в Штаты.

— Я тут недавно «Братьев Карамазовых» прочитал, — усмехаясь, сказал Кустодиев. — Как он хотел Митю своего в Штаты отправить, не помните?

— Да я не читал! — с раздражением отозвался Шаляпин. — Ну его к чертям собачьим. Пророк называется... Всё он наврал. Народ-богоносец-то что вытворяет!

Через полчаса, расставшись с бледным от усталости живописцем, Шаляпин вышел на улицу, взял на руки мопса, спрятал его под шубу и зашагал по направлению к Московскому вокзалу. Никого уже не удивляли эти страшные, как страшны бывают скелеты в музее, улицы Петрограда. Люди, пробегающие по этим мертвым улицам, напоминали голодных мышей не только тем, как лихорадочно и темно блестели их испуганные глаза из-под надвинутых на лбы шапок и накрученных друг на друга заиндевевших платков, но и тем одинаковым для всех страхом, который объединял их, как форма объединяет солдат. Во всем была смерть: в облупившихся вывесках заколоченных магазинов, в темных окнах, в разбитых витринах, в самом этом снеге, летящем на землю, — была неподвижная, жадная смерть.

Тем более странным показался огромному в своей бобровой шубе, оттопыренной на груди разомлевшим под нею мопсом, Шаляпину цветочный магазин на самом подходе к вокзалу. Магазин этот был открыт, и внутри его, за мутным морозным стеклом, стояли букеты и вазы с цветами. Шаляпин зашел. В магазине, маленьком, но красиво и аккуратно прибранном, топилась железная печка, и стебли цветов были чуть красноватыми. У самого огня, вытянув из-под черной короткой юбки ноги в валенках и закутавшись в вязаную шаль, сидела молодая девушка, бледным лицом и волнистыми русыми волосами живо напомнившая Шаляпину русалку из одноименной и сто раз пропетой им оперы. Русалка посмотрела на вошедшего с удивлением и даже испугом. Шаляпин слегка улыбнулся.

— Неужто цветы еще кто покупает?

— А как же? — охрипшим, простуженным голосом ответила русалка. — Всегда покупали и будут.

— Да, странно... — пробормотал он. — У людей платья не осталось переменить, а тут у вас розы...

Она вдруг покраснела так горячо, как краснеют только очень молодые люди с нежной и чувствительной кожей.

— Цветам-то что делать? Они ни при чем!

— Ну, дайте мне розу, — попросил Шаляпин.

— Одну? — испугалась русалка.

— Зачем же одну? Штук двенадцать.

— Пять тысяч букет. А если возьмете вчерашних — четыре.

— Нет, дайте мне свежих.

— Цветы покупают! — вдруг, словно бы вспомнив о чем-то, воскликнула она. — Ведь люди встречают друг друга... Им нужно!

Она произнесла это так страстно, с такой убежденностью, как будто и впрямь на вокзале встречают друг друга с букетами, будто, как прежде, бегут поезда, и на сиденьях вишневого цвета, как прежде, сидят аккуратные люди, а дети в матросках и бархатных куртках грызут шоколад, и кудрявые няньки платком вытирают их липкие пальцы, — она произнесла это так, что Шаляпин, весь день находившийся во взвинченном и раздраженном состоянии, приоткрыл рот от удивления и, когда она протянула ему красиво завернутый в бумагу букет, пожал ее тонкую, слабую руку повыше запястья.

По расписанию московский поезд отходил через полтора часа, но верить расписанию было нельзя, и вполне могло случиться, что из Петрограда не удастся уехать не только сегодня днем, но даже и ночью, а может, и утром. Те же самые люди, которые испуганными тенями, согнувшись от холода, пробегали по сверкающим белизной улицам города, теперь словно все собрались на вокзале. Шаляпин был почти уверен, что именно этого господина со злыми глазами он видел вчера на Литейном, и эту старуху с котомкой, и девку, которая так же, как утром на Мойке, кусала кудрявую, жирную косу. Люди потеряли то, что раньше отличало их друг от друга, все стали похожими, сплющились, сжались, и, чувствуя это, но не понимая, какого еще унижения ждать, все стали сердитыми, захлопотали, как будто боясь, что иначе их просто в канавы сметет или снегом засыплет.

В помещении вокзала работал буфет, где ничего не было, кроме водки и морковного чаю. Буфетчик с угреватым лицом монотонно объяснял сгорбленному молодому человеку в продранной шубе, что завтра должны быть «пирожные с манкой». И тот кивал радостно и удивленно. За водкой, только что опять разрешенной к продаже, стояла угрюмая возбужденная очередь, состоящая из мужчин и женщин, которые не обращали никакого внимания на косо висевший плакатик со строчками из нового стихотворения Бедного:

> Аль не видел ты приказа на стене
> О пьяницах и о вине?
> Вино выливать велено,
> А пьяных — сколько ни будет увидено,
> Столько будет расстреляно.

— Двери! Двери-то прикрывайте! — озлобленно крикнул буфетчик. — Всю залу мне выстудют!

В помещении вокзала было тепло от большого скопления человеческих тел и пахло дыханьем, тяжелым и грубым, и потом, и запахом мокрого снега.

Шаляпин со своим белым «свадебным» букетом и мопсом, мирно сопящим внутри его бобровой шубы, стоял перед буфетной стойкой и ловил на себе острые и озлобленные взгляды. Ему показалось странным, что его никто не узнает и, стало быть, слава, которая казалась ему прочной, как собственная рука с холеными ногтями, есть не что иное, как плод самолюбивого воображения, и он будет так же забыт, как и все, в безрадостном этом и скученном мире.

В залу, широко ступая по мокрому от растаявшего снега полу, вошла женщина с таким же, как у Шаляпина, «свадебным» букетом. Он усмехнулся, увидев, что кто-то еще здесь купил эти розы и выглядит так же нелепо, как он. Надо заметить, что Федор Иваныч был большим любителем женщин и к женской красоте относился с некоторым даже почтением, как к красоте хороших лошадей или к чистокровным породам собак. Он расстегнул шубу, вызвав этим недовольство пригревшегося мопса, и, усевшись за буфетной стойкой, спросил себе водки, не спуская при этом взгляда с вошедшей женщины. В том, что она была красавицей, сомневаться не приходилось, хотя красоту этого румяного лица сильно портило то, что она явно брезговала окружавшими ее людьми, их терпкими запахами, их выбившимися из-под шапок и платков сальными волосами и не скрывала того, что ей гадко находиться сейчас среди всего этого. Брезгливость, как все неизящные чувства, конечно, мешает любой красоте. На девушке была короткая шубка и круглая, такого же меха, боярская шапочка с наброшенным сверху пуховым платком, который она раздраженно откинула, как только вошла в эту залу с мороза. Она дождалась, пока подойдет ее очередь, и спросила у буфетчика стакан морковного чаю и рюмку водки, потом пристроилась на краешек деревянной лавки, спинка которой была вся испещрена похабными надписями, залпом опрокинула водку, закрыла глаза, глубоко задышала и принялась пить жидкую коричневую бурду, откусывая понемножку от куска завернутого в бумажку сахарина. Шаляпин удивлялся все больше. Подойти к ней с каким-то вопросом было неловко: он представил, как она, с этой брезгливостью на лице, может посмотреть на него, и внутренне весь покорежился.

Она допила чай и теперь сидела неподвижно, не обращая больше внимания на ругательства, слезы и крики, наполнившие перегретую большую комнату. Два бывших солдата в обмотках — у одного было отморожено ухо и, черное, как гриб, торчало теперь из-под шапки — встали с той лавки, на краешке которой она примостилась, и Шаляпин тут же подсел.

— Да я вас узнала, узнала! — с досадой сказала она и, вынув шпильку из пучка, свисавшего на шею из-под шапочки, зажала ее в губах, обеими руками подбирая рассыпавшиеся волосы и глядя на него исподлобья. — Уж вас не узнать! Вы ведь Федор Шаляпин.

— А вы кто, позвольте спросить?

— Я — Дина Ивановна Форгерер, актриса в театре.

— И муж ваш... — начал было Шаляпин. — Знакомое что-то мне имя...

— Муж тоже артист, — равнодушно сказала она. — Сейчас он играет в Берлине.

— Он выслан?

— Да нет, он нисколько не выслан. Контракт предложили, и он там остался.

— А вы почему здесь? — прямо спросил он, поражаясь никогда не виденному им прежде темно-бронзовому с красным и золотистым цвету ее мокрых от растаявшего снега волос. — Вы, что, развелись?

— Мы не развелись, — ответила она. — Мы просто расстались. Вернее, не просто. Он очень не хотел меня отпускать.

— Но вы-то... Зачем вы вернулись?

— Федор Иваныч, — сказала актриса Форгерер и опять посмотрела на него исподлобья, — вы мне слишком уж много вопросов задаете. Если бы не то, что вы такая знаменитость, я бы, знаете, и совсем не стала вам отвечать.

— Простите меня, ради Бога! — воскликнул Шаляпин. — Но все-таки странно: на этом вокзале, среди этой мерзости, хаоса, грязи, вдруг встретить такую, как вы... Ради Бога, простите!

— Пойдемте отсюда, — вдруг попросила она и набросила на голову платок. — Здесь нечем дышать.

Они вышли и медленно пошли по платформе, по-прежнему полной какого-то люда, темной и кисловато пахнущей промороженными рельсами.

— Куда вы едете, Дина Ивановна? В Москву?

— Я думала, что сегодня встречу его, — не отвечая на вопрос, сказала она и остановилась. — Но поезд пришел, а я никого не встретила. Он не приехал. Вот так. Не приехал, и всё.

Она словно бы забыла, что рядом идет человек, который слышит то, что она произносит, ей не было никакого дела до этого человека. Шаляпину стало неловко. Эта молодая женщина с поразительной внешностью не могла стать дорожным приключением: подобно тому, как чужой виноградник, просвечивая сквозь колючую изгородь своими тяжелыми гроздьями, дразнит и лишь раздражает голодного, так и ее красота раздражала, дразнила, но не подавала и малейшей надежды.

— Но вы ведь не мужа встречали, конечно? — спросил он, сердясь на самого себя за эту неловкость.

Состав подошел, их ударило паром. Они отступили.

— Пойдемте обратно, — сказала она. — А то еще поезд пропустим. Вы в первом, наверное, едете?

— Да, в первом, — ответил Шаляпин. — Хотя в этой неразберихе...

— И я, разумеется, в первом. А ведь никудышняя из меня Анна Каренина! — вдруг засмеялась Дина Ивановна. — Напрасно я это затеяла.

Она отбросила свой букет далеко в сторону и, не оглядываясь, быстро пошла назад.

Проводник, немолодой, с выпуклыми, пестрыми, как пчела, глазами, принес два стакана кипятка, зажег золотистую тусклую лампу и, получив от Шаляпина на чай, закрыл за собою дверь, пожелав «товарищам» доброй ночи.

— Вы знаете, Федор Иваныч, — хмельным и слишком бодрым голосом сказала Дина, прижимая оттопыренные губы к оконному стеклу и дуя сквозь них. — Вы, наверное, думаете, что раз вы артист, вы все понимаете, правда? А это не так. Я знаю, что все вы — артисты и всякие там музыканты, художники, даже писатели — нисколько не умные люди.

Она оторвала губы от стекла и улыбнулась ему через плечо мягкой и веселой улыбкой, никак не соответствующей ее хмельному и громкому голосу.

— Мы все совсем разные люди, — удивляясь ее поведению, сдержанно ответил Шаляпин. — Есть глупые, есть поумнее. При чем здесь — артист и писатель? Уж кто кем родился...

— Артисты и писатели, наверное, думают, что самое главное — это любовь между мужчиной и женщиной, поэтому они все время пишут и сочиняют только о любви. А это вранье. Ох, вранье! Я-то знаю...

И снова приникла к стеклу.

— Вы словно истерзаны, Дина Ивановна, — пробормотал Шаляпин.

— При чем здесь «истерзана»!.. Кто не истерзан? Я мужа-то бросила, кстати. Взяла да и бросила сразу после нашего медового месяца, вернулась к сестре... И вот ведь я знаю, что больше никогда не увижу его, а ничуть не переживаю. Меня даже совесть не мучает! Что вы молчите?

Она отлепила лицо от стекла: губы ее были пухлыми, едва розоватыми в полутьме. Шаляпин вдруг понял, что она совсем молода: не старше двадцати.

— Как вы думаете, — быстро спросила она, — ведь мы все погибнем?

— Почему погибнем? — Шаляпин сердито посмотрел на нее. — Первая жена родила мне девятерых детей, один сынок помер, Илюша...

Дина Ивановна торопливо перекрестилась.

— У меня племянник тоже Илюша, — испуганно сказала она. — Дрожим все над ним... Страшно любим!

— Вторая жена моя, Маша, троих родила, — продолжал Шаляпин. — Все дочки, красавицы. Если я так буду думать, как вы сказали, что, мол, все погибнем и все давно к черту летит, зачем же я этих детей нарожал?

— Да, да! — откликнулась она. — А в моей семье все наоборот. Мама родила Тату от своего первого мужа, потом полюбила моего отца и бросила этого мужа, и дочку свою тоже бросила. Потом уже я родилась, за границей. С Татой мы первый раз увиделись, когда мне четырнадцать было, а до этого мама о ней почти и не рассказывала... Странно, правда? Этого я ей до сих пор простить не могу. Потом умер мой отец. Это было очень страшно, никогда не забуду! У него была немецкая фамилия, его дед был немцем, и к нам в квартиру ворвались пьяные мерзавцы. И все разгромили, разбили, разграбили. Тогда ведь война началась, немцев все не любили. И папочка умер, сердце остановилось. Он так и упал, в коридоре. А мне тогда было пятнадцать.

— Владыка Небесный! — сказал Шаляпин и медленно, картинно перекрестился, словно на сцене. — Вам много пришлось пережить.

— Мы переехали к маминому первому мужу — он маму мою очень сильно любил, сейчас тоже любит, — и начали жить уже вместе, семьей. Потом моя мама уехала. Ей дом нужно было продать, он в Финляндии, но тут революция... — Она прикусила губу. — И мама пока еще там. Не вернулась.

Шаляпин поразился соединению детского, наивного, простодушного с каким-то упрямством и даже жестокостью на этом красивом румяном лице.

— Вы молоды, Дина Ивановна, — помолчав, сказал он. — А многого, верно, хлебнули. Досталось вам, вижу.

— Кому? Мне досталось? Ах, что вы, нисколько! Сестре вот досталось, да и достается. А я — что? Как с гуся вода!

— Кого вы сегодня встречали?

— Федор Иваныч! — надменно отрезала она. —

От того, что мы с вами сейчас так разговариваем, вовсе не следует, что я вам должна столько сразу открыть. Я, может быть, выпила лишнего, очень замерзла. А вы подумали, что я вам всю душу сейчас так и выложу? Вы, верно, романов начитались, Федор Иваныч, или уж очень много с разными артистами водитесь. У них это принято. А я, хоть и играю на сцене, но я другая, Федор Иванович! Мы с мамой и Татой совсем не такие! Мы скрытные, вот что.

— Сестра ваша тоже такая красавица? — кротко спросил Шаляпин, невольно любуясь ею.

— Намного красивей, намного! — вспыхнула она. — И сравнивать нечего. Она, правда, тихая. Терпит, и все. А я не могу. Не умею. Что ж делать?

Дина Ивановна Форгерер отвернулась от него и снова прижалась губами к стеклу. Шаляпин осторожно погладил ее по голове. Бронзовые волосы пружинили под его ладонью. Он ощутил привычное мужское волнение, которое возникало всегда, когда он притрагивался к привлекательной женщине, но сейчас оно не перерастало в телесное желание и не мучило его своею неопределенностью. Он вдруг почувствовал, что ее хочется защитить так же, как собственных детей, и, когда она, оторвавшись от окна, взглянула на него несчастными глазами, Шаляпин ее не притиснул к себе, не впился всем ртом в эти пухлые губы, а тихо прижал ее голову к шарфу, пропахшему шерстью французского мопса, и начал слегка напевать ей в затылок:

Как у нашего кота
Была мачеха лиха,
Она била кота,
Приговаривала:
«Не ходи-ко, коток,
По чужим, по дворам,
Не качай-ко, коток,
Чужих детушек,
А качай-ко, коток,
Нашу Динушку...»

Дина Ивановна притихла, и вскоре он почувствовал горячую влагу на своем плече.

«Ну, слава Те, Господи! — подумал Шаляпин. — Пускай хоть поплачет! Вот так-то вернее...»

— Как же я буду жить теперь? — прошептала она, крепче прижимая свою голову к его груди. — Ведь это конец! Федор Иваныч, ведь это конец! Ведь он не приехал сегодня!

— Да кто это «он»? — терпеливо спросил Шаляпин

— Он — Бог мой! — шепнула она. — Как Бог может все, так и он. Вы встречали таких? Конечно же, нет! И не встретите. Но я не могу вам всего рассказать. Он год был на Севере, вы понимаете? Мы год с ним не виделись. Это где-то на Кольском полуострове, страшно далеко! Он поехал в экспедицию, чтобы найти там пропавшую цивилизацию. Так он мне тогда говорил. Он очень известный ученый, философ. К тому же и доктор, и маг, и профессор. Но с этой экспедицией... Он ее нарочно придумал. Он просто хотел нас спасти. Не только себя и меня, но и Тату, сестру мою, и... Ну, неважно! Там много всего было, много замешано. И он все продумал, он все сотворил. Как Бог, понимаете? Взял с меня слово, что я сразу тоже уеду отсюда. Что все мы уедем. С Алисой и няней...

Она судорожно всхлипнула.

— А я не уехала, я не смогла! Я подумала, что, если я уеду отсюда, уже никогда не увижу его! Где я тогда могла бы увидеть его? Когда? Мы долго обсуждали это с Татой, и она согласилась со мной. Она тоже была уверена, что мы, наверное, погибнем здесь, но она мучается еще больше, чем я, потому что у нее же Илюша, у нее сын, а она из-за своего любовника не может уехать и говорит, что она преступница, потому что не думает об Илюше, которого надо спасать... Мы с ней тогда сказали друг другу, что мы обе такие же, как мама, потому что мама не за детей переживала, не за Тату и не за меня, а только и думала о том, с кем она хочет жить, а с кем не хочет. Она любила моего отца и ушла к нему! Сразу! Вы понимаете, что это такое: бросить маленькую дочку, бросить хорошего доброго мужа и даже на разводе настоять только потому, что она никаких адюльтеров не хотела, она хотела честно! А то, что за честностью этой стояло... Такая жестокость ужасная, правда? На это ей было плевать совершенно! Но я не хочу быть как мама. И Тата не хочет. Теперь понимаете?

— Вы прелесть, Дина Ивановна, — пробормотал Шаляпин и не удержался, поцеловал ее волосы, но она даже не заметила этого.

— Какая там «прелесть»! Я Колю замучила, мужа. А он мне все пишет и пишет! Все пишет и пишет! Я больше всего боюсь, как бы он не придумал вернуться. А вы знаете, что уже закон вышел: расстреливать тех, кто возвращается? Потому что все, кто возвращается, шпионы! Мой Коля — шпион. Вы представьте! Он всю свою жизнь был актером и больше никем. Он актер от природы. Ему ничего и не нужно другого, как только на сцене играть! Сейчас вот, со мною, он тоже играет... Ах, нет, это грубо, что я говорю! Но он увлекается ролью. Вот осенью он написал, например: «Меня и опасностью не напугаешь». Я просто руками всплеснула: дур-р-рак! Ведь я-то все знаю, я все понимаю! И очень давно. Раньше всех, раньше многих...

Дина Ивановна поняла, что проговорилась, и закусила нижнюю губу.

— Наверное, он объяснил? Тот, кого вы встречали? — деликатно спросил Шаляпин.

— Да, он, — кивнула она, прямо глядя ему в лицо своими блестящими глазами. — Он мне не писал почти год. А тут телеграмма, что экспедиция закончена и они сегодня, в пятницу, возвращаются мурманским поездом в Питер. Я бросила все и помчалась. А он не приехал!

— Ну, мало ли что...

Она вдруг устало махнула рукой:

— Я знала, что все так и будет. И Тата увидела сон.

— Да кто же снам верит? — возразил было Шаляпин, но она не дала ему договорить.

— Еще бы не верить! Она увидела, что я вхожу в кухню с черного входа и у меня в руках корзина с бельем. И я будто начинаю из этой корзины вынимать какие-то сорочки — все белые, чистые — и вдруг достаю одну, а она в крови. И я говорю: «Не бойся, это моя».

Дверь отворилась, в купе заглянул проводник с пестрыми пчелиными глазами.

— Местечко найдется? Входите, товарищ!

Втиснувшийся вслед за проводником человек был огромного роста — едва ли не выше Шаляпина, в добротном сером пальто с меховым воротником и черных высоких ботинках на пуговицах. Он сел рядом с Диной, размотал шарф, открыв большой тяжелый подбородок со шрамом, упирающимся в угол узкого рта, где кожа казалась прихваченной изнутри, как ткань бывает прихвачена английской булавкой.

— Прошу извинить за вторжение. Поезд забит.

Он раздраженно снял очки, протер их вынутым из кармана носовым платком и снова надел, а платок аккуратно сложил и спрятал в карман.

Дина Ивановна пожала плечами и немедленно отвернулась к окну, ловящему мутные волны метели. Шаляпин сказал:

— Добрый вечер.

И вновь наступило молчание. По лицу пассажира маслянисто скользнул свет станционного фонаря.

— Приятно, оказывается, ехать в столь близком соседстве с великим артистом. — Новый пассажир усмехнулся. — Сидишь — и как будто в театре. Я — Павел Андреич Терентьев.

Шаляпин насупился и промолчал. Павел Андреич близко поднес к глазам волосатое запястье.

— Нам с вами придется потерпеть друг друга, граждане, не так уж и долго. Предлагаю спокойный дружеский разговор. Не хотите?

— Нет, я подремлю, — отозвался Шаляпин. — Глаза просто сами слипаются.

— И верно! Человеку гораздо чаще хочется побыть в одиночестве, чем в этом принято признаваться. Читали вы «Робинзона Крузо»? Весь успех этого малого состоял в том, что он остался один и никто ему не мешал. Вы как полагаете, мадемуазель?

Дина удивленно повела на него глазами и ничего не ответила.

— Ну, спать — значит, спать! — бодро воскликнул Павел Андреич и, сняв очки, крепко зажмурился. — Еще раз прошу извинить за вторжение.

Ничего особенно неприятного не было в этом массивном и хорошо одетом человеке, но и Дина Форгерер, и знаменитый на весь мир певец Федор Иванович Шаляпин почувствовали неприятную неловкость.

— У моей сестрицы покойной, — не открывая глаз, сказал Павел Андреич Терентьев, — был попугай. Муж ее капитаном служил на торговом судне, в экзотических странах посчастливилось побывать. Привез попугая. Болтун был ужасный. Сестрица его научила — по-русски, разумеется. Так вот, как сейчас помню, загонят его вечером в клетку, накроют платком, а он оттуда, из-под платка, гнусавит: «Увидимся завтра! Увидимся завтра!» — Он приоткрыл глаза. — Вот так же и я говорю: «Увидимся завтра!»

Дина и Шаляпин переглянулись. Опять наступило молчание. Федор Иванович мог бы поклясться, что он не собирался спать в эту ночь, и странное предчувствие, что вот-вот должно произойти что-то особенно безобразное не то с ним самим, не то с кем-то из очень близких ему людей, не оставляло его с момента, как только он сел в этот поезд; но мерный стук колес и мягкая темнота вызвали в нем легкое и приятное головокружение, от которого Федор Иванович, в конце концов, уселся поудобнее, вытянул ноги и вскоре заснул очень крепко и сладко.

Очнулся он оттого, что мопс лизал его щеку своим горячим шершавым языком, и голос женщины, с которой Шаляпин вчера познакомился на питерском вокзале, сказал возле самого уха:

— Исчез, слава Богу! Какой неприятный!

Дина Ивановна Форгерер, в шубке и шапочке, низко надвинутой на лоб, обращалась к Федору Ивановичу, и требовательность в ее интонации приказала ему немедленно вернуться к действительности.

— Проснулись? Медведь так в берлоге не спит, как вы спали! Завидую вам. Я и глаз не сомкнула. Сейчас выходила; он был здесь, дремал. Вернулась — его уже нет. Куда же он делся?

Ему показалось, что она еще больше похудела и, может быть, даже постарела за эту ночь. Видно было, что она борется с собой и ни за что не хочет возвращаться ко вчерашнему, слишком откровенному разговору.

— Кто делся? — не понял Шаляпин. — Ах, этот! Да что он вам, право? Исчез — и прекрасно.

Она не ответила. Поезд со скрежетом остановился. За окнами замелькали лица, узлы на плечах, чемоданы, коробки... Шаляпин засунул собаку под шубу и в руку взял трость. Букет, как бывает со всеми, которых внезапно бросают, вдруг переменился: стал вялым, бесцветным, напуганным, жалким, остался, как мертвый, лежать на сиденье.

— Куда вы теперь? — спросил Шаляпин у Дины.

— Домой, — сонно ответила она. — Куда же еще?

— Дина Ивановна, — чувствуя, что нужно непременно успокоить и ободрить ее, пробормотал Шаляпин. — Вы так молоды, так собою хороши... У вас еще все впереди...

— Да хватит вам, Федор Иваныч! — оборвала она. — И так все понятно.

— Хотите, я вас провожу?

— Увольте. Зачем же? Не те времена. И холод какой! Вы на автомобиле?

— Нет, я на извозчике.

Они уже стояли на перроне. Утренний мороз

колкими своими, рассыпающимися искрами забеливал темную жизнь. Человеческие тела, угрюмые лица, шаркающие по снегу валенки, разинутые рты, раздутые ноздри — все уродливое, растерзанное, охваченное паникой и оттого кажущееся первобытным, грубо животным и, может быть, даже немного червивым, как будто бы все это стыло в земле и грызло друг друга, стремясь на поверхность, — все это кричало, бежало, неслось, и снег серебрил исступленные крики...

— Прощайте, Федор Иваныч, — сказала Дина Форгерер, и у Шаляпина сжалось сердце. — Спасибо вам, милый. Вы милый, чудесный...

— Прощайте, — ответил Шаляпин, и в горле почувствовал соль. — Осторожней...

Она подхватила дорожную сумку, ладонью закрылась от ветра и побежала к выходу. Шаляпин провожал ее глазами. Она не сделала и двадцати шагов, как сбоку от нее вдруг выросла огромная фигура Павла Андреича Терентьева, который властно взял ее под руку, как будто имел свое право на это. С другой стороны к Дине Ивановне Форгерер подошел совсем уж незнакомый человек, весь в черной облупленной коже, в которой многие ходили в это время благодаря тому, что пошитые для будущего авиационного батальона в первые месяцы Мировой войны куртки так и остались невостребованными и перешли в распоряжение ЧК. Шаляпин заторопился вперед, чтобы вмешаться, но толпа оттеснила его, от сильного толчка в спину бобровая шапка упала на снег, и мопс завозился под шубой. Федор Иваныч, чертыхаясь, надел свою шапку и палкой пытался пробить себе путь сквозь вокзальное месиво, но Дина и оба ее провожатых куда-то исчезли.

Прославленный на весь мир русский бас не мог знать того, что случилось. Обнаружив прямо у своих глаз закутанное шарфом лицо Терентьева и почувствовав себя намертво схваченной с одной стороны богатырской рукою этого самого Терентьева, а с другой стороны маленькой, но жесткой и цепкой рукою кого-то, кого она даже не видела прежде, Дина Форгерер попыталась было закричать и вырваться, но они держали ее крепко, и Павел Андреич сказал ей настойчиво:

— Тише вы, тише!

— Да кто вы такие? — возмутилась она. — И как же вы смеете...

— Тише, Дина Ивановна, тише! — повторил Терентьев. — Без нервов, прошу вас.

— Откуда вы знаете, кто я?

— Да кто вас не знает? — развязно пошутил он в то время, как легкая ее фигурка в темной меховой шубе и шапке такого фасона, как прежде носили боярышни, почти повисла на сильных руках их, влекомая к выходу с той быстротою, с которою ветер гнал снег над вокзалом.

В машине они отпустили ее. Терентьев сел слева, а кожаный справа, и сильно запахло бензином.

— К портнихе, — сказал раздраженно Терентьев.

— К портнихе? Зачем? — И Дина опять начала вырываться.

Кожаный засмеялся отрывистым смехом:

— Пошьем тебе платьице. Шоб ты не мерзла!

— Потише, товарищ Астахов, — оборвал Павел Андреич и негромко ответил Дине: — Вы все сейчас сами увидите.

На Молчановке машина обогнула низенькую старинную церковь и остановилась у ничем не примечательного каменного дома.

— Я вам не советую кричать, Дина Ивановна, — сказал Терентьев, вылезая на улицу. — Вы здесь не на сцене. И рано к тому же. Жильцы еще спят.

Вошли в холодный, затоптанный подъезд, поднялись на четвертый этаж. Дина не могла объяснить себе, отчего она вдруг подчинилась этим людям и молча, покорно идет по ступенькам, которые сильно стесались за годы и стали пологими и бестелесными. Дверь отворила пожилая, со следами жгучей красоты женщина, вся в резких, глубоких морщинах, с темными встревоженными глазами.

Висевшее в коридоре тусклое зеркало с черными от старости пятнышками отразило массивную фигуру Терентьева, кожаную авиационную куртку товарища Астахова, на которой слегка заснеженная голова его казалась почти что ненужной и лишней, и словно бы где-то вдали, за их спинами, в надвинутой шапочке Дину Ивановну.

— Раздеваться не предлагаю, — негромким, как будто припудренным голосом сказала хозяйка. — Сейчас только топим, еще не прогрелось.

В комнате вокруг стола, покрытого рыжей бархатной скатертью, чинно стояли такие же рыжие кресла со львами, открывшими пасти. В одном углу медленной смертью умирало утратившее запах, сухое тропическое растение, к которому либо привыкли, как привыкают к умирающему, кротко лежащему на своей постели и ничего от живых не требующему, либо просто всё забывали выбросить его на верную, быструю смерть, на мороз. В другом углу тускло чернел хоботок граммофона. Хозяйка, опустив набрякшие глаза, тут же вышла.

— Садитесь, Дина Ивановна, — устало попросил Тереньев и со скрипом отодвинул два рыжих кресла.

Астахов, которого Дина наконец рассмотрела, был низок ростом, кривоног и очень широк в плечах. Теперь, когда он расстегнул свою куртку, как будто ему одному было жарко в нетопленой этой квартире, под грязной, измятой рубахой обрисовалась мощная и выпуклая грудная клетка, в которую словно ввинтили такую же мощную крепкую шею.

— Замучились мы в этом поезде, — зевая, пробормотал Терентьев, всматриваясь в разгорающееся за окном утро. — Вон снег перестал. Вроде солнышко... Чаю хотите?

— Я ничего не хочу! — закричала Дина. — Зачем вы меня привезли? Что вам нужно?

— Смотрите, смотрите, — заговорщицки, как будто между ними была тайна, заговорил Павел Андреич. — Смотрите, вот я вам сейчас покажу! Прекрасные снимки. Прекрасного качества. Фотограф попался хороший...

Он полез во внутренний карман своего добротного костюма и, достав из кармана пачку фотографий, начал раскладывать их на столе так, как раскладывают игральные карты. На всех фотографиях был Алексей Валерьянович Барченко, и сердце внутри этой гордой, внутри этой любящей Дины Ивановны, актрисы в одном из московских театров, замедлило ход свой. Потом она вдруг ощутила его — совсем высоко, возле самого горла, — и там, где оно быстро билось, горела, как будто стегнули крапивой, вся кожа.

— Водички нам, Софья Семённа! — крикнул Павел Андреич Терентьев. — Сейчас они в обморок тут упадут!

Дина сделала глубокий вдох, потом такой же резкий, глубокий выдох, как ее учил когда-то законный муж Николай Михайлович Форгерер, и сердце вернулось на прежнее место.

Алексей Валерьянович казался постаревшим лет на двадцать. Он густо зарос бородою, и взгляд его, бешеный и незнакомый, испугал ее. Алексея Валерьяновича окружали большие снега, и на одной фотографии он так и сидел, прямо в этих снегах; а рядом, весь скрюченный, как обезьянка, к нему притулился старик в пушистых богатых мехах, украшеньях, а мордочка плоская, словно тарелка.

— Шаман, — объяснил Павел Андреич. — Они там все пьяницы, эти шаманы.

— Послушайте, — чувствуя, что и лицо ее, и затылок, и даже спина становятся ледяными, а голос дрожит, прошептала она. — Чего вы хотите?

— Давайте мы с вами под музыку потолкуем, а? — предложил Терентьев. — Беседа у нас непростая, а тут везде уши... Зачем нам свидетели? Товарищ Астахов! — обратился он к застывшему у дверей Астахову. — Да я же вам чаю велел принести!

— Велели вы ей, а не мне, — грубо ответил Астахов, однако вышел, и слышно было, как он громко говорит кому-то за дверью: «Товарищ Терентьев с дороги, уставший, а вы даже чаю не можете...»

Его перебил припудренный голос Софьи Семеновны, которая объясняла, что не было воды. Павел Андреич подошел к граммофону, поставил пластинку, раздалось шипенье, треск, и голос Шаляпина громко запел:

Запрягу я тройку борзу
Черногривых лошадей,
И помчусь я в ночь морозну
Прямо к любушке своей.

Терентьев придвинул свое кресло поближе к Дине.

— Ну, вот и побеседовать можно, а нам там пока чайку сделают. Как давно вы находитесь в любовной связи с товарищем Барченко Алексеем Валерьяновичем? — И сильным ногтем щелкнул по глазам Алексея Валерьяновича, глядящего на Дину с заснеженного фотоснимка.

Она задохнулась.

— Вы что? Как вы смеете...

— Дина Ивановна, — перебил ее Терентьев, — вы даже и представить себе не в состоянии, сколько я всего *смею!* Давайте к окну подойдем.

Он с силой приподнял Дину за локоть, сдернул ее с кресла и подвел к окну. Тихий и сонный московский двор казался каменным от мороза, но наверху, в небе, где только что поблескивало холодное солнце, метались какие-то рваные тени, как будто на небе случилось сраженье и души погибших искали приюта.

— Открою окошко, — задумчиво, словно он не хотел мешать Шаляпину, заговорил Терентьев, — возьму вас и сброшу в сугроб. Четвертый этаж. Умрете не сразу, но точно: умрете.

Она опять набрала полную грудь воздуха, задержала его и выдохнула.

— Дышите, дышите! — усмехнулся Павел Андреич. — Перед смертью, как говорится, все равно не надышитесь... Так мне повторить свой вопрос?

— Я познакомилась с товарищем Барченко два года назад на репетиции спектакля.

— Это нам известно. Наш сотрудник по фамилии Мясоедов, — он быстро взглянул на Дину, — пустой, впрочем, малый, утверждает, что вы регулярно проводили время в квартире Алексея Валерьяновича Барченко и участвовали в его этих... как там? — ну, опытах, что ли. И были при этом его же любовницей. Об этом вот я и хотел побеседовать.

— Никаких опытов я не делала!

— Дина Ивановна, — прошептал он, приблизив свои губы к самому уху Дины, закрытому бронзовыми волосами. — Вас в этом не подозревают. Я говорю вам, что он, то есть Алексей Валерьянович, проводил свои опыты с вашей, так сказать, помощью, то есть вы служили ему материалом. Как, знаете, мышки, лягушки...

Дверь отворилась, и Софья Семеновна, переодевшаяся в какой-то пестрый восточный халат с наброшенным на плечи платком, с зажатой в углу неряшливо накрашенного рта папиросой, вошла с подносом, на котором стояли две чашки настоящего крепкого чаю и рядом на блюдце был целый лимон, нарезанный тонкими дольками.

— Прошу, — выдохнув кольцо папиросного дыма, произнесла Софья Семеновна.

— Спасибо, спасибо, голубка, — быстро откликнулся Терентьев. — Попейте чайку, Дина Ивановна. Не хотите? А может, покрепче чего-нибудь?

Дина с отвращением замотала головой. Волосы упали из-под шапочки, накрыли плечи.

— Ну, просто картина — сейчас в галерею! — усмехнулся Терентьев. — Думали небось, что с такой красотой вам все дозволяется? А вот и ошиблись! Другая эпоха. Что ж вы меня не спросите, почему товарищ Барченко не приехал вчера, как обещал?

Она посмотрела на него исподлобья.

— Софья Семенна! — крикнул Терентьев. — Будьте так добры, голубка моя, плесните чайку там Астахову! А нам коньяка принесите. Так что, пить не будете? — обратился он к Дине, наливая коньяк, принесенный Софьей Семеновной, в чашку из-под чая.

— Не буду.

— Да? Странно. А мне говорили, вы пьете... Ведь вы же актриса. Актрисы все пьяницы. Или неправда?

Дина вдруг почувствовала, как все поплыло перед глазами, зацепляя мелкие подробности этой комнаты, налившейся вновь темнотой после солнца: кусок паутины на ножке дивана, потом бахрому этой вытертой скатерти...

— Выпейте, выпейте! Доктора здесь нет, некому с вами возиться, — громко сказал Терентьев, поднося к ее губам чашку с коньяком.

Она отпила глоток. Комната перестала кружиться, голос Шаляпина стих, и в граммофоне что-то зашипело.

— Лимончик возьмите. Заешьте. Ну вот... Теперь отвечайте.

— Я что, арестована?

— Нет, вы свободны. Ответить, однако, придется. Иначе...

— Убьете?

— Не сразу, не сразу! Сперва поработаем, дел у нас много. Так что же проделывал с вами товарищ Барченко Алексей Валерьянович?

— Что значит «проделывал»?

— Что значит «проделывал»? — Терентьев скучающе приподнял брови. — Я вам помогу. Нам известно, что по части мужского, так сказать, энтузиазма товарищ Барченко не отличается особыми способностями. Весьма, как мы знаем, умерен...

Она сдавленно застонала от стыда, ярости, унижения и тут же уткнула в ладони лицо. Терентьев поднялся, достал из застекленного буфета рюмку и доверху наполнил ее.

— Глотните, глотните, — сказал он брезгливо, как будто ему это все надоело.

Дина выпила залпом и задохнулась.

— Вы состояли в любовной связи с товарищем Барченко, а нам известно, что он обладает особой, еще не изученной силой, с помощью которой подчиняет себе людей, и, в частности, женщин. Красивейших женщин! А сам он, заметьте... — Павел Андреич опять щелкнул ногтем по фотографии. — А сам по своей, так сказать, конституции совсем не силен...

— Подождите! — не выдержала она. — Ответьте хотя бы: он жив?

— Да, жив, — отозвался Терентьев. — Но жизнь его на волоске.

— Почему?

— Об этом и весь разговор! Ведь вы же хотите продлить его годы? Ведь вон как с букетиком давеча мерзли...

— Откуда вы знаете? Вы меня видели?

— А как же еще доказать, — не отвечая на ее вопрос, продолжал он, — свою роковую любовь? Вот так, как вы сделали, Дина Ивановна. С букетиком роз три часа на морозе!

— Если вы не собираетесь отпускать меня, — осмелела она, коньяк все же действовал, — тогда задавайте вопросы...

— Куда торопиться? — Терентьев нахмурился. — Не вы здесь решаете. Я здесь решаю. Использовал ли гражданин Барченко какие-то порошки или пилюли, когда добивался вашего подчинения?

Она вздрогнула всем телом.

— Нет, он ничего...

— Напитки какие-то пили?

— Пила. Молоко.

— Ах, вот как! Прекрасно! Шутить пожелали? Но вы мне скажите: чувствовали ли вы постороннее влияние на свою волю во время физической близости с Барченко? Не были ли вы под гипнозом?

— Дайте мне, пожалуйста, еще глоток, — дрожа всем телом, попросила Дина. — Я не могу отвечать на такие вопросы... пока я с ума не сошла... Или не опьянела...

— Да пейте, пожалуйста, — отозвался он. — Еще принесут.

60

Она выпила. Дрожь ее утихла.

— Мне нужны все подробности вашей связи с гражданином Барченко. Это раз. — Он загнул большой палец правой руки. — Мне нужно знать, какие именно приемы, упражнения или что-то еще он использовал для того, чтобы привести вас в состояние подчинения. Это два. — Он загнул указательный палец. — Мне нужно знать, что он рассказывал вам о целях своей будущей экспедиции. Это три. Ну, и последний общий вопрос: насколько гражданин Барченко был лоялен по отношению к Советской власти?

— Не стану я вам ничего говорить! — засверкав глазами, выдохнула она.

— Тогда вам каюк. Вы не догадались разве, что не выйдете из этой комнаты, пока документ не подпишете?

— Какой документ?

— Такой... — повторил он со скукой, но глаза его заблестели, и жизнь заиграла в них так же, как рыба играет в морской глубине. — Берете и пишете: я, Дина Ивановна Форгерер, обязуюсь помогать органам Советской власти во всем, что касается разоблачения и обезвреживания подрывной и враждебной деятельности контрреволюционно настроенных элементов...

— Я ничего такого не напишу, — прошептала она белыми губами. — Вы меня не заставите...

— Ах, вы не подпишете? — И он с той же брезгливостью посмотрел на нее. — Но неужели вы сами не догадались, милая моя Дина Ивановна, что ваша встреча с товарищем Барченко целиком зависит сейчас от вашего поведения? Не *он* не приехал, моя дорогая, а *я* не позволил вам встретиться...

— Скажите: вы — кто? — с наивным страхом перебила она и даже приоткрыла рот в ожидании ответа.

— Терентьев я, Павел Андреич. Учитель гимназии в прошлом... Ну, к делу давайте, а то уже поздно. Я буду сидеть в этом кресле, молчать. А вы шаг за шагом повторите всё, что происходило между вами и товарищем Барченко с того момента, как вы пересекли порог его квартиры. Что он говорил, как встречал? Когда вы ложились в кровать? Шаг за шагом. Хотите хлебнуть?

Он быстро наполнил рюмку.

— Подите вы к черту! — с яростью произнесла Дина Ивановна, поднимаясь с кресла. — Я лучше умру. Вы меня не заставите!

Павел Андреич тоже поднялся.

— Заставим, заставим!

— Нет. Лучше умру, — повторила Дина Ивановна Форгерер и широко шагнула к двери, как будто она свободна и собирается покинуть комнату.

— Ваш Барченко, кстати, в Москве, — спокойно произнес Терентьев ей в затылок.

Она застыла на месте.

— Вы сейчас подпишете бумагу о том, что обязуетесь не разглашать содержание нашей с вами беседы, — продолжал он. — Кроме того, вы соглашаетесь на то, чтобы доводить до сведения наших органов все подозрительные слухи, разговоры, высказывания, планы и прочее, которые остановят ваше бдительное внимание. Наши сотрудники будут сообщать вам о том, где и когда вы будете обязаны отчитываться в своей работе. А за это... — И он сделал паузу.

— За это...? — не оборачиваясь, повторила она.

— За это вы получите возможность увидеть дорогого вам товарища Барченко, который находится не только под нашим неусыпным наблюдением, но так же, как и вы, является нашим рьяным помощником. И я вам даю слово, что вашей горячей любви ничего не грозит. Ну, скажем, в ближайшее время. Решайте быстрее.

Она молча покачала головой.

— Да, чуть не забыл! У вас ведь племянник, хорошенький мальчик... Мне тут Мясоедов сказал: просто ангел! Так вот вы его пожалейте, голубка. Сестра у вас — барышня хрупкая, слабая...

— При чем здесь племянник? — Она повернулась к нему, красная, как будто ее обварили.

— Да как же при чем? — задумчиво ответил он. — Ведь дети-то вон пропадают... И в городе как неспокойно... Решайте.

Через час после этого разговора Дина Ивановна Форгерер соскочила с извозчика на углу своего Воздвиженского переулка. Гувернантка Алиса Юльевна шла ей навстречу, ведя за руку закутанного в платки Илюшу, которого полагалось прогуливать утром в любую погоду.

— И тогда русалочка ответила прекрасному принцу, — мерным и спокойным голосом, как будто вокруг не лилось столько крови и не было войн, революций и смерти, рассказывала Алиса Юльевна. — «Я сделаю все, что вы скажете, принц мой...» — Она увидела Дину и остановилась, не выпуская Илюшиной руки. — А мы и не ждали так рано! — воскликнула она со своим твердым немецким акцентом.

Илюша весь просиял сквозь платки.

— Где Тата? — Дина старалась не дышать на вплотную подошедшую к ней Алису Юльевну. — Проснулась?

Алиса Юльевна смотрела успокаивающими глазами.

— Проснулась и снова заснула. Ей всё нездоровится. Верно, простыла. Пойди к ней, и вместе хоть чаю попейте.

— Вы будете долго гулять? — избегая этих глаз, пробормотала Дина.

— Недолго! Недолго! — защебетал четырехлетний Илюша, с размаху уткнувшись лицом в шубу Дины. — Я к маме хочу! И с тобой!

Дина почувствовала такой страх, которого не чувствовала никогда прежде. «Царица Небесная, пошли мне смерть!» — подумала она, обхватывая Илюшу обеими руками и прижимая его к себе.

— А мы идем в сквер, — спокойно сказала Алиса Юльевна.

— Гуляйте у дома, — дрожащим голосом попросила Дина. — Зачем вам ходить далеко? Слишком холодно...

Таня не спала и, узнав быстрые, но неуверенные шаги сестры по деревянной лестнице, вышла в прихожую и ждала ее.

— Вернулась? А что ты так долго?

— Я очень устала, — резко сказала Дина. — Вода у нас есть?

И пошла к себе, не снимая ни шубы, ни теплых ботинок.

— Постой! Ты куда? Он приехал?

Дина остановилась на пороге.

— Нет.

— Как нет? Почему?

Нужно было накричать на сестру, чтобы она не смела никогда ни о чем спрашивать, но Танины глаза, умоляющие и словно бы виноватые в чем-то, всегда приводили к одному и тому же: она прижалась лбом к Таниному плечу и разрыдалась.

— Ты водку пила? — со страхом спросила Таня. — А где ты была?

...Она вжималась в Танино плечо, а перед глазами крутилось одно и то же: Терентьев вынимает из кармана бумагу, на которой напечатано, что она, Форгерер Дина Ивановна, 1900 года рождения, обязуется доводить до сведения органов власти все вызывающие у нее подозрение разговоры и настроения граждан, с которыми она вступает в контакт, включая членов семьи и родственников, а также обязуется уделить особое внимание и проявить особую бдительность по отношению к разговорам и настроениям Барченко Алексея Валерьяновича. Настоящий документ является строго секретным, разглашению не подлежит, и любое нарушение со стороны подписавшей карается по законам военного времени. Потом он протягивает ей карандаш, и она подписывает.

Ни Таня, ни отчим, ни Алиса никогда об этом не узнают. Она подписала потому, что Терентьев припугнул ее Илюшей. Илюшей! Они сейчас в сквере с Алисой. Она оторвала лицо от Таниного плеча: в окне проплывало прозрачное облако, и на тонкой белизне его таяли голубоватые пятна, похожие на следы детских валенок.

Балерина и актриса, которой, если верить русским газетам, выходящим в Берлине, на свете нет равных и больше не будет, Вера Алексеевна Каралли уже второй месяц не выходила из дому. За это время в газетах появилось несколько некрологов, где лучшую исполнительницу партии умирающего лебедя, захлебываясь, проводили в лучший мир.

В субботу вечером Вера Алексеевна, просматривая последний из этих некрологов, сказала лежащему тут же, на диване, Николаю Михайловичу Форгереру, только недавно вернувшемуся с очередных съемок новой фильмы, уставшему и обессиленному:

— Какие подлецы! На что угодно готовы пойти, лишь бы продать мерзкие свои газетенки. И ведь отлично знают, что я жива! И знают, что просто была инфлюэнца... А вот утерпеть и не сделать сенсации просто не могут! Надо нам с вами, дорогой друг, перебираться в Америку, подальше от всей этой дряни. Поедемте, Коля, в Америку?

Николай Михайлович приоткрыл глаза:

— Нет, Верочка, я не поеду.

Вера Каралли немного побледнела. Отношения с Николаем Михайловичем с самого начала были несколько утомительными в силу их неопределенности и явного отсутствия его любви. Ей, может быть, и не нужна была мужская любовь после всего, что Вера Алексеевна узнала про мужчин, но странно мешало то, что Николай Михайлович, всегда нежно заботливый по отношению к ней и лучше всякой горничной помогавший во время бесчисленных ее болезней, щедрый и ненавязчивый, — этот Николай Михайлович нисколько не скрывал того, что не любит ее, царицу балета, звезду и богиню, а просто проводит с ней время, но любит при этом — отчаянно, горько — кудрявую и большеглазую дурочку, бросившую его в Италии, свою законную жену, маленькую актриску одного из сумасшедших большевистских театров, и ждет только удобного момента умчаться обратно, в Россию. Россия же теперь виделась Вере Алексеевне в образе лебедя, огромного, угольно-черного, в пачке, без всяких сомнений почти что умершего.

Гордость Веры Алексеевны была уязвлена, но при этом какое-то фантастичное, трудно объяснимое чувство охватывало ее все чаще; она переживала ни разу в жизни не испытанное ею наслаждение от борьбы с женщиной, которую никогда не видела и знала только по фотографическим портретам. Если бы ей сказали, что она победила эту женщину, и в душе Николая Михайловича Форгерера наконец-то погасла любовь к ней, и стал он таким же, как все остальные, а именно: ищущим плотской забавы, красивым и сильным самцом, — то она бы смирилась. Она знала многих мужчин, они были похожи. Но все время чувствовать рядом с собою, у самого сердца, чужую тоску по какой-то вертушке! К тому же его так безжалостно бросившей... Нет, дудки! Николая Михайловича нужно было лечить, как лечат больных от болезней, и этот их дивный, их пылкий роман, известный и здесь, и в Париже, и в Праге, роман, которому люто завидовали все и опускали глаза, когда эти двое, статные, сильные, в прекрасной одежде, под руку входили то в ложу театра, а то в ресторан, — этот роман не должен был закончиться его бегством обратно, в страну, которая, как писали берлинские газеты, вернулась в «доисторическую эпоху»!

Разумеется, она не обсуждала с Николаем Михайловичем своих этих чувств. Она не просила и не упрекала, но когда ей пару раз показалось, что

Николай Михайлович взглянул на нее тем самым потерянным взглядом, который она ловила на его лице, чуть только речь заходила о жене, или внезапно притронулся к запястью Веры Алексеевны теми же дрожаще-сухими губами, какими, должно быть, касался *ее,* — звезда мирового кино и балета почти ликовала победу. А зря ликовала: он опоминался, и все шло как прежде. Театр, прогулки, постель, рестораны — и вежливый холод, когда не в постели. Последнее время ей стало казаться, что если увезти упрямого Форгерера в Америку, вода океана, как сонная Лета, отрежет его от жены. И навеки. Но он отказался.

— Вы наверняка не хотите уезжать из Европы, Николай Михайлович? — дрогнувшим голосом спросила балерина и даже немного закашлялась.

Она закашлялась нарочно, хотя и не отдавая себе отчета в притворстве, закашлялась для того, чтобы напомнить Форгереру, как чуть было не умерла от инфлюэнцы, и умерла бы, если бы не его забота; напомнить, что весь этот месяц тяжелого жара, бессонницы, боли так сблизил их, что расставаться — нелепость; но взглянула на лицо Николая Михайловича, и кашель ее очень быстро затих.

На лице Николая Михайловича Форгерера установилась, как показалось Вере Алексеевне, какая-то блаженная, сродни идиотизму, уверенность, словно он перестал заботиться о жизни сам и отдался на волю ангела, который прозрачным своим, тихим взором глядит на него с высоты и вздыхает.

— Вы знаете, Коленька, мне тут давеча зоолог один рассказывал — он московский, в институт Пастера собирается, а мальчик сам милый и любит искусство, — так он мне рассказывал про лососину...

— Про что он рассказывал? Про лососину?! — искренно удивился Николай Михайлович.

— Ну, Господи, Коля! Рыба эта, лососина, вы что, никогда не ели? Так вот эта рыба, когда ей приходит пора размножаться, она не просто так размножается — она выплывает обратно из моря опять в свою реку и там поднимается вверх по течению... Вернее, плывет прямо против течения. А там ведь пороги, коряги, препятствия... И вот эти рыбки, Коленька, они бьются, разбиваются, некоторые даже в кровь, и погибают, но всё продвигаются вверх через эти пороги... Их разбивает, а они — дальше! Он сказал, что смотреть на это страшно. «Были, — говорит, — бледные такие рыбешки, голубоватые, невзрачные, а как им идти размножаться, так красными тут же становятся, бурыми... Потом умирают». Не все, правда. Многие.

Она замолчала и выжидающе посмотрела на него. Николай Михайлович привстал на диване и шутливо поклонился.

— Польщен вашим рассказом, Вера Алексеевна... Я, значит, лосось?

Вера Алексеевна грациозно опустилась на ковер у самого дивана и положила чернокурчавую, с бархатной ленточкой через выпуклый лоб голову на руку Николая Михайловича.

— Не жар ли у вас снова, Верочка? — спросил он внимательно.

— Нет, Коля, не жар. — Она подняла лицо с блистающими черными глазами, о которых те же самые русские газеты писали, что многие отдали бы жизнь за один этот взгляд, а если уж сравнивать Веру Каралли с известной египетскою Клеопатрой, так вот, Клеопатра бы и проиграла. — Нет, Коля, не жар, а печаль. Ужасная печаль, Коленька! И не за себя — я нигде не пропаду, — а за вас. Вы, Коля, всплывете наверх по теченью, а после погибнете. Но главное, Коля, вы ей не нужны. Она вас не хочет, мой милый, не любит...

— Вера Алексеевна, — грустно ответил ей Форгерер, — скольких женщин я знал под собою...

Вера Алексеевна слегка усмехнулась на этот дерзкий оборот речи.

— Да, радость моя... Вас включая, уж не обижайтесь. Но эта жена моя... Она не на счастье мне послана, вот что. Люблю я ее? Ну, пожалуй. Желаю? Да, очень, но это не просто желанье. Смотрю: вот она разувается, скажем... Сидит на ступеньках, а вечер был жарким, и ножки вспотели... Вот она стягивает башмаки со своих этих ног, а пальчики слиплись, опухли немножко, и я наблюдаю за ней, и мне страшно. Помру и не пикну за эти вот ноги... За каждый их пальчик. Да, это безумье. А что про отъезд... Так это не я ведь решил.

Вера Алексеевна со страхом посмотрела на него.

— Конечно, погибну. Иду напролом, вот и всё. Как лосось.

— При чем тут лосось? — бледнея, как будто ее вдруг густо напудрили, спросила Вера Алексеевна.

— Просыпаюсь по ночам, — продолжал Николай Михайлович, — холодом меня обдает. Страшно. Душа просто в пятки уходит. А дикий при этом восторг. Скорее бы только! А там уж как будет. Нет, я ничего не решал. *Мной* решили.

Пошли слухи, что в Москве поселился юродивый, который имеет страсть поджигать, поэтому в городе участились пожары. Времена наступили советские: юродивых, а с ними вместе и не юродивых всех приструнили — кого разогнали, кого расстреляли, кто сам убежал. И поэтому, когда товарищу Блюмкину доложили, что за одну неделю случилось три пожара в бывшей Анненгофской слободе и виновник этому безобразию юродивый Ваня Плясун, товарищ Блюмкин приказал привезти к себе немедленно Ваню Плясуна, хотя дел было много в последнее время — так много, что шла голова даже кругом.

Причина же особого интереса товарища Блюмкина ко всей этой нечисти была еще и в том, что сам он находился под сильным влиянием отъехавшего в экспедицию товарища Барченко, ученого самого что ни на есть новейшего психологического направления, с помощью открытий которого можно будет целиком взять на себя управление человечеством. Тут, кстати, тоже было не все так просто. Это со стороны могло показаться, что в сером доме на Лубянке, где горит по ночам электричество, все товарищи живут одной дружной большою семьей, искореняя врагов революции с целью быстрее обеспечить трудящимся рай на земле; едят сухой хлеб, пьют холодную воду. Неправда, неправда и снова — неправда. Сам товарищ Блюмкин, собиравший живопись, антиквариат, драгоценные камни, старинную мебель, меха и посуду, и то поражен был недавно случившимся. История мелкая, но характерная: один незначительный чин (как водится, из латышей) повадился воровать из столовой ВЧК золотые вилки. Товарищи думали, что они были всего-навсего позолоченными, большого внимания не обращали. Кому нужна дрянь и подделки? А вышло-то как? Золотая посуда! Другое дело, почему эта посуда попала в столовую? А всё потому же: бардак, произвол. О чем говорить? Мерзавца — в подвал и в расход, разумеется.

Сверху, как кипяток на голову, сливали одно: расстрелять. Без пощады. Он сам любил кровь и стрелял очень метко. Когда вот была заварушка в Тамбове, стрелять пришлось столько — рука уставала. А как их иначе учить, допотопных? Стоит, скажем, баба, не воет, не плачет. Как окаменела. Глядит прямо в дуло. Грудной на руках, остальные под юбкой. А нужно попасть, чтобы сразу, не мучить. И он попадал. Помирали без визгу.

Окунувшись здесь, в столице, в партийную работу, Блюмкин заметил, что вокруг одни мертвые. Заглянешь им в лица — сплошной кокаин. Он сам ходил в кожаной куртке, сам ездил ночами обыскивать и арестовывать, но сердце у него вдруг начинало колотиться: хотелось чего-то красивого! Стихов, например. Или драмы в театре. И женщин в вуалях, духах и туманах. А тут — одна смерть, один холод кровавый. Приказ за приказом, стрельба да припадки. Ведь сколько народу с ума посходило! Посмотришь: чекист, не горит и не тонет. А утром тебе говорят: застрелился. Записку оставил: «Прощайте, мамаша!»

Чтобы спастись от тоскливых мыслей, товарищ Блюмкин вскакивал иногда из кровати, недавно конфискованной им в особняке Рябушинского, а прежде принадлежавшей самому Савве Морозову, и мчался под снегом к собратьям-поэтам. Те тоже ночами не спят, куролесят. Сергунька напьется — такого городит, святых выноси! А Володя? Володя стишки ему дарит, боится. В стихах-то он громкий, а так — вроде зайца. И Блюмкин не хуже поэт, чем Володя. К тому же герой революции. То-то. Он чувствовал, что они не считают его своим, и ненавидел их за это лукавство, за то, что они хлопают его по плечу, чокаются с ним неразбавленным спиртом, который он сам приносил им на сборища, и нюхают с ним порошок из его же ладони. Половину этих ребят давно нужно было бы пустить в расход, если бы они не были такими мастерами! Блюмкин — хороший поэт, никто с этим и не спорит, но так сочинить вот, как Мариенгоф, пока что не может. Одно радует, что и эти прекрасные стихи Мариенгоф не Сережке посвятил, не дураку Ивневу, пьянице и подхалиму, которого Луначарский себе в секретари взял, а все же ему, Яшке Блюмкину!

Стихи-то отменные:

> Кровью плюнем зазорно
> Богу в юродивый взор.
> Вот на красном — черным:
> Массовый террор!

Блюмкину бы самому до смерти хотелось рассчитаться с этим Стариканом, который засел в небесах и за всеми следит. Как он Его в детстве боялся! Кто знает: там Он или нет? Страх человека долго не отпускает, его порошком не занюхаешь! Вот разве что кровью зальешь...

Хорошо это у Мариенгофа про кровь получилось, крупное вышло стихотворение, его никогда не забудут:

> Что же, что же, прощай нам, грешным,
> Спасай, как на Голгофе разбойника, —
> Кровь твою, кровь бешено
> Выплескиваем, как воду из рукомойника!

Лубянку бы тоже хотелось почистить. Романка Пилляр, например. Какой он Пилляр? Барон Ромуальдес Пилляр фон Пильхау! Товарищ Дзержинский сказал, что Пилляр происходит из обедневшего и захудалого дворянского рода. Вранье! Блюмкин не поленился, выяснил, из какого он рода. Богач и вельможа, и замок фамильный. Его расстрелять или, к черту, повесить! А мы доверяем. А как же? Матушка барона Ромуальдеса, Софья Игнатьевна баронесса фон Пильхау, была при дворе императора фрейлиной, но матушку тоже не тронут: родная по матери тетка Дзержинского. В Германии полгода назад объявился еще один родственник: двоюродный брат фон Пильхау. Сказал, что он начальник «Русского объединенного народного движения». Набрал себе целый отряд идиотов и всех нарядил, как на дачном спектакле: белые рубашки, на рубашках алые нарукавники, на каждом — белая свастика в синем квадрате. Себя величает: Иван Светозаров. И эти, в рубашках, с проборами в масле, ему козыряют: «товарищ Дер Фюрер!» Der Fuehrer! Пришлось — на паром и обратно в Россию. А тут церемониться долго не стали.

На некоторых своих соратников комиссар Блюмкин не мог смотреть без хохота. Кого, например, взяли Политбюро охранять? Начальник-то кто над охраной? Как кто? Парикмахер! Рудольф Вильгельм Паукер. Из Будапешта. А Венька Герсон, секретарь у Железного? Бухгалтером в Риге сидел, серой мышкой.

Все время хотелось сбежать. Он сбегáл: то в Персию, то в Бухару, то на Север. Самое, однако, прекрасное случилось полгода назад летом. Кто

76

знал город Решт до недавнего времени? Никто его толком не знал. Глухой городишко, седые потоки и горы вокруг. И тут-то, на самом отшибе Ирана, вдруг как повезло! Провозгласили большевики в городе Реште Гилянскую советскую республику. Революционное правительство тут же объединилось вокруг одного очень крепкого хана, поджарого, словно олень, но с изъяном: везде за собою таскал свой гарем. Война, революция, дела по горло, а тут эти бабы! Сидят, вышивают. За них-то, за баб своих, и поплатился: правительство свергли, а хана убили. Приходит приказ из Москвы: поставить на место казненного хана другого, живого. И строить Советы. Откуда-то сразу возникла компартия, и Блюмкин в ней стал коммунистом. Не шутка. Что тут началось! Оборона Энзели (еще городишко один, неказистый), потом Первый съезд угнетенных народов. Собрались в Баку, поорали, поели. И все разошлись кто куда. Он думал: опять в Бухару — ан не вышло! В Москве вас заждались, товарищ Дзержинский немедленно требует, вот телеграмма.

Блюмкин был нужен действительно срочно. Тысячи белых офицеров, уцелевших после разгрома генерала Врангеля силами победоносной Красной Армии, «прошли регистрацию», то есть живыми сдались в красный плен. Поехали их регистрировать трое: товарищ Землячка, товарищ Бела Кун и товарищ Блюмкин. Но Блюмкин решил поскорее удрать: при той быстроте, с которой Розалия черное море превращала в красное, ему почти нечего было и делать. Прекрасно там Бела с Розалией справились. Товарищ Троцкий сказал, что Крым — это бутылка, из которой ни один контрреволюционер не выскочит. Никто и не выскочил. Демон (партийная кличка Розалии) придумал простую уловку: всем бывшим военнослужащим царской армии прийти по указанному адресу и сообщить свою фамилию, звание и адрес. За уклонение — расстрел. Конечно, пришли, сообщили. Тут же начали брать людей прямо по адресам. К солдатам и офицерам прибавились сразу и сотни, и тысячи. Работы было столько, что Роза с ее изворотливым быстрым умом придумала всем им, троим, облегчение: топить эту контру, не тратить патронов. Воды в море хватит. По камню на брата — и быстро на баржу! Потом сквозь морскую соленую воду, когда ее солнце насквозь прожигало, виднелись рядами стоящие трупы. Враждебная, но безопасная армия.

Блюмкин, кстати, и не уехал бы так поспешно из Севастополя, если бы не Розино на него нападение. Тут уж он ничего не мог с собой поделать. Одно дело — борьба за дело революции, а другое дело — любовь; и поэтому, когда пропотевшая от утомительного, полного событий дня, растрепанная, с ее уже седеющими мелкими кудряшками, Розалия однажды ночью просто-напросто влетела к нему в комнату, как ведьма на помеле, и тут же стала срывать с него, спящего, одеяло, впиваться губами в живот и подмышки, товарищ Блюмкин быстро ее успокоил и с некоторым даже гневом выпроводил из своей комнаты. Наутро Роза собственноручно расстреляла из пулемета наполненную контрреволюцией баржу, не ела весь день, а вечером, накручивая на желтый от махорки палец свою поседевшую прядь, сказала, что тут они с Белой управятся сами и Блюмкин им больше не нужен.

Он любил женщин как поэт, любил не хуже Володи, и красота в женщине привлекала его неудержимо: он мог и рискнуть, мог сделать любой безрассудный поступок. Уродливая женщина или просто, скажем, невзрачная отталкивала сразу: никакой порошок не помогал. И когда товарищи по партии уверяли его, что любая сойдет, лишь бы было за что ухватить да задвинуть поглубже, он только брезгливо кривился.

Вчера товарищ Терентьев, на которого Блюмкин давно, кстати сказать, собирал материал, но поскольку Терентьев принадлежал к масонскому ордену и был там своим человеком, его приходилось терпеть, — вчера этот жирный и скользкий Терентьев принес фотографии женщины Барченко. Она стояла на перроне в ожидании мурманского поезда. День был морозным, и низкое солнце, случайно попавшее в объектив, казалось дрожащим от холода прямо на снимке. А женщина, которую Терентьев сумел ухватить только в профиль, была такой тонкой и юной, что Блюмкин покрылся испариной: он тут же представил себе ее тело. При этом и вспомнил, как выглядит Барченко: большой, под глазами мешки. Да кто же поверит, что эта вот киска, прижавшая розы к губам, в черной шубке, с огромным клубком очень светлых волос, так сохнет по старому Барченко? Дудки!

Ведь он ее заколдовал! Терентьев собрал все бумаги, касающиеся Дины Ивановны Форгерер, в девичестве Зандер. Актриса в театре, замужем за белым эмигрантом и тоже актером Николаем Михайловичем Форгерером, в настоящее время находящимся в Берлине. Несколько писем от Форгерера к жене удалось перехватить. Обычные сопли. «Люблю, умираю! Позволь мне приехать...»

Езжай, а уж мы тебя, козлика, встретим. Товарищ Блюмкин мысленно усмехнулся в лицо подлецу-эмигранту. Такая красавица не про тебя. Он близко поднес к своим близоруким глазам фотографию, где Дина Ивановна Форгерер была снята в тот момент, когда она бросила розы прямо на перрон и обернулась к Шаляпину. И мука такая на этой мордашке, и губки закушены... Ах, моя пери! Сейчас вот Терентьев придет и расскажет. То, что она подписала бумажку, ни о чем не говорит: многие подписывают, а потом исчезают. А другим никакой и бумажки не нужно: и так, без бумажки, расскажут. Особенно бабы. Женщины, как справедливо считал товарищ Блюмкин, с юности питавший страсть к эзотерическим наукам и лично одолевший таинства каббалы, по природе своей чистейшие ведьмы, в них много змеиного, нечеловечьего. Им только залезть бы повыше. И лезут! По мужьим хребтам, по беспомощным шеям.

Опутает телом, вопьется всем жалом — и лезет, и лезет со свистом и шипом. Вон Ларочка Рейснер, огонь-комиссарша, вон Лиличка Брик. Эти не за колечки безумствуют, не за собольи палантины. Им надобно власти; они, как в сказке «Золотой петушок», всех перестреляют и всех перессорят, а сами наверх! Только зубы скрипят. Не зря же Володька повеситься хочет.

С Барченко у товарища Блюмкина были свои отношения. По правде сказать, не было бы уже никакого Барченко, давно бы истлели в земле его кости, если бы не защита товарища Блюмкина. У Барченко были ученики — пытались пробиться в слои ноосферы, — и сам он царил среди них, как павлин. Конечно, донос. Тут Блюмкин его и отбил. А было непросто: у нас не посмотрят, что ты оккультист. Китайцы всем кожу в подвале снимают. Им что оккультист, что профессор, не важно. Но Барченко трогать нельзя. Блюмкин хотел с помощью Барченко всему *этому* научиться. От слова «магия» у него самого волосы на голове шевелились. Несколько раз он присутствовал при опытах: Барченко передавал мысли на расстоянии, потом усыплял своим взглядом, потом приводил в состояние страха. И всё — только взглядом! Блюмкин после этих опытов неделю спать не мог. И никакой экспедиции не было бы, если бы не его вмешательство. Железный не очень-то верил в затею, ему лишь бы крови напиться да кашлять. Товарищ Блюмкин все поставил на карту, даже собственную карьеру. И добился: экспедиция состоялась. Он и сам хотел поехать, но ему запретили, отправили в Германию секретным агентом. Опять подымать революцию, учить глупых немцев взрывать да шпионить. А ведь благодаря этому лохматому, с мешками под глазами, Барченко новый мир начал разворачиваться перед товарищем Блюмкиным!

Поначалу он погорячился: припугнул колдуна, дал ему понять, что только полной откровенностью с ним, то есть с Блюмкиным, есть шанс задержаться на этом свете. Нельзя сказать, чтобы оккультист так уж сильно испугался. Похоже, что он и сам присматривался к Блюмкину, даже не скрывал этого. Хотел и его приручить. Два года назад взял его с собой на празднование Рождества в масонском «Ордене духа». Жизнь товарища Блюмкина была столь кипуча и разнообразна, что все в ней смешалось, как карты в колоде, но этот поход он запомнил в деталях. Пошли в Первый Ржевский. Снежок. Какое, к чертям, Рождество? Не до праздников! Однако Москва — такой город: ее хоть ты в землю зарой, так из-под земли будут петь, из могилы! За столом, накрытым белой скатертью, стояла чаша с вином. Еды сначала не было никакой. Рядом с чашей лежало Евангелие, заложенное голубой шелковой лентой. Барченко хмурился, а у Блюмкина живот сводило от любопытства. Кроме них, за столом сидели три женщины и четверо мужчин. Все сосредоточенные, с опущенными глазами. Один из мужчин, черноглазый, с сухим орлиным профилем и белыми от голода губами, спросил у всех присутствующих, существует ли на этом свете совершенная красота. Начали отвечать по кругу. Ответили все, кроме Барченко с Блюмкиным. Потом одна из женщин, не подымая глаз, удалилась и минут через десять принесла угощение. Блюмкин запомнил только пирог с вареньем из яблок. Его ели долго и пили вино. Особенно есть было нечего. На стене висели изображения разноцветных рыб, а в руках председателя с сухим профилем и белыми губами мелькала все время какая-то веточка. Потом поднялись, опустили глаза и начали петь. Пели гимны Архангелу Михаилу и кланялись низко рыбешкам на стенах.

Когда возвращались обратно, Барченко сказал, что все это — чушь, ерунда. Самозванцы.

— А что тогда не ерунда? — спросил Блюмкин.

Ах, какое лицо было у этого человека, когда он остановился, задрал к небу голову — а там, в вышине, сколько звезд, сколько тайн! — и, полузакрыв свои глаза, сказал, что *не ерунда* только поиск Гипербореи. И знание *смерти*. Блюмкин и сам это чувствовал. Именно так: знание *смерти*. Что *там? Кто* нас ждет? А если — *никто?* Каббала, конечно, многое толковала, но времени не было на каббалу. А Барченко — рядом, живой. И он — знает.

Месяц назад чахоточный дьявол Дзержинский приказал завершить поиски Гипербореи и вернуться в Москву. У большевиков, мол, нет лишних денег на подобные экспедиции. Блюмкин знал, что деньги есть. Денег у них было немерено-не-считано, успели наэкспроприировать. Но спорить не стал, слишком было опасно. Барченко вернули, но из поезда не выпустили. Нужно было под-страховаться, понять, с чем он едет в Москву. Те-рентьев сообщил, что у Барченко есть только од-на слабинка: актрисочка Форгерер, Дина Иванна. Вернулась в Москву из Берлина. Живет в одном доме с сестрой, отчимом и племянником. Сест-ра — любовница доктора Веденяпина, психиатра из бывшей Алексеевской клиники, в которую пришлось однажды, прямо из «Кафе поэтов», до-ставить Сережку Есенина в белой горячке. А сын Веденяпина, белогвардеец, сидел на Лубянке, и Барченко этого парня затребовал. Сказал: уни-кальные данные, парапсихолог. Короче: клубок. Хорошо бы распутать. Сейчас Барченко перевезли в Москву, а парень этого доктора, Веденяпина, ос-тался в Мурманске. За ним Мясоедов присмотрит.

Терентьев даже и не постучался. Скребнул ногтем дверь и вошел. Блюмкин прикрыл фото-графии Дины Ивановны вторым толстым томом товарища Маркса.

— Садитесь, Терентьев.

Терентьев тяжело развалился, сел по-барски. Знает, что сам на крючке, а поведение наглое.

— Что скажете? — И спичкой ковырнул в зу-бах. — Вы время-то не тяните, Терентьев.

— Вы должны, товарищ Блюмкин, лично по-смотреть на эту женщину. Характер весьма любо-пытный.

— Работать согласна? — быстро спросил Блюмкин.

— Я же вам говорил, товарищ Блюмкин: она подписала, но... кто ее знает...

— Пригрозил ты ей? — хрипло спросил Блюмкин, побледнел и облизнулся.

Терентьев привстал: вся Лубянка знала, как начинаются приступы у товарища Блюмкина. Вот этой вот бледностью, быстрым облизыванием. Потом изо рта идет пена.

— Пошел вон отсюда! — тонким голосом закричал Блюмкин.

Терентьев выскочил за дверь. Блюмкин рванул ворот рубашки, достал из ящика стола бутылку, захлебываясь, отпил треть, вытер губы ребром ладони. Руки его тряслись. Полегчало только от порошка. Где этот юродивый? Как его? Ванька Плясун.

Он вышел в приемную, бледный, но твердый, с ушами, прижатыми к черепу.

— Юродивого ко мне.

Алиса Юльевна наблюдала за Таней так, как только очень любящие родители иногда наблюдают за своими выросшими детьми, болея за них всей душой и отчаиваясь, потому что взрослому человеку уже не позволяется выговаривать так, как ребенку, и взрослый человек имеет полное право попросить, чтобы его оставили в покое. Будучи неискушенной в любовном деле, Алиса

Юльевна не могла даже представить себе, где в этом холоде, голоде, мраке умудряются встречаться два человека, если дома у Александра Сергеевича находится его законная жена, а Таня ни разу за все эти годы даже в отсутствие отца не пригласила Веденяпина зайти к ним хотя бы на чашечку чая. Ах, Господи! Чашечку чая! Какой теперь чай и какие там чашечки... Пару месяцев назад Алиса Юльевна получила официальное разрешение покинуть страну Советов и вернуться в Швейцарию, откуда она уехала двадцать три года назад. Двадцать три года назад она пришла в дом доктора Лотосова и впервые погладила эту девочку по ее кудрявой голове. В душе у Алисы Юльевны не было места разброду и хаосу. Она видела жизнь так, как должны были бы видеть ее все люди на свете: тогда не случалось бы войн и пожаров. Вставали бы утром, молились бы Богу и благодарили, что утро настало. Потом бы трудились на совесть. А дети? За что их-то мучить, ответьте! Недавно доктор Лотосов рассказал, что во времена Французской революции использовали специальные детские гильотины для маленьких жителей Франции — с пяти вроде лет до четырнадцати. Алиса Юльевна сначала окаменела, а потом заставила Илюшу выпить два стакана молока вместо одного. Ей неоднократно приходило в голову, что лучше всего было бы взять ребенка и уехать с ним в Швейцарию, но это были праздные мечтания: Тата его никогда не отдаст, да и сама Алиса с Татой не расстанется.

Бог мой! Какие они обе красивые и несчастные девушки: и Тата, и Дина! Алисе Юльевне не пришлось испытать любви к мужчине, но теперь, глядя на Тату и Дину, она благодарила Бога за то, что он не наслал на нее такого несчастья. Обеих ведь просто трясет лихорадка! А Татины слезы ночами! Алиса сколько раз саму себя за руку удерживала, чтобы не войти к ней в комнату, не обнять маленькую свою глупышку, самой не заплакать с ней вместе. Нельзя. Потому что нужна дисциплина. Поплачет и справится. Сердце не обманывало Алису: она знала, что чувство долга, которое она воспитывала в Тате с самого первого дня, и есть ее стержень, она не сломается. А с Диной труднее. Дина была воспитана матерью, которую Алиса Юльевна презирала от души: как женщина может во имя мужчины оставить ребенка? В Дине было много от матери, гораздо больше, чем в Тате, которая пошла в отца. От Дины можно было ждать чего угодно, хотя, если бы не ее возвращение из Европы и связь ее с этим ученым, никто бы не выжил. Она всех спасла. Барченко уже почти год как находился в экспедиции, а им все еще помогали с продуктами: два раза в неделю приезжал шофер на служебной машине и выносил коробку с удивительными по нынешнему времени вещами: сардинами, сыром, сухим молоком, английскими крекерами и шоколадом. Половину Дина немедленно отдавала Варваре

Брусиловой, которую уже два раза забирали на Лубянку, но оба раза выпускали: вмешивался, наверное, тесть, сам Брусилов, теперь генерал Красной Армии. Алиса Юльевна все порывалась спросить у Дины, почему же генерал не помогает невестке и внуку с питанием, но не спросила. Все знали, какие в этой семье тяжелые отношения, особенно после кончины Алеши. Говорили, что младший Брусилов служил в Красной Армии и умер в Ростове от тифа. Дина как-то проговорилась, что Варя в его смерть не верит и почти убеждена, что Алеша не умер, а перебежал к белым и покинул Россию. Слух о его смерти был распущен для того, чтобы спасти жизнь отцу-генералу. С другой стороны, и отец перешел на сторону Советов, чтобы спасти Алешу и выдрать его из рук ВЧК. Как бы то ни было, но теперь Варя осталась одна, с ребенком, имея несносный строптивый характер. У Дины характер не легче.

Как ни сосредоточена была Алиса Юльевна на своей Тате и маленьком Илюше, как ни переживала она за доктора, который работал сутками и часто спал не раздеваясь в кабинете, хотя в доме было тепло (шофер на служебной машине дрова привозил дважды в месяц), — но в последнее время она стала замечать, что с Диной творится неладное. Тата, конечно, что-то знала, но даже Алисе Юльевне, которую она любила и без которой не представляла себе ни своей, ни Илюшиной жизни, — даже Алисе она ни за что не сказала бы правды. Тем более она не сказала бы этой правды отцу, который с самого начала был насторожен к Дине и иногда слишком внимательно смотрел на нее за обедом. Обедали вместе, семьей — так, как раньше. Алиса Юльевна не сомневалась, что с Дининым характером, а главное, с Дининой внешностью она непременно вляпается в какую-нибудь историю, и Тата, которая разрывается между сестрой, сыном и любовником и у которой в темно-голубых ее глазах теперь уже постоянно светится что-то такое, от чего у Алисы переворачивается сердце, — Тата обязательно кинется ей на помощь и тоже, скорее всего, пострадает. Главное правило, которое Алиса усвоила еще в годы Таниного отрочества, было простым: никогда ни о чем не спрашивать, сама надорвется своим же молчанием, сама все расскажет. Всякий раз, когда Тата в сумерки выскальзывала из дому, Алиса Юльевна повторяла себе, что нынче — мороз, она скоро вернется.

В мороз им укрыться совсем было негде. Они бродили по городу, изредка она забегала к нему в больницу, где он оставался ночевать, и там они, обнявшись, сидели у печки, пили чай с черными сухарями, пока из палат не начинали доноситься крики больных людей, потревоженных близким дыханием чужой любви. Она закутывалась в платок, ждала, пока он успокоит несчастных, и Александр Сергеевич провожал ее до дому. У Таниного дома они быстро целовали друг друга замерзшими губами, и Александр Сергеевич всякий раз напоминал ей, что сразу, как только наступит тепло, они будут ездить на «дачу». При мысли о «даче» у Тани кружилась голова. Какая же странная все-таки жизнь!

...Розовая река блестела, как зеркало, цветами и травами полон был воздух, и томно, словно изнемогая от счастья, стонали и охали в парке лягушки. Таня запомнила этот вечер целиком, во всех его самых случайных подробностях. На трамвае они с Александром Сергеевичем доехали до Каланчевской площади, потом взяли извозчика и под переливающееся пение горлинок, под цоканье и мелодичный треск соловьев, под голос кукушки, одурманенные запахами цветов и травы, после пыльного и раскаленного солнцем города въехали в Сокольническую рощу, где в редком лесу, на полянах которого росли очень низкие дикие яблони, стояли обычные мирные дачи. Вдали был заросший кувшинками пруд, по краям так щедро осыпанный мелкими незабудками, как будто его обвели синей краской.

— Куда мы приехали, Саша? — спросила она, изо всех сил сжимая его руку, переплетая его пальцы со своими и поглаживая ладонью ладонь.

— Мы будем здесь прятаться, — спокойно ответил Александр Сергеевич. — Мне нужно же где-то любить тебя, правда?

Она вспыхнула и глазами показала ему на спину извозчика.

— Ну, знаешь! — резко сказал он. — Еще и извозчиков тоже бояться! Смотри, какой рай! Мы в раю с тобой, Тата.

У маленькой дачи с декоративной изгородью, увитой твердыми и блестящими листьями, извозчик остановился. Александр Сергеевич довольно уверенно пошел по тропинке прямо к крыльцу, поднялся, открыл замок. Плетеный стол на террасе был усыпан мертвыми осами, закат золотил их худые тела. В столовой была темнота, занавески опущены. Александр Сергеевич подошел к окну, распахнул его. Вся белизна разросшихся у самого окна кустов, все запахи, звуки и яркий, садовый, восторженный ветер — все это наполнило комнату и преобразило ее. Старые иконы в переднем углу и низкие полки обожгло светом, сиреневой искрою вспыхнула ложечка. Александр Сергеевич близко подошел к Тане и погладил ее по щеке. Потом так же осторожно, словно боясь разрушить что-то в этом чужом мире, обнял за талию. Она покачала головой и отступила.

— Но где это мы? У кого?

— У моего бывшего больного. Какая ты стала пугливая!

— А где сам больной?

— Больной давно в Питере. У него мания преследования. Все время спасается и убегает. Сейчас это, правда, уже не болезнь...

— И он тебе сам дал ключи?

— Он знал, что мне тоже захочется спрятаться. Хотя бы на время, на день или два. И дал мне ключи.

— А если кто-нибудь видел, как мы вошли сюда?

— И что?

— Если сейчас кто-то откроет дверь?

— Я запер. Прошу тебя: ну, перестань!

— Но это так странно, что мы в чужом доме...

— Я всегда говорил тебе, — Александр Сергеевич притянул Таню к себе и губами прижался к ее виску, — что вся наша жизнь будет странной. Ведь я говорил тебе.

Таня закрыла глаза.

— Но я тебя очень люблю...

— И я тебя очень люблю, — отозвался он, расстегивая пуговицы на ее спине. — А ты в новом платье...

— Не в новом, а в Динкином, — прошептала она. — У Динки их много. И мы с тобой — два сумасшедших. Вот кто мы...

Когда он наконец оторвался от нее, уже наступил вечер, и молодая желтовато-розовая луна казалась фарфоровой, ненастоящей и низко висела над деревом.

— Господи, Господи! — бормотала Таня, торопливо одеваясь, пока Александр Сергеевич продолжал лежать на широкой чужой кровати, застеленной старым чужим одеялом. — А как я домой доберусь? И что я скажу?

— Тебе разве плохо сейчас? — спросил он.

Она тихо легла рядом в наполовину застегнутом, измятом платье и прижалась к нему.

— Я часто думаю, что я виновата перед всеми, что надо кому-то сказать, объяснить... И главное: врать очень трудно...

Веденяпин приподнялся на локте и свободной рукой оттянул назад ее волосы.

— Послушай меня, — медленным и слегка поучительным тоном, который всегда вызывал в ней протест, заговорил он. — Тебе все кажется, что мы по-прежнему там, где мы были, когда познакомились с тобой и сблизились друг с другом. А *там* — все другое, и, главное, этого *там* больше нет. Ты слышишь меня?

Она хотела возразить ему, но он не позволил:

— Я прошу, чтобы ты выросла, наконец! — В голосе его прозвучало раздражение, и Таня, уже слегка обиженная этим тоном, насторожилась. — Я сам долго не мог поверить в то, что все стало другим и с каждой минутой все только чуднее и все непонятнее. Что-то, наверное, произошло в самой глубине жизни... Но это мне трудно тебе объяснить...

— Нет, кажется, я понимаю...

— Понять это трудно, но можно почувствовать. Как можно понять умом то, что сейчас происходит? Тогда нужно сразу лишиться рассудка... Ты знаешь стихи? «Не дай мне Бог сойти с ума! Нет, лучше посох и сума...» А дальше не помню. Но это не важно...

Таня вдруг подумала, что самое странное — это именно стихи, который он пытается вспомнить, лежа рядом с нею на чужой кровати и глядя в окно на чужие деревья.

— Я это почувствовал раньше, может быть, чем другие, — перебирая ее волосы, пробормотал он. — Когда получил телеграмму о Нининой смерти. Я ужаснулся тогда. Но не тому, что она умерла. Я знал, что она жива. Ты не забывай, кем я работаю и где. Вокруг меня всегда были сумасшедшие. Для нас петухом закричать — разлюбезное дело. И на четвереньках побегать. Но я закрывал за собой дверь больницы — и всё. Возвращался обратно в мир милых, нормальных людей. Граница между ними и нами была четкой. Иначе нельзя: вот мы, вот они. А Нина переступила черту... Я увидел фотографию какой-то женщины в гробу *и знал*, что это не она. И все сразу стало другим. Для меня, во всяком случае. Я до сих пор не могу понять, как у нее хватило духу...

Он уже не первый раз говорил ей все это, и она понимала, что он не может иначе: это было сильнее его.

— Я понимаю, — мягко перебила Таня. — Но няня всегда говорит: «Вот, дошла». Она не о *ней* говорит, разумеется... Но я это все понимаю...

Он насмешливо и неприятно засмеялся:

— А! Ты понимаешь? Ну, может быть, женщинам это понятнее. Читала ты «Кроткую»?

— Нет, не читала.

— С тобой тяжело разговаривать, — вздохнул он. — Стихов ты не любишь и книг не читаешь... Женщинам многое открыто в области чувства.

Гораздо, наверное, больше, чем нам. Но я не об этом. Зачем ты вскочила опять?

Она умоляюще посмотрела в окно, где небо меняло свой цвет, от мелких сияющих звезд стало нежно-молочным.

— Но, Саша, ведь поздно!

— Да подожди ты! — Он обнял ее и силой уложил обратно, притиснул к себе, и она покорилась. — Никто без тебя не умрет. Только я. А может, и я не умру. Ты не бойся. Я иногда спасаюсь тем, что начинаю повторять себе: да, очень страшно, да, грустно, да, больно, но все это, может быть, и не со мной. А может быть, все это мне только кажется... И легче становится. Право же, легче.

— Там папа волнуется!

— Да он на работе, твой папа! А даже если и не на работе, он разве не знает, что у тебя есть любовник? Ты взрослая женщина! Живешь — лет уж пять как — с женатым мужчиной... Оставь ты свои институтские штучки... Ну, вот! Только слез нам теперь не хватало.

Движением головы Таня вытерла правый глаз о подушку.

— Ты начал про Нину, — покорно сказала она.

— Да. Начал про Нину... Нина посягнула на нормальность жизни. Вот именно так: посягнула. Своим этим розыгрышем. Хотя... Это даже не розыгрыш. Это произвол. Бессовестный произвол. Тот же самый, который я знаю по своим пациентам. Но они действительно *не видят* черты. Они ее *не видят.* Им можно кричать петухом. Им все вообще можно. А Нина черту эту видела, знала. И переступила ее. Ты говоришь: «дошла». А может быть, все мы «дошли»? Я иногда сам с ума схожу: мне кажется, что и война, и Васькин уход на фронт, и все, что случилось потом, и весь этот смрад большевистский — все есть результат ее этого розыгрыша... Что ты так смотришь на меня?

— Я не понимаю... При чем здесь она?

— Она ни при чем. И лично никто ни при чем. Но если к ее поступку прибавить другие, такие же, как у нее... Такие же «кукареку»... Не в моей клинике и не в сумасшедшем доме, а просто... Вокруг нас с тобой, в нашей жизни? Вот и окажется, что половина людей на свете кричат то же самое «кукареку» и бегают так же все — на четвереньках. Ты слышишь?

Она испуганно кивнула.

— Я подумал тогда: а что, если таких поступков, похожих на тот, который сделала моя жена, слишком много накопилось? И все они с ложью, с предательством, злые! Терпел, терпел Бог, и терпение лопнуло... Ну, вот тебе и революция.

Таня негромко заплакала.

— Хорошее вышло сегодня свиданье... — прошептал он, опять оттягивая назад ее волосы и целуя мокрые веки. — Я хочу, чтобы ты все знала, чтобы ты все понимала. Может быть, я дурак и фантазер, а может быть, у меня от пережитого у самого мозги расплавились и напрасно я тебя мучаю. Но ты — моя женщина. Должна же быть женщина, которую я вспомню, когда уже ничего не буду помнить, помру уже наполовину! Вот тут-то и вспыхнет: «А! Это ты!» — Александр Сергеевич замолчал. — Сейчас самое главное: выжить нам обоим. Только выжить, больше ничего. И быть с тобой вместе. Ты только подумай: «свобода любви»! Что они понимают про свободу любви, эти сволочи?! Им лишь бы на улицу голыми выскочить да красных бы тряпок побольше... Хватит же плакать!

Таня попробовала улыбнуться ему и не смогла: слезы душили ее.

— Поэтому нам все сойдет: и чужой дом, и овраг в лесу, и скамейка в парке, — сказал он. — Я хочу надеяться, что за любовь нам многое простится с тобой. За эту свободу. А ты как считаешь?

Она пожала плечами.

— Ты думаешь: нет? — грустно удивился он. — Но как же тогда? Я вот смотрю на твою косичку, глажу твою ключицу и чувствую, что и косичка твоя, и ключица — это часть меня самого. А уж если целую твой живот — так это же вечность! А ты говоришь: не простится...

Она только к ночи вернулась домой. Отец спал в своем кабинете. Где была сестра, никто не знал. Алиса Юльевна, ждавшая ее с ужином, не задала ни одного вопроса, и только няня, к которой Таня зашла перед сном, робко заглянула ей в глаза, как будто хотела о чем-то спросить, но всхлипнула и ни о чем не спросила.

До самого конца октября чужая дача в Сокольниках служила им домом, приютом, гнездом, которого быть не могло, о котором они и не мечтали. В ноябре ударили морозы. Печь в доме была разрушена, воды не было.

На сцене нового, только что ставшего самостоятельным, театра шла репетиция спектакля «Чудо святого Антония». За окнами сверкал и гудел мороз, и в зале было так холодно, что актеры репетировали в платках и валенках. Посреди сцены на венском стуле громоздилась казавшаяся огромной фигура режиссера, который на самом деле давно был похож на воробышка и быстро терял в своем щупленьком весе, поэтому только облезлая шуба — скорее всего, из зайчат или кошек — ему придавала вот эту огромность. На худенькой голове режиссера с большим выступающим носом и полузакрытыми от слабости глазами было намотано мокрое полотенце, потому что мигрень мучила его уже вторую неделю, и никакие порошки, кроме «белой феи», не помогали, а «белая фея» моментально приводила к галлюцинациям, и тогда приходилось сразу останавливать репетицию.

Сегодня ночью ему снилась старуха, которую он возил в колясочке по арбатским переулкам. Старуха при этом кричала «У-а-а!», как младенец. В аптеке он ей купил соску и тут, к сожаленью, проснулся. Утром режиссер пришел в театр с твердым намерением воспользоваться своим сновидением. Он знал, что умирает, но дикая мысль, что смерть только попугает его и отступит, все время терзала рассудок. Спектакль «Чудо святого Антония», где все действие строится вокруг воскрешения богатой, бессмысленной, злобной Гортензии, казался ему ниточкой, связывающей его собственную жизнь с огромной всеобщею смертью, которую можно легко обмануть, вернее сказать: разыграть, одурачить. Режиссера колотил озноб, перед глазами прыгали разноцветные молнии, тело горело, а руки и ноги были холодны, как лед. Он все пытался вспомнить, где находится сейчас Константин Сергеевич: в Европе или в Москве? Можно было, конечно, спросить у кого-то, но режиссер боялся обнаружить перед труппой свое беспамятство и не спрашивал.

По его просьбе из подсобной комнаты вытащили массивную, размером в два раза больше обычной, глубокую детскую коляску. Нужно было восстановить сновидение. Взгляд его больных полузакрытых глаз остановился на хрупкой и худой актрисе с огромными золотыми волосами, обмотанными вокруг головы, как полевой венок. Ее звали Форгерер, это он помнил.

— Подите сюда, — слабым, но настойчивым голосом приказал режиссер. — Вы уместитесь в эту коляску? Вы можете сжаться в комочек?

Худая золотоголовая актриса подняла на него глаза, обведенные густой тенью страха. Он знал эту тень: ею полон весь город.

— Вы можете сжаться в комочек? — настойчиво повторил режиссер.

— Хотелось бы, — странно ответила она.

— Садитесь в коляску.

Актеры и статисты переглянулись. Дина Ивановна Форгерер разулась и в белых, заштопанных няней чулках залезла в коляску.

— Вот так! — пересохшими губами прошептал режиссер. — Теперь вы, Захава, берите за ручку, возите по кругу.

Плотный невысокий актер с волевым подбородком осторожно взялся за ручку.

— Боюсь, все развалится, — пробормотал он.

— А все развалилось! — быстро, словно он бредит, отозвался режиссер. — Вы что, не заметили? Везите быстрее! Кружитесь, кружитесь... Ей главное — спрятаться!

Неожиданная мысль осветила его крошечное вдохновенное лицо. Он содрал с головы мокрое полотенце.

— Я понял! Смерть — это ребенок! Мы думаем, что она вечная и всесильная. А это неправда! Она — наш ребенок! Мы носим ее во чреве с самой минуты своего рождения. А потом, когда наше чрево переполняется ею, она нарождается, мы умираем. Вот как происходит! А раз она тоже ребенок, ей хочется, чтобы ей спели песенку. И чтобы ее покатали в коляске. Она, хоть и Смерть, но такой же младенец! Ее нужно нянчить, она будет спать... Ну, что вы стоите? Вы пойте, Захава!

Дина Ивановна Форгерер обхватила голову обеими руками и вжала ее в согнутые колени. Актер с волевым подбородком прищурил глаза и запел:

Цыпленок жареный,
Цыпленок пареный
Пошел по улице гулять.
Его поймали,
Арестовали,
Велели паспорт показать.

Я не советский,
Я не кадетский,
А я куриный комиссар —
Я не расстреливал,
Я не допрашивал,
Я только зернышки клевал!

— Это что, новая песня? — с восторгом спросил режиссер.

Актер кивнул и продолжал:

Но власти строгие,
Козлы безрогие,
Его поймали, как в силки!
Его поймали,
Арестовали
И разорвали на куски!

Цыпленок жареный,
Цыпленок пареный
Не мог им слова возразить.
Судьей задавленный,
Он был зажаренный.
Цыпленки тоже хочут жить!

— Да, да, да! — забормотал режиссер, вскакивая, уронив огромную женскую шубу на пол и оставшись в парусиновом летнем костюмчике, который болтался на его иссохшем теле. — Да! Об этом и речь! О цыпленке! О крошке! О желтом комочке нещадной Вселенной! Как ты там сказал? «Хочут жить...» Браво, браво! Они «хочут жить»! Вот и всё! Они хочут! Ах, великолепно! Прекрасно, прекрасно! Какие слова! Обо всех. Все ведь хочут... Об этом и будет весь новый спектакль. О Смерти-младенце и этом цыпленке!

Дина Ивановна, скрючившись в коляске, с головой накрылась серым платком.

— Ах, как великолепно! — продолжал режиссер, размахивая руками. — Теперь вы похожи на маленький холмик. Вы — символ всего что угодно. Это может быть новорожденный, может быть чрево беременной, а может быть даже надгробие! Тайна! Завеса! Которую мы приподымем! И символ, конечно. И жизни, и смерти! Захава! Везите коляску по кругу!

Дверь в зал отворилась, и вошли двое. Режиссер прищурился, всматриваясь в полутьму:

— Товарищи! Идет репетиция спектакля!

Вошедшие подошли к самой сцене и показали вынутые из нагрудных карманов книжечки.

— Извините, товарищ Вахтангов. Нам срочно нужно поговорить с товарищем Форгерер, Диной Иванной.

Режиссер снова нырнул в свою огромную шубу, как птица в дупло. Лицо его стало надменным.

— Товарищ Форгерер занята, она не может оторваться от текущей работы.

Серый могильный холмик и чрево беременной одновременно остались недвижны. Актер Захава покачивал коляску.

— Скрываетесь, Дина Ивановна? — добродушно спросил один из вошедших, с большими густыми бровями, с большими ушами, в расстегнутой куртке. — Давайте-ка мы вам поможем.

Он подошел к коляске и сдернул платок. Вытянувшись тощей шеей из облезлого меха, режиссер вдруг хлопнул руками, как делают фокусники, когда предмет, только что спрятанный на глазах зрителей, должен исчезнуть. Фокус, однако, не удался: Дина Ивановна Форгерер по-прежнему находилась в коляске.

— Прошу вас! — Чернобровый чекист, протянул руку, чтобы помочь ей вылезти.

— Оставьте меня, я сама.

Лицо ее горело.

— Поговорить нужно, гражданка Форгерер.

Спутник чернобрового чекиста, массивный и широкоплечий, в добротном, явно американском пальто, пушистом шарфе и желтых, на меху, перчатках, пододвинулся поближе к режиссеру и, наклонившись над ним, проговорил негромко:

— Я слышал, что вы захворали, товарищ Вахтангов? Условия здесь для болезни... не очень... Уж больно тут холодно.

Режиссер высоко закинул свою птичью голову. Глаза его раскрылись полностью и черным огнем заблестели.

— Искусству не важно, какие условия! — с вызовом, срывающимся тонким голосом воскликнул он. — Искусство само себя греет!

— Товарищ Терентьев, — негромко вмешался чернобровый. — Мы можем заняться вопросом отопления театрального помещения в другой раз. Вы, гражданка Форгерер, едете с нами.

У Александры Михайловны Коллонтай было беспокойное сердце. Больше всего ей хотелось немедленно запретить вредные дискуссии, которые вдруг, пользуясь тем, что в мире на редкость морозно и голодно, вспыхнули в определенных кругах так называемой философски настроенной интеллигенции. Это было, конечно, парадоксальным явлением: люди с остервенением набросились на духовную пищу и начали буквально рвать ее зубами, весьма ослабевшими в пору разрухи. То ли от недоедания, то ли от недосыпа они устраивали разные кружки и изо всех сил пытались завести в тупик марксистскую идеологию. Всех их, разумеется, нельзя было сразу перестрелять, потому что было и без них кого стрелять; сажать же их было пока что невыгодно, как, скажем, сажать певчих птиц — все клетки загадят, а толку не будет. Последней каплей для того, чтобы Александра Михайловна вмешалась в происходящее, послужила философская конференция на тему «Человек ли женщина?», организованная Российским антропологическим обществом.

Отпечатанные на машинке материалы этой конференции Александра Михайловна просмотрела с особою брезгливостью, кутаясь в песцовую накидку. Вот, например, что было сочинено неким товарищем Рякиным, Олегом Вульфовичем:

«Вопрос о том, является ли женщина человеком, присутствует в каждой культуре и составляет неотъемлемую часть медитаций о сущности человека и его месте во Вселенной. В философской традиции мужское начало трактуется как аполлоновское начало формы, идеи, активности, власти, ответственности, Логоса, сознания и справедливости. Женское начало осмысляется как дионисийское начало материи, пассивности, подчинения, инстинкта и бессознательного. Таким образом, мужские качества издавна считаются подлинно человеческими, а женские — не вполне человеческими, от которых человек в своей эволюции отталкивается, и поскольку женские качества в процессе развития человека подлежали преодолению и расценивались ниже мужских, то мужские качества определяются как норма, а женские — как отклонение от нее».

Собственная судьба, надорванная страстью к огромному, мощно-волосатому, краснолицему, с яркими белыми зубами и глубоко вырубленными чертами лица Паше Дыбенко, герою Балтийского флота, страсть к этому звероподобному соратнику, который однажды, когда она, с развившимися от ветра волосами, закончила свою вдохновенную речь перед «братишками», пронес ее на руках по трапу, и через десять минут она отдалась ему прямо там, в капитанской каюте, и долго рыдала потом от никогда и ни с кем прежде не испытанного наслаждения, — собственная судьба вдруг показала Александре Михайловне такой прямо волчий оскал и так наказала ее с этой страстью, что только одно оставалось: самой и оскалиться. Мохнатый, с огромной, из золота, цепью на шее, предатель Павлуша менял своих «цыпок» (его же слова!), как меняют перчатки. Это и продиктовало Александре Михайловне желанье поднять высоко над всем миром кровавое знамя униженных, слабых, рожающих в муках детей, но свободных, и страстных, и очень начитанных женщин; а всех волосатых, ослабленных, потных мужчин, очень гордых собой, сбросить в море. Вот так каблуками их всех и спихнуть бы!

На следующее заседание полуголодного и чахлого антропологического общества Александра Михайловна явилась лично, на сей раз не в накидке, а в длинных серебристых шиншиллях, розовая от пудры, в нитке крупного жемчуга, которая опускалась до самого нижнего позвонка на спине, открытой по моде зауженным платьем. Голодные антропологи присмирели, и худосочный председатель собрания со всклоченной сизой бородкой вскочил, чтобы дать ей дорогу.

— На чем вы, товарищи, остановились? — звонко спросила Александра Михайловна и закурила в серебряном мундштуке длинную и ароматную папиросу.

— Уважаемая Александра Михайловна, — сорванным чахоточным голосом заговорил худосочный председатель. — Мы переходим к вопросу идеологии женской эмансипации, содержащему положение о том, что женщина — это такой же человек, как мужчина.

Разбитная Александра Михайловна хлопнула себя ладонью по шелковому бедру таким же жестом, который использовал Паша Дыбенко, когда начинал плясать «Яблочко».

— Вы меня просто насмешили, товарищи! — пуская колечками дым и томным смеющимся взглядом провожая тающее в воздухе кудрявое стадо овечье, сказала она. — Именно женщина и является в полной своей мере человеком, ибо мужчина — он *всего* лишь человек, а женщина, если она к тому же полноправный член нашего развитого передового и коммунистического общества, она не *просто человек,* а именно тот человек, на плечи которого в основном и ложится все переустройство нашего общества. Вот вы мне скажите, — обратилась она к поникшей и всклоченной сизой бородке. — Как вы понимаете чувство любви?

Бородка порозовела от смущения: вся кожа под ней жарко вспыхнула.

— Любовь, товарищ Коллонтай, является чувством, которое познается каждым из смертных на личном опыте. И я могу сказать, что скорбь есть главная пища любви. А если любовь не питается скорбью, она — простите меня за смелость — умирает. Она заболевает, как новорожденный, которого начали кормить пищей взрослого человека. Любовь должна плакать.

— Вы это серье-о-о-озно? — с искренним удивлением протянула Александра Михайловна и даже слегка приоткрыла свой рот с полоской летучего дыма.

— О да, абсолютно серьезно, — ответил чахоточный и поклонился.

— Мне жаль вас, товарищ, — сказала Александра Михайловна. — Для трудового человечества, вооруженного идеей марксизма, любовь не должна являться частным делом, а общим ценно-социальным фактором, которым человечество руководит в интересах коллектива. Общественный строй, построенный на солидарности и сотрудничестве, требует, чтобы наше общество обладало высокоразвитой потенцией любви; ведь даже буржуазия прекрасно понимала, что именно любовь и является связующей силой, когда стремилась возвести супружескую любовь в моральную добродетель. Что? Разве не так?

И голубые выпуклые глаза ее победно сверкнули.

— Как же вы предлагаете, товарищ Коллонтай, — спросил ее огорченный председатель, — провести на практике преобразование любви из личной категории в общественную? Уж не следовать ли нам за теми голыми товарищами, которые целое лето, пока дозволяла погода, носились по улице с криками? И с этими... как их? Плакатами «Долой стыд! Долой!». Их даже в трамваи пускали, вы помните? Они на речных пароходах катались!

— Я готова согласиться с вами, — задумчиво ответила Александра Михайловна, — что, может быть, такая массовая демонстрация обнаженного тела и есть излишество, отвлекающее остальную, одетую и занятую полезным трудом часть коллектива от первоначальных задач социализма.

Красочное воображение ее тут же нарисовало себе мощного, на растопыренных кривых ногах, при этом к тому же и голого Пашу, который в компании взмыленных девок несется по улице с криком и хохотом. Да, это, конечно, излишество.

— Так в чем же тогда ваша мысль? — уныло спросил ее с сизой бородкой.

— Наша мысль, — ответила Александра Михайловна, — во-первых, в том, чтобы разобраться с самим понятием «любовь» и, разобравшись, избавить общество от ненужных страданий. Откуда происходят все эти так называемые душевные драмы? Все эти конфликты? В основном они происходят от того, что человеку вменяется в вину то влечение, которое он испытывает одновременно к двоим или даже к троим мужчинам или женщинам. А справедливо ли это? Ведь именно эту загадку любви пытались решить на собственном опыте великие мыслители прошлого, такие смелые пионеры в половой области, как Байрон, Жорж Санд и наш соотечественник Александр Иванович Герцен. Но они жили в эпоху, когда общество, закованное в цепи буржуазной морали, не могло подготовить необходимую почву для того, чтобы поддержать их смелые революционные опыты, а мы перешли в эпоху, когда это стало возможным!

— Тогда я, пожалуй, разденусь, — сказал вдруг приветливо тоже худой, но стройный и рыжий, в железных очочках. — Ведь если все стало возможным, то к черту проклятые правила, верно?

И он начал разуваться, размотал шарф, скинул на пол пиджак, оставшись в короткой сорочке.

— Платон Алексеич, — простонал председатель, — ну что вы, голубчик? Здесь дама... Вернее, здесь женщина... Что вы?

— Пускай раздевается! — сухо отрезала Коллонтай. — Кого вы надеетесь здесь удивить? Хотите раздеться — ну и раздевайтесь! Идеология рабочего класса не ставит перед любовью никаких формальных границ. Для классовых задач нам совершенно не важно, принимает ли любовь форму длительного брачного союза или же выражается в короткой однодневной связи. Любовь свободна, она сама выбирает себе длительность своего проявления. Трудовое сотрудничество членов рабочего класса неминуемо приводит к тому, что в рамках одного или нескольких коллективов будут складываться любовно-половые взаимоотношения, которые непростительно запихивать в узкие

110

рамки семьи или любой другой сколько-нибудь длительной связи.

Голый Платон Алексеич между тем снял очки, аккуратно сложил свои вещи в стопочку и, распространяя по комнате уютный, немного селедочный запах белья, выдвинул на середину комнаты свой стул и уселся на нем, положив ногу на ногу с таким хладнокровием, как будто он сидел за столиком открытого летнего кафе в какой-нибудь, скажем, Швейцарии. Александра Михайловна скользнула по нему равнодушными глазами. Присутствующие закашлялись.

— В своей нашумевшей брошюре, товарищи, — продолжала Александра Михайловна Коллонтай, — я задаю эти вопросы со всей классовой большевистской беспощадностью. И главный вопрос мой таков: что именно можем мы, большевики и строители нового общества, унаследовать из прежней буржуазной культуры, в недрах которой столько лет, как в клетке, было заключено такое сильное и прекрасное чувство, как любовь? Освободив любовь от буржуазной морали, не скуем ли мы ее новыми цепями, товарищи? — Она искоса посмотрела на Платона Алексеича, рыжеволосую и кудрявую грудь которого ярко золотило зимнее солнце. — Имеем ли мы моральное право, товарищи, отдаться простому половому влечению и не мучить себя ложными предубеждениями буржуазного прошлого?

Платон Алексеич хладнокровно поменял положение и теперь сидел, почти полностью обернувшись к Александре Михайловне и слегка поскрипывая стулом.

— И я отвечаю, товарищи: «Да, мы имеем!» Ведь если человек испытывает жажду, не будут же ему ставить в вину то, что он подходит к чужому колодцу и делает пару глотков из чужого ведра? Колодец ведь не обмелеет!

Платон Алексеич одобрительно закивал головой. Александра Михайловна почувствовала, что теряет нить разговора и нужно скорее закончить его и мчаться домой, искать мужа Павлушу. Но рыжий и голый ей очень понравился.

— Не забывайте, товарищи, что человеческая любовь будет неизбежно видоизменяться вместе с изменением культурно-хозяйственной базы нашего общества, — строго сказала она.

— Позвольте задать вам вопрос, — развязно сказал рыжий голый. — Вот как с проститутками быть? Племянник мой в прошлом году подцепил сифилис от проститутки, а был, как и вы, за свободу влеченья. Теперь погибает, пошло в позвоночник.

Александра Михайловна слегка порозовела: вспомнила, как легкомысленный Павлуша однажды признался по пьянке, что давным-давно переболел всеми венерическими заболеваниями и больше ничто ему не угрожает. Она же тогда помертвела от страха.

— Проституция — это не свободная любовь, товарищ, а продажная. Любовь, которую взлелеяла буржуазная культура, привыкшая относиться к человеку как к своей собственности. Когда отомрут все издержки буржуазной культуры, исчезнет и вся проституция.

— Да и проститутки помрут, — поеживаясь от холода, пробормотал Платон Алексеич. — Зимой-то, без дров, разве выживешь?

Под пышно взбитыми волосами Александры Михайловны мелькнула нелепая мысль, что он издевается над нею, а все это собрание чахоточных и худосочных людей, которые, скорее всего, не дотянут до лета, — все это не более чем мерзкая контрреволюционная провокация, еще одна жалкая и тщедушная попытка недобитого врага скомпрометировать молодую республику своими якобы невинными и далекими от политики делами. Хорошо, что она приехала сюда, не поленилась и потратила кучу времени. А этот несчастный и наглый паяц, который задумал ее соблазнить своим этим рыжим достоинством, — он должен ответить за наглость. Ответить!

Недавнее постановление товарища Дзержинского вспыхнуло в памяти и прожгло ее: «Нужно особенно зорко присматриваться к антисоветским течениям и группировкам, сокрушить внутреннюю контрреволюцию, раскрыть все заговоры низверженных помещиков, капиталистов и их прихвостней».

По дороге домой Александра Михайловна приняла решение: о вредной работе кружка сообщить на Лубянку со списком имен, и пускай разбираются.

Молодое советское государство восстановило дипломатические отношения с государством Финляндией, и был подписан официальный документ, скрепляющий взаимное желание соседствующих государств жить в мире и взаимопомощи.

Ни Таня, ни ее отец не обсуждали того, чем могла бы обернуться для них эта новость. В редких письмах, которые с оказиями пересылала мама, третий год живущая в Финляндии, всегда были жалобы на то, что вернуться в Москву невозможно, а то бы она непременно вернулась. И Таня с отцом этим жалобам верили. Дина же, напротив, громко и вслух уверяла, что мама — отрезанный ломоть, и то, что она осталась в Финляндии, только лучше для всех, потому что представить себе маму, стряпающей на кухне в подоткнутом фартуке и косынке, как это делала Алиса Юльевна, не только неловко, но и невозможно со всех точек зрения.

Как только Финляндия восстановила дипломатические отношения с Москвой, Николай Михайлович Форгерер, которому Дина вовсе перестала писать, будучи до глубины души поглощенной драматическими событиями собственной жизни, отправился в Гельсингфорс, где еще свежа была память населения о тех кровавых дебошах, которые устраивали на улицах города революционно настроенные балтийские матросы, и где после этих дебошей старались от русских держаться подальше. Там же, в не успевшем опомниться от крови и безобразий Гельсингфорсе, Николай Михайлович и принял предложение студии «Суоми Фильми» сняться в киноленте, рассказывающей о событии, изложенном на страницах Ветхого Завета. Трудно сказать, почему мысль предложить главную роль именно русскому актеру пришла в голову режиссеру Эрки Карру, но она пришла, и Николай Михайлович, чувственное лицо которого больше всех, по мнению Эрки Карру, походило на лицо добродетельного Лота, явился тотчас из Берлина и начал работу. У него была, разумеется, своя корысть: вернуться в Москву из Финляндии казалось теперь безопаснее, проще, чем ехать туда из Берлина.

Съемки начались ранней весной. Уроженец небольшой северной деревушки, сын тихого пастора Эрки Карру производил впечатление уравновешенного человека, но стоило ему взяться за фильм «Гибель жены Лота», как вся его смирность куда-то исчезла. Красота актрисы Лили Дагоферт, поразившая Эрки Карру в ту минуту, когда он, войдя в какой-то теперь уж никому не интересный дом, увидел стоящую у окна и полуобернувшуюся на звук его шагов стройную и печальную женщину с длинной шеей, покорно склоненной на кружево шали, — красота ее, а главное, тихий наклон головы разбудили в до этого скромном сознании Эрки бессонное, бурное море фантазий. Он тут же мысленно переодел эту женщину в простой бело-желтый хитон и простые сандалии, распустил по плечам ее черные, с синеватым отливом волосы и мысленно ей приказал так стоять, пока он продумает дальше сценарий. И правда продумал: через несколько секунд перед его глазами начали сами собою восстанавливаться картины, забытые нами, людьми, так беспечно, как все забывается здесь, под луною.

Когда взошла заря, Ангелы начали торопить Лота, говоря: встань, возьми жену твою и двух дочерей твоих, которые у тебя, чтобы не погибнуть тебе за беззакония города.

И как он медлил, то мужи те, по милости к нему Господней, взяли за руку его, и жену его, и двух дочерей его, и вывели его, и поставили вне города.

Когда же вывели их вон, то один из них сказал: спасай душу свою, не оглядывайся назад и нигде не останавливайся в окрестности сей, спасайся на гору, чтобы тебе не погибнуть.

Но Лот сказал им: нет, Владыка!

Вот, раб Твой обрел благоволение пред очами Твоими, и велика милость Твоя, которую Ты сделал со мною, что спас жизнь мою, но я не могу спасаться на гору, чтобы не застигла меня беда и мне не умереть.

Вот, ближе бежать в сей город, он же мал, побегу я туда, — он же мал, и сохранится жизнь моя.

И сказал ему: вот, в угодность тебе Я сделаю и это: не ниспровергну города, о котором ты говоришь.

Поспешай, спасайся туда, ибо Я не могу сде-

116

*лать дела, доколе ты не придешь туда. Поэтому
и назван город сей: Сигор.*

*Солнце взошло над землею, и Лот пришел в
Сигор.*

*И пролил Господь на Содом и Гоморру дождем
серу и огонь от Господа с неба.*

*И ниспроверг города сии, и всю окрестность
сию, и всех жителей городов сих, и произраста-
ния земли.*

*Жена же Лотова оглянулась позади его и
стала соляным столпом.*

Этот немой, но очень выразительный фильм,
к сожалению, не сохранился, а если бы он сохранился, зрители и по сей день любовались бы ши-
рокоплечим, со львиною гривой Николаем Михайловичем Форгерером, который стоит на коленях, и Ангел ему говорит эти речи, а он только
ниже и ниже склоняет свою обреченную, умную
голову. И зритель бы видел, как увлажнились глаза Николая Михайловича, как начал дрожать подбородок, когда он вдруг понял, что всё, всё погибнет: и дети, и овцы в горах, и сады, и птицы в
кудрявых зеленых деревьях, поскольку Господь не
потерпит того, что делают люди друг с другом.

Ни одна, кстати сказать, работа не захватыва-
ла так сильно израненной души Николая Михайловича Форгерера, как эта. Содом и Гоморра виделись ему исключительно русскими, родными
городами: Содом — Москвой, а Гоморра — Пите-
ром, и люди, которых он представлял себе гибну-
щими от руки Господа, казались знакомыми. От

такого странного, целиком захватившего его ощущения он почти и не заметил той трагедии, которая происходила на его глазах и тоже могла кое-что бы напомнить: режиссер Эрки Карру просил Лили Дагоферт оставить мужа и соединиться с ним, но Лили, как и положено было ее ветхозаветной героине, все чаще и чаще оглядывалась назад, и чем больше времени проходило с момента первого восторга новой любви, тем решительнее поворачивалась в сторону гибнущего замужества ее гладко причесанная черноволосая голова с таким выражением глаз и бровей, что Эрки терял все надежды.

В машине, зажатая на заднем сиденье товарищем Блюмкиным — справа и товарищем Терентьевым — слева, Дина Ивановна не проронила ни слова, и только когда они остановились рядом со знакомым ей домом на Молчановке, она сверкнула на товарища Блюмкина своими потемневшими, как грозовое небо, глазами:

— Опять мы приехали к этой старухе?

Блюмкин усмехнулся, и Дина Ивановна увидела, как подпрыгнул кадык на его плохо выбритой шее.

В квартире все было по-прежнему. Хозяйка открыла им дверь и сейчас же ушла. В столовой топилась голландка и пахло сырыми дровами.

— Садитесь, Дина Ивановна, — сказал Блюмкин и пододвинул ей стул.

Ноги не держали ее, и она села. Терентьев остался стоять у дверей, а Блюмкин сел рядом.

— Дина Ивановна, — продолжал Блюмкин, — мы знаем, что самым сильным вашим желанием на сегодняшний день является встреча с гражданином Барченко Алексеем Валерьяновичем. Вы ведь не станете возражать против этого?

Дина отрицательно помотала головой.

— Прекрасно! — Блюмкин с довольным видом оглянулся на Терентьева. — Для того, чтобы эта встреча состоялась, мы должны быть уверены, что на следующий день после нее вы придете к нам и подробно опишете свое свидание. Со всеми деталями. Ясно?

— Он где? — сдавленно спросила Дина. — Он в Мурманске?

— Зачем ему Мурманск? — воскликнул Терентьев. — Ведь что вы за женщина? Я объяснил вам: в Москве он, приехал! А вы — Мурманск, Мурманск...

— Товарищ Терентьев! — резко оборвал его Блюмкин. — Дайте нам поговорить с Диной Ивановной по душам.

Он внимательно посмотрел на нее, увидел, каким остервенением сверкнуло ее лицо, и сытая, расслабленная усмешка скользнула по его губам. Как будто он только и ждал от актрисы Форгерер подобного остервенения.

— Дина Ивановна, не хочу напоминать вам об одном документе, недавно подписанном вами... — Блюмкин сделал паузу и пошевелил бровями. —

Хотя сейчас далеко не те времена, когда подобные вещи сходят с рук. Далеко не те времена! Но я не об этом. Вы должны добровольно — слышите меня? — добровольно помочь органам разобраться в том феноменальном психическом типе, который представляет собой товарищ Барченко, Алексей Валерьянович. Вы ведь не станете отрицать того, что он необычных способностей и возможностей человек? Не станете ведь?

Опять она отрицательно помотала головой.

— Отлично, прекрасно! — обрадовался Блюмкин. — Мы тут недавно поспорили с поэтом одним, Гумилевым... Известна вам эта фамилия?

— Нет, — с отвращением выговорила она.

— Как «нет»? Вот сюрприз! Я ему доложу. А то он все ходит и ходит, как цаца. Я, мол, Гумилев, а вы — шавки дворовые... Но очень стихи хороши! И сам не дурак, хотя строит, конечно... Как будто уж выше и нет никого! Так вот, Гумилев говорит, что возможности любого, даже и самого обычного, человека можно развить, если он победит в себе страх. Если человек приучает себя ничего не бояться, его возможности увеличиваются до невиданных размеров. Ну, вроде как мускулы от физкультуры. Как вам эта мысль?

Она промолчала.

— На это вот я возразил, что физкультура физкультурой, а как тебя, извините за выражение, прихватит за одно место, тут ты про бесстрашие сразу забудешь и так запоешь, о-го-го-о! А он не сдается: «Нет, — говорит, — я не запою, я в себе уверен!» Ну, жизнь нас рассудит.

— Я не собираюсь вам ничего докладывать, — твердо сказала Дина Ивановна и встала со стула.

— Да бросьте вы, бросьте! — махнул рукой Блюмкин. — Другие вон могут, а вы что, немая? Да и не про вас, Дина Ивановна, разговор! Разговор о товарище Барченко и его дальнейшей судьбе, которая, вы уж мне поверьте, целиком в наших руках.

Он тоже встал, расправил плечи, приложил к шумящей печке обе ладони, потом подошел к окну и повернулся спиной к Терентьеву и Дине.

— Опять снег пошел! — с досадой сказал он. — Сейчас бы в тепло! В Бухару... Да хоть бы и в Грузию! Все потеплее... О чем мы? Так вот, о судьбе. Нам стало известно, что товарищ Барченко превысил свои полномочия, когда доказывал нам необходимость своей предыдущей экспедиции. Он убедил нас, что экспедиция должна быть по районам Севера, в то время как все наши сведения говорят о том, что интересующие нас предметы и явления целиком сосредоточены в области Тибета, Памира и кое-каких районов Индии. Нам бы хотелось понять, насколько сознательно товарищ Барченко вводил органы в заблуждение, когда разрабатывался план экспедиции.

— Он ничего не говорил мне об этом... — пробормотала она.

— Тогда не говорил — так, может, нынче скажет? — улыбнулся Блюмкин. — Тогда ведь и вы мало что понимали...

— Но я не могу... ни о чем... — Она положила ладонь на горло и громко сглотнула слюну. — Оставьте меня...

— Выйдите, товарищ Терентьев! — вдруг грубо сказал Блюмкин и подошел к ней вплотную.

Терентьев плотно затворил за собою дверь. Блюмкин взял Дину за подбородок короткими и сильными пальцами.

— А может быть, мне тебя здесь изнасиловать? Она вырвалась и отскочила от него.

— Сиди! — Он с силой толкнул ее на стул. — Сиди и не рыпайся! И не с такими мордашками, как твоя, у меня в ногах валялись... Ты думаешь, мы здесь играем?

Дина Ивановна сжалась.

— Ну, то-то! Ты хочешь хахаля своего спасти, пока можно, или нет? А то мы сейчас эту приятную беседу закончим, и завтра тебя найдут в подворотне с перерезанным горлом. И будут вороны клевать твои плечики...

Он не удержался и жадно схватил ее за плечи обеими руками. Дина рванулась всем телом. Блюмкин отпустил ее.

— А как же ты думала? Холод. Вороны голодные, — наставительно произнес он.

Она подумала, что ничего не хотела бы сейчас, только умереть. И даже достаться воронам.

— Сегодня ночью мы разместим его на квартире, — продолжал Блюмкин. — И, может быть, даже машину вернем. С одним, правда, только условием: он будет под нашим контролем. А также под *вашим.* — Блюмкин иронически приподнял брови. — И вы обязуетесь *все* говорить.

— А если я не соглашусь? — прошептала она.

— Найдут с перерезанным горлом. И Барченке вашему — крышка... Войдите, товарищ Терентьев!

Терентьев вошел, тяжело наступая на пятки.

— Ну, всё, мы закончили! — весело сказал Блюмкин. — Завтра гражданин Барченко, Алексей Валерьянович, будет уже на своей новой квартире; дадим ему отдохнуть денек, помыться там, переодеться — и сразу за дело! Так, Дина Ивановна?

Она встала и, как слепая, спотыкаясь и задевая за мебель, пошла к двери.

— Да мы вас сейчас отвезем! — заторопился Блюмкин. — А то под трамвай попадете, с вас станет...

В доме Лотосовых только что сели пить чай. Алиса Юльевна старалась не менять строгих правил, и чай пить садились ровно в половине шестого. Черная машина, притормозив перед парадной дверью, вытолкнула из себя растрепанную и бледную Дину, которая, дождавшись, пока машина отъедет, стремглав бросилась бежать не к себе домой, а в сторону Плющихи. Кудрявый и нежный ребенок Илюша, забравшийся на подоконник, спрыгнул на пол и закричал на всю комнату:

— Вон Дина! Вон Дина! Она убежала!

Таня и Алиса Юльевна одновременно подскочили к окну. Это была Дина, которая быстро удалялась, но даже в наступивших сумерках нельзя было не узнать ее размашистую и неровную походку.

— Куда она? — Таня в страхе посмотрела на Алису.

— Иди, догони! — решительно сказала Алиса Юльевна.

Таня догнала сестру уже на Плющихе. Дина остановилась и со злобой, которую Таня никогда не видела в ней прежде, посмотрела на нее.

— Куда ты? — Таня схватила ее за рукав.

— Оставь меня! Что ты всё ходишь за мной!

— Но, Динка, куда ты?

Ветер с ревом, захлебываясь, налетел на них, и обе слегка пошатнулись, закрылись руками. Таня посмотрела вверх, и что-то словно бы ударило ее в сердце: темное зимнее небо перекатывалось само через себя, как зверь, и старалось исчезнуть, свернуться, стать чем-то другим — незаметным, беззвучным; и эта его судорога, вдруг отозвавшаяся в Тане, это беспомощное и одновременно исступленное небесное старание то ли сдвинуться куда-то, то ли приблизиться к ним, то ли помочь, как будто и небо устало от жизни, как будто ему тоже невмоготу, неожиданно придало ей силы: она ощутила кого-то, кто там — далеко, неотступно — их помнит и слышит весь их разговор.

— Я тебя никуда не пущу! — Таня опять схватилась за ее рукав. — Я сейчас лягу у тебя на дороге, ты слышишь?!

— Ложись! На здоровье! Вся в маму пошла! Такая же дура! Ведь я за тобой не слежу! Мне не важно!

— Куда ты идешь?

— Тата! — У Дины скривилось лицо, как будто она сейчас разрыдается, но она сдержалась. — Я к Варе иду, вот и всё. Просто к Варе.

— Зачем тебе Варя сейчас? На ночь глядя?

— Она меня ждет, попросила...

— Ты врешь! — задохнулась Таня. — Никто ни о чем никого не просил.

Опять налетел ветер.

— Хорошо! — спрятав лицо в воротник и с ненавистью сверкая глазами сквозь слипшийся мех, выговорила Дина. — Я все наврала. Но она мне нужна. Она, а не ты. Вот и всё! Оставь меня, слышишь?!

Тонкая, длинноногая, с длинными руками и мокрыми, разбросанными по плечам волосами, сестра смотрела на нее отчаянными, но пустыми глазами, и вся ее поза, и блеск этих глаз, и то, как она закусила губу, — все было решительным и непреклонным.

Таня повернулась и быстро пошла обратно к дому. У самого парадного ей показалось, что ветер, снова налетевший на лицо, пахнет морем, и вкус его — жирный, соленый, почти как у моря.

Звонок на обитой надтреснутой кожей двери с по-прежнему висевшей на ней табличкой «Профессор Остроумов. Лечение и профилактика детских болезней» был вырван с корнем, торчали провода. Дина заколотила по табличке. Дверь отворилась, и незнакомая толстая женщина в ситцевом халате с ярко-красным, как будто обваренным, лицом выросла на пороге.

— Я к Брусиловым, — резко сказала Дина.

— Идите, — зевнула женщина и крикнула в темноту: — Варвара! К тебе! Могла и сама бы открыть!

Из маленькой боковой комнаты послышался кашель, и голос Елизаветы Всеволодны Остроумовой, Вариной бабушки, испуганно и вежливо забормотал:

— Она же больна, вы же знаете, Зоя...

Дверь наконец приоткрылась, и, увидев Дину, Елизавета Всеволодна замахала руками:

— Боюсь я сама открывать, а Варвара лежит. У Павлика жар. Простудились, наверное. Ты в валенках, Дина?

— В ботинках, — осипшим голосом ответила Дина.

— Тогда проходи, — усмехнулась Елизавета Всеволодна. — А валенки нужно снимать, у нас строго...

Две смежные комнаты с раздвижными дверями, оставшиеся Елизавете Всеволодне Остроумовой, вдове профессора Остроумова, иждивенке, и Варваре Брусиловой, служащей железнодорожного депо, тоже вдове и с ребенком, были похожи на склад: библиотека профессора, прежде размещенная в огромных книжных шкафах его кабинета, была свалена в кучу и целиком занимала вторую комнату, где поместился только диванчик, на котором, лицом повернувшись к стене, лежала Варвара Брусилова, а в первой комнате на узенькой детской кроватке спал сын ее Павел, внук легендарного героя Мировой войны генерала Алексея Брусилова, добровольно перешедшего два года назад на сторону большевиков.

Варвара Брусилова, еще худее, чем Дина Ивановна Форгерер, с выступающими из выреза рубашки острыми смуглыми ключицами, коротко стриженная, с огромными, как у бабушки, заполняющими все ее худое лицо, ярко-черными, в мохнатых ресницах, глазами, рывком поднялась на диванчике:

— Ну, встретила? Как он? Приехал?

И вдруг оселась.

Между этими «бешеными», как называла их Елизавета Всеволодна, очень молодыми и очень красивыми женщинами, у одной из которых был расстрелян незадолго до этого бросивший ее муж Алексей Алексеевич Брусилов, а другая сама бросила своего мужа Николая Михайловича Форгерера, — между этими женщинами, закончившими весною 1916 года гимназию мужа и жены Алферовых, убитых в подвале ЧК летом 1918-го, существовала такая тесная, почти животная, не нуждающаяся в словах, исключительно на интуиции основанная связь, по причине которой Дине не нужно было объяснять сейчас Варе Брусиловой, что она раздавлена и насмерть напугана: та видела это сама. По лицу Дины, не несчастному, не жалкому, а, напротив, полному злобы и вызова, искаженному отвращением, Варя Брусилова поняла, что случилось не просто несчастье, а что-то такое, чему нельзя помочь и на что не подействуют даже те обычные утешения, которые одинаково сильно действовали на обеих, когда они говорили себе, что сдаться нельзя и нет такой силы на свете, которая их бы заставила. Варя увидела, что сила такая *была*, и это заставило ее босиком, перепрыгивая через лежащие на полу книги, подскочить к Дине, обхватить ее худыми руками и сделать знак бабушке, чтобы молчала.

Елизавета Всеволодна ушла на кухню. Ребенок, у которого только что спала температура, дышал глубоко и посапывал носом, мохнатые, как у матери, ресницы его бросали густую тень на бледные щеки; за окном резко чернела темнота с какою-то, словно бы мыльною, пеной, повисшей на голых ветвях, и Дина, вдавившись лицом в горячую Варину кожу, вышептывала и выдавливала из себя то, чего она никогда и никому, кроме Вари, не могла доверить. Она не могла открыться ни Тане, которая всегда была слабее и пугливее, чем она сама, ни доктору Лотосову, на плечах которого держался, в сущности, весь дом, ни гувернантке, которая была все-таки нерусским человеком и не понимала, как казалось Дине, того, что сейчас происходит в России.

— А что я могла? Когда он сказал про Илюшу, я все подписала.

— Как? Ты подписала?

Дина кивнула и, отодвинувшись, дикими глазами посмотрела на Варю.

— А что я могла? — повторила она.

— Ты хоть понимаешь, *что* ты подписала?

— Молчи! Я ведь жить не могу...

Варя схватила ее за плечи и начала трясти.

— Какая ты дура! Что ты говоришь? Они же уйдут! Я же чувствую!

— Они никуда не уйдут! А я не боюсь умереть! Я другого боюсь.

— Чего?

— Того, что, когда я умру... они все равно не оставят...

— *Его?* — Варя еще крепче обняла ее. — Конечно! Ведь он же им нужен. А если тебе убежать?

— Куда убежать? Нет, уж лучше совсем...

— Не лучше! Да как же ты смеешь? А Тата? А я? А мама твоя, наконец?

— Она далеко... Ну, поплачет, забудет... Но я не о том... Варька, у меня все мысли как будто отравлены, все во мне отравлено! Я спать не могу. Ничего не могу. Вот посмотрю на что-нибудь и сразу же — больно. Или дотронусь до чего-нибудь — тоже больно. Внутри все горит. Мне кажется, я просто с ума схожу. Сегодня, когда он мне сказал, что меня найдут в подворотне с перерезанным горлом, у меня от одной этой мысли на душе легче стало. Не думай, что я притворяюсь! У тебя спирта нет?

— Откуда? Какой сейчас спирт?

— Ну, хоть бы чего-нибудь... Чтобы поспать хоть...

Лицо Вари Брусиловой изменилось на глазах: оно словно высохло и почернело.

— Послушай меня! Ничего не случится. Они через год передохнут, и всё! Они же не люди, ты слышишь? Они перебесятся и передохнут. Я ночью проснусь иногда, и вдруг мне кажется, что ничего этого и не было, и нет ничего! Что всё это сон!

— У тебя, Варька, всё — сон. Ты и про Алешу иногда говоришь, что он не умер, что тебе это только приснилось...

— Алеша не умер, — прошептала Варя и перекрестилась. — Иначе бы я это знала.

— Тебе генерал же письмо показал!

— А я не письму, я душе своей верю.

— Нет, ты ненормальная, Варька! Но так даже лучше. С тебя ничего не возьмешь.

— С меня — ничего? А ребенок?

Они одновременно посмотрели на спящего, с мохнатыми ресницами, ребенка. И Дина заплакала.

Как только она заплакала, обеим стало легче. Теперь, когда Варя все знала, Дина могла плакать: преграда для слез, выстроенная одиночеством, рухнула сразу же, как только появился кто-то, у кого от жалости к ней и страха за ее жизнь вот так изменилось лицо, как у Вари.

Минут через двадцать, когда Елизавета Всеволодна Остроумова осторожно заглянула к ним, обе сидели на диване, крепко держась за руки, и шептались. Елизавета Всеволодна вспомнила, как, четырнадцатилетними, они, с шелковыми черными лентами в длинных косах, в черных передниках и круглых отложных воротничках, вот так же, держась крепко за руки, вместе с другими, такими же, разбитыми на пары, неловкими и взволнованными девочками входили под музыку в залу гимназии, где ждался большой новогодний концерт в пользу фронта.

Из курса зоологии и ботаники известно, что формы различного бешенства встречаются не только у животных, но — что удивительно — и у растений. В египетских папирусах, священных индийских писаниях, а также и в Библии сообщается о бешенстве, которое передается людям от животных. Причиной заболевания является якобы нейротропный вирус, содержащий рибонуклеиновую кислоту. Нигде, однако, не задается вопрос: не передается ли тот же самый кисловатый на вкус вирус в противоположном направлении: то есть от человека к животным и даже растениям? Ведь те-то молчат и не пишут папирусы. Оставим вопрос без ответа: все равно ни один из нас никогда не признается в том, что от его, скажем, вируса недавно сошли безвозвратно с ума живущие в доме собака и кошка, а также герань заболела депрессией. Кому же захочется в этом признаться?

Грибы очень долго относили именно к растениям, да и сейчас еще спорят об этом, так что, говоря о безумии зла, заключенного в ярком и очень красивом грибе, растущем на диких просторах Гвинеи, мы все-таки для упрощения дела его и причислим к растениям. Растение «нонда», ярко-красное с белыми и изредка желтыми крапинками, живет только там, где почти никогда не встретишь не только, там, друга и брата, но, честно сказать, никого, чтоб — как люди. (Ну, в платье, в ботинках, с какой-нибудь сумкой...) Все ходят нагими, и лица в узорах. Бывают, однако же, миссионеры. От миссионеров и стало известно, что два диких племени — куба с каимби, — населяющих долину реки Ваги, имеют весьма вульгарную приземленную культуру, связанную с рядом нерелигиозных действий, направленных на самовозвышение, демонстрацию личных достоинств, осуществление контроля над женщинами и увеличение поголовья свиней. Главные черты их все еще не развитого и не стремящегося к тому, чтобы развиться, общества составляют погоня за славой, антагонизм между мужчинами и женщинами и грубый дележ на своих и чужих. При такой, как мы видим, отсталости и отсутствии письменности они не только не гнушаются поеданием гриборастения «нонда», но часто дают его внукам и детям.

Супружеская чета мистера и миссис Филипс — наверное, шведских, а может, норвежских, скорее же все-таки американских, из штата Айова, двух миссионеров — была просто в ужасе: наевшиеся нонды шестеро молодых низкорослых мужчин вдруг бросились их догонять (этих белых, с сачками для бабочек, милых, кудрявых), тряся над собой с диким ревом и криком тяжелыми палками. Еле спаслись. Вечером того же дня мистер Филипс, так и не поймавший ни одной бабочки, записал в своем дневнике, что ненависть, охватившая их преследователей, была, вне всякого сомнения, связана с этим гриборастением, сделавшим людей слепыми, глухими и пухлыми, а также заставившим их бегать вверх-вниз по горам. Вскоре к шестерым опухшим и диким мужчинам присоединилось и все остальное племя, опухшее и низкорослое. Пришли сразу все, даже дети и девушки. (До старости люди там не доживают: любой человек, хоть слегка постаревши, покорно влезает на дерево, чтобы веселые голые парни и девки стрясли его вниз и сожгли его тело.)

«Женщины, — писал в своем дневнике потрясенный мистер Филипс, — *находятся в состоянии явного наркотического опьянения: они пляшут, свистят, распевают, смеются и самым бесстыдным образом предлагают себя мужчинам, не разбирая, кто это: мужья, сыновья или просто соседи. Грибное бешенство является узаконенной формой проявления тех склонностей, на которые наложен запрет в обыденной жизни. У женщин это — ностальгия по неограниченным плотским наслаждениям, у мужчин — агрессия против своих соплеменников».*

Ничтожная нонда, а сколько скандалов!

У жителей племен куба с каимби, к незамысловатой истории которых мы сейчас обратились, желая, наверное, лишь убедиться, что есть в мире связь между всем, между всеми (а то ведь все думают, что за горами живут великаны, циклопы и карлы!), — у жителей племен куба с каимби неистовое желание умертвить врага, а также набег на уснувших соседей, а также насилие мамы-старухи обычно сходило на нет за неделю. Тогда они снова мирились и пели и снова сажали над речкой картофель.

Однако с каимби и с куба понятно: ведь он, этот гриб, этот нонда поганый, пока весь не выйдет, — он не успокоится. А вот с остальными, со всеми? Без нонды?

Ни в Москве, которая вдруг стала столицей молодого советского государства, ни в Петрограде те, прежде жившие в этих городах люди, которые ходили на службу, воспитывали детей, читали книги, обедали и выезжали на дачи, а также любили, теряли, терзались, обманывали и предавали друг друга, молились, болели, ходили ко Всенощной, варили варенье и прочее, то есть в меру своих человеческих возможностей, под влиянием обстоятельств, привычек, родовых и наследственных черт проходили весь предназначенный им путь, осуществляя здесь, на глазах, загадочную цепь превращений, о которой так много размышляют восточные мудрецы, целиком погружая, однако, эту цепь в надмирное и бесконечное небо, в то время как здесь, на земле, происходят сплошные (и быстро весьма!) превращенья, поскольку, явившись на свет младенцем, затем пережив свое детство и юность, затем свою зрелость и нужную старость, тот самый, который явился младенцем, уходит под землю, чтоб в ней раствориться, — так вот: эти самые люди, не испытывавшие ни малейшей потребности в чужой крови, сами не заметили того, как славные их города стали адом.

Превращение произошло хоть и не в один день, но все же достаточно быстро, как смена одних декораций другими.

Трамваи почти не ходили. А если ходили, то были, как гроздьями, увешаны прицепившимися к ним телами. Иногда грубые и невнимательные грузовики срывали собой эти гроздья, расплющивали их и оставляли лежать на земле. Постоянный голод и холод ослабили людей до того, что десятками и сотнями они умирали от самых простых болезней; у женщин не было менструаций, мужчины теряли мужские способности. Жалованье, получаемое теми, кому удалось поступить на работу, не покрывало и самых необходимых расходов. Под страхом попасть в казематы ЧК люди продавали на Сухаревском рынке всё, что могли, топили буржуйки старинными книгами... В нищих и беспризорников милиция просто-напросто стреляла, и это сходило почти безнаказанно.

Из постановлений Ульянова-Ленина: «Наводите массовый террор!», «Ссылайте на принудительные работы в рудники!», «Запирайте в концентрационные лагеря!», «Отбирайте весь хлеб и вешайте кулаков!», «Без идиотской волокиты, не спрашивая ничьего разрешения, расстреливайте, расстреливайте, расстреливайте!».

Из письма Дзержинского Ленину от 19 декабря 1919 года: «В районе Новочеркасска удерживается в плену более 500 тысяч казаков войска Донского и Кубанского. В городах Шахты и Каменске — более 300 тысяч. Всего в плену около миллиона человек. Прошу санкции». На этом письме резолюция Ленина: «Всех до одного расстрелять».

А в том же году, но весною, когда за окном цвел, алел Первомай, народы гуляли, скворцы прилетели, бессонный и желтый, как свечка, Ульянов писал, торопясь, узкогрудому Феликсу: «В соответствии с решением ВЦИК и Совнаркома необходимо как можно быстрее покончить с попами и религией. Попов надлежит арестовывать как контрреволюционеров и саботажников, расстреливать беспощадно и повсеместно. И как можно больше. Церкви подлежат закрытию. Помещения храмов опечатывать и превращать в склады. Председатель ВЦИК Калинин. Председатель Совнаркома Ульянов (Ленин)».

Грибов африканских не знали, не ели (Москва — не Гвинея), а всё истребили вокруг, всё сожгли и были страшнее, чем красная нонда. Конечно же, можно спросить: для чего? Наука на этот проклятый вопрос ответа не знает, хотя и наука могла бы заметить: когда в ее целях берут существо (не важно, хоть кролика, хоть человека) — и в колбу его, или в жгучий раствор, а то и в ракету (лети прямо в космос!), то страх, вызываемый этим, — один. И боль та же самая: в сердце и в ребрах.

Рождается в мире дитя. И в нем зло. Ни мать, ни отец, ни соседка с соседом об этом не знают. А зло уже здесь. Оно пришло в мир в этом жалком дитяти. Вот он (или, может, она) подрастет, и сила в нем скажется нечеловечья. Сказал же Пророк: «И сильный будет отрепьем, и дело его — искрою, и будут гореть вместе, — и никто не потушит».

Все так и случилось: и сила пришла — сила зла и разбоя, и дело ее стало искрою зла. Поднялся пожар, и тушить было некому.

Тем гражданам бывшей Российской империи, которые отличались природною подозрительностью, было проще понять происходящее, чем тем, которые были доверчиво-страстны. Доверчивость в соединенье со страстью приводит, мы знаем, к дурным результатам. А в те времена (то есть до трансвеститов) люди были на удивление простодушны. Они говорили друг с другом. Не поняли сразу всю прелесть молчанья. А многие так и ушли, не понявши.

Варя Брусилова была из породы бойких, но

непонятливых русских людей, и то, что *они* сделали с Диной, показалось ей едва ли не страшнее всего, через что прошла она сама за три с половиной года. Генерал Брусилов превратился в старика, который, как казалось Варе, не только не хотел больше жить, но делал все возможное, чтобы поскорее умереть, не совершая, однако, греха самоубийства, потому что, совершив этот грех, он лишился бы надежды когда-нибудь встретиться с сыном Алешей в том мире, в который он верил. Ее муж, сын генерала, Алексей Алексеич Брусилов, о смерти которого генерал получил официальное извещение из ростовского госпиталя, по мнению Вари, был должен вернуться; а бросил он Варю в Москве в восемнадцатом, когда генерал его спас от расстрела, по очень простой и разумной причине — решил, что одной ей сейчас безопаснее. Варя верила своему сердцу, которое часто подсказывало ей полную чепуху и влекло к неуместным и ненужным жертвам. Теперь она посоветовала Дине открыться гражданину Барченко, признаться ему в том, что с нею случилось.

Варя судила о жизни по себе самой: она *не* могла бы оставить Алешу, и, стало быть, он ее и *не* оставил; она *не* могла бы *такое* скрывать, и Дина *должна* поступить точно так же; вокруг убивают монахов, жгут храмы — и в двадцать втором, сидя вновь на Лубянке, она написала Ульянову так, что все эти письма ее до сих пор являют собой образец неуместности...

Алексей Валерьянович Барченко еще в Мурманске был отделен от шести остальных участников экспедиции и ничего не знал об их дальнейшей судьбе, если не считать того, что Василий Веденяпин в последний момент успел передать ему письмо для родителей. Алексей Валерьянович под конвоем, но в очень удобном и мягком вагоне был переправлен из Петрограда в Москву тою же ночью, когда, не дождавшись его, замерзшая Дина Ивановна Форгерер прогуливалась по платформе вместе со знаменитым басом Федором Шаляпиным и бросила белый букет прямо в слякоть. Одним, значит, поездом, в разных вагонах они и приехали утром в столицу.

В Москве Алексею Валерьяновичу по указанию Феликса Эдмундовича Дзержинского предоставили квартиру во Втором Доме Советов, как теперь называли бывшую гостиницу «Метрополь». Не успел он осмотреться в этой квартире, к нему постучались.

— Войдите, — сказал, хмурясь, Барченко.

Вошел небольшой юркий человек, аккуратно причесанный на косой пробор.

— По поручению товарища Блюмкина, — скороговоркой проговорил он, оглядываясь. — Просили сообщить, если в чем-нибудь какая нужда...

— Могу ли я выйти на улицу? — спросил Барченко.

— Сегодня просили вас дома побыть. Устроитесь, оглядитесь... Завтра к вам заедет лично товарищ Блюмкин, он даст все инструкции.

— Я что, арестован?

— Нет! Кто вам сказал?

— Зачем же я ехал тогда под конвоем?

Человек замахал руками:

— Для вашей сохранности, товарищ Барченко! Только для вашей сохранности! Таких ученых, как вы, нужно охранять как зеницу ока!

— Соедините меня с товарищем Дзержинским, — приказал Барченко, уже понимая, что его повелительная интонация звучит в лучшем случае нелепостью.

— Связи нет, сегодня весь день чиним, чиним... А завтра — конечно. Придет к вам товарищ и соединит... Не сегодня...

Барченко выглянул в коридор. У двери его дремал другой человек, похожий на первого как две капли воды. Он сидел на стуле, привалившись виском к косяку. Увидев Барченко, вскочил.

— Я хочу прогуляться, осмотреть гостиницу...

Его конвоиры переглянулись, и первый решительно двинулся следом за Барченко по коридору.

Бывшая гостиница «Метрополь» являла собою постыдное зрелище. Она была перенаселена людьми, каждый из которых обладал пропуском, чтобы войти в нее, и каждый, казалось, стремился к тому, чтобы как можно быстрее превратить это прежде богатое и чистое помещение в такое же точно вместилище грязи, которым была сейчас прочая жизнь. Жены ответственных работников ленились ходить в уборные и часто держали своих малолетних детей прямо над потертыми персидскими коврами в коридорах, а после небрежно бросали бумажку на этот ковер и скрывались в свой номер. Прислуги было много, но роль ее с каждым днем становилась все более размытой и неопределенной: прислуга ходила на собрания, читала газеты и разучивала революционные песни в красных агитационных уголках. Управляющие, счетоводы и конторщики с неистовой жадностью доворовывали оставшееся серебро, инвентарь и столовые салфетки. Блуд и разбой царили в бывшем «Метрополе», где совсем недавно пахло дорогими папиросами и духами. Сейчас сюда денно и нощно стекались вооруженные особыми пропусками, накокаиненные и пьяные, с оружием в карманах, в ворованных, снятых с других людей шубах, с чужими, в чужих жемчугах и брильянтах, веселыми и беспокойными женами. Стекались «товарищи». Оргии и пиры гремели с полуночи и до полудня. Заместитель Троцкого занимал сразу три самые богатые квартиры, поскольку имел три семьи и очень о каждой заботился. Женщины вырывали друг у друга волосы, ругаясь на дымной громаднейшей кухне, и все доносили, следили, шипели, как будто бы это не дом, а гадючник, где так растлевали вчерашних курсисток, что эти курсистки боялись столкнуться с сестрой или матерью даже на улице.

За проведенный на Севере год Алексей Валерьянович Барченко сильно изменился. В глазах его над набрякшими черными мешками сквозило раздражение, переходившее иногда в какое-то другое чувство, близкое, может быть, к легкому сумасшествию, как будто бы властный и сильный ученый, философ, и гипнотизер, и психолог терялся, не зная, что делать. Будучи умным человеком, Барченко не мог не признаться себе, что затея с северной экспедицией провалилась: он рассчитывал на то, что по крайней мере год, а то и два будет полностью предоставлен самому себе и окружит себя теми помощниками, в преданности которых уверен был полностью. В результате же из семерых, отобранных им самим, в экспедицию попали всего трое, а вечером накануне отъезда Блюмкин привел ему Мясоедова, которого отрекомендовал как самого надежного и самого проверенного для таких дел человека. Мясоедов был высок, плечист; коротко остриженные волосы плотно прилизаны к голове; твердые, с глупым щегольством закрученные усы делали его похожим на подгулявшего купчика, и сходство это усиливалось благодаря наглому, как будто немного нетрезвому и очень при этом развратному взгляду. То, что Мясоедов приставлен следить за ним, не вызывало сомнений, но Алексей Валерьянович, сто раз повторивший себе, что к этому нужно было быть готовым, вдруг начал совсем по-мальчишески, глупо и дико реагировать на присутствие Мясоедова.

План полной свободы, которую он надеялся купить долгими неделями своего добровольного заточения во льдах и сугробах до самого неба, был сорван развратным настойчивым взглядом, который, однажды прилипнув к лицу, как будто на нем навсегда и остался, подобно куску непрожеванной пищи. Спрятаться от Мясоедова было негде. Алексей Валерьянович дошел до того, что иногда по ночам начинал вдруг ощущать странный холод внутри, и ему казалось, что это глаза Мясоедова скатились в его пищевод. Нельзя, однако, сказать, что Мясоедов приставал к нему с разговорами или постоянно ходил за ним по пятам; напротив, он был очень даже ленив, спал много, еще больше пил и даже в условиях, которые должны были бы отвлечь любого другого от прежних привычек, умудрился в отсутствие Барченко привести в юрту десятилетнего эвенка и воспользоваться его телом, как женщиной.

Страха перед Мясоедовым Барченко не испытывал, но было другое, опасное ощущение: рядом с Мясоедовым пропадало желание жить. В этом ленивом человеке с его застывшим, как холодец, взглядом была сила, свойств которой Алексей Валерьянович не мог объяснить себе, а фантазировать на эту тему так, как он делал в молодости, когда одна за другой в серьезных научных журналах вроде «Русского Паломника» и «Жизни для всех» появлялись его статьи, не хотел.

Ведь как он тогда фантазировал! Тонко, роскошно! С какими примерами, как занимательно! Взял да и рассказал, например, о существовании эфира, «тончайшей среды, наполняющей нашу Вселенную и составляющей ее общую для всех душу». Чем плохо? Или о процессах, идущих в недрах Солнца, которые так действуют на электромагнитное поле Земли, что телефоны отказываются работать, часы замирают, а в мире людей начинаются войны...

Ах, он был игрок, он был маг и волшебник, который еще на заре своей понял, что все человеческие открытия не стоят почти ничего, поскольку проходит лет двадцать, пятьсот или, может быть, двести — и прежнее открытие начисто сметается новым, которое также ждет только того, когда оно будет отвергнуто. Он уловил лукавую и мощную игру природы, которая то умирает, становится льдом, мраком, пеплом, то вдруг возрождается, блещет, пылает, — и понял, что ничего не боятся люди, кроме смерти, не зная того, что и с ними поступят как с самой последней, невзрачной травинкой, и самое главное — не выделяться, быть тем же, что камень, вода, струйка ветра...

О да, он шутил, он играл! Он демонстрировал фокусы, еще более примитивные, чем те, которые демонстрирует на улице какого-нибудь маленького, залитого солнцем провинциального европейского городка бродяга в засаленном старом камзоле, расшитом лиловыми звездами. Он не стеснялся в выборе названий для своих якобы научных работ: «Опыты с мозговыми лучами», «Гипноз животных», «Передача мысли на расстояние». Замерзшим на кафедрах и в кабинетах он подбрасывал идеи, за которые они хватались растопыренными пальцами, так что в одну только зиму 1912 года по его описанию было сделано шестьсот двадцать четыре абсолютно одинаковых, никому не нужных прибора.

«Внутри тонкого стеклянного колпака, — вдохновенно писал молодой шутник Алексей Барченко, сидя в своей петербургской квартире, в открытые окна которой вливалась тревожная белая ночь, — каплей дамарлака, канадского бальзама или расплавленного с бурой стекла подвешивается тонкая шелковая нить, на конце которой укрепляется сухая соломинка, служащая указателем. На конце соломинки распушен тончайший клочок гигроскопической ватки. Диск насоса посыпан мелко толченной солью, отверстие его защищено кусочком сухого картона с пробуравленными дырочками и небольшим бортом, чтобы не сдуло соль. Сосредоточьте взгляд на кусочке ваты, и вы увидите, как стрелка передвинется от вашего взгляда».

Он хохотал, представляя, как почтенные отцы семейств, отмахиваясь от надоевших детей, смотрят на клочок гигроскопической ваты выпученными от напряжения глазами, а когда жена или горничная зовут их к обеду, хрипят, чтобы им не мешали.

С приходом той силы, малой частью которой были развратные глаза Мясоедова, веселье закончилось. Журналы, в которые он писал, закрылись, люди, которые читали его, умерли, убежали или тихо сидели по своим углам. Им было уже не до опытов. Шел опыт над ними. Начались поиски заработка. Барченко начал показывать те фокусы, за которые были готовы заплатить. Моряки Балтийского флота, с яростью опустошавшие винные склады, громилы и насильники кротко, как завороженные, слушали лохматого профессора, открывшего двери в другие миры.

«Золотой век, — рассказывал Алексей Валерьянович, стараясь ни с кем не встречаться глазами, — господствовал на нашей земле сто сорок тысяч лет, потом этот век попытались восстановить на территории современного Афганистана, Тибета и Индии. Это был великий поход, поход Рамы...»

Он выжил бы! Он бы провел всех! Провел! Ему так наивно и долго казалось... Ему так казалось еще и тогда, когда он собрался поехать на Север и с Дины взял слово покинуть Россию.

Теперь всякий раз при мысли о Дине к горлу Алексея Валерьяновича подступал ком. Год назад он был уверен, что они расстались навсегда, и разум его подсказывал, что так только лучше обоим. В той жизни, которая наступила, нужна была свобода от чувств и от всех обязательств. Дина связывала его не тем, что просила о чем-то или требовала чего-то, а тем, что *была*. Когда она находилась рядом, физическая красота ее, эта горячая розовая кожа, худые плечи, круглые, с ярко-вишневыми сосками груди, глаза с отчаянным их выражением действовали на Барченко как тот самый гипноз, о котором он когда-то рассказывал в Русском зоологическом обществе. Он знал, что зависит от этих глаз, от этого голоса, хрипловатого, хрупкого, и зависимость делала его слабее. В начале их знакомства он пообещал себе, что она никогда не станет его любовницей. Она одолела его. Он мог бы сказать: *совратила,* хотя это было смешно. Молоденькая, на двадцать шесть лет моложе его, женщина, начинающая актриса, ничего не испытавшая в своей жизни, кроме ко-

146

роткого, оставившего ее совершенно равнодушной замужества, *совратила* Алексея Барченко, который учил, как гипнотизировать людей и животных и передавать любые мысли на любом расстоянии! Но эти стремительные несколько месяцев, когда шофер привозил ее к нему на квартиру и она входила, блистая своими огромными глазами, в той шляпе, пальто и ботинках, которые он доставал для нее через услужливых клевретов мерзавца Блюмкина; всякий раз, когда она в новой роли любимой и по-настоящему близкой женщины входила и сразу бросалась ему на шею и по-детски обхватывала его руками, почти повисая на нем и покрывая поцелуями его лицо, — всякий раз, когда это случалось, Алексей Валерьянович Барченко чувствовал себя другим человеком и мог бы сказать, что во всей своей жизни не знал ничего, что похоже на это.

И все же свобода, за которой он гнался, как охотник за волком, была ему много нужнее, чем Дина. Единственное, чего он хотел: чтобы Дина уехала из России и была в безопасности. Узнав, что она осталась в Москве и не выполнила своего обещания, Алексей Валерьянович попытался убедить себя в том, что она освободила его от дальнейших обязательств. Кроме того, он понимал: раз в ЧК известно об их связи, то именно эту связь они и постараются использовать, чтобы как можно больнее надавить на него.

«Работа» экспедиции, заключавшаяся в том, что Барченко сочинял фантастические описания ни разу не виденных природных явлений, не выходя из чума, была в разгаре, когда мальчик Василий Веденяпин, который изредка писал родителям в Москву, вдруг сообщил Алексею Валерьяновичу, что ни Таня Лотосова с семьей, ни Дина Ивановна Форгерер никуда не уехали и по-прежнему живут в своем Воздвиженском переулке. Несколько дней Барченко был вне себя от ярости. Потом написал ей сердитое письмо, в котором только намеками обмолвился о том, что она натворила. С ее простодушием она могла и не понять его намеков. Ни Дина, ни Тата, сестра, намеков как раз-то и не понимали.

В нагрудном кармане была фотография Дины. Барченко приостановился, достал фотографию и начал рассматривать ее. Дина Ивановна Форгерер смотрела, как всегда, немного исподлобья, но взгляд этот был откровенно-веселым, как будто безгрешные детские мысли омыли его родниковой водою.

Можно было предположить, что Дине уже сказали о его приезде, но что именно ей сказали, он не знал — так же как не знал и того, свободен ли он сейчас или находится под арестом. С другой стороны, не все ли равно? Они ведь не дадут ему уйти. Мясоедов остался в Мурманске. Зачем? Он не знал. Неужели следить за этим мальчиком, Веденяпиным? Или им нужен был Веденяпин, потому что Барченко охарактеризовал его как своего лучшего ученика и даже однажды сказал в присутствии Мясоедова, что один только Веденяпин постиг загадку «мерячения», того странного сомнамбулического состояния, в которое погружаются целые племена? При воспоминании о Мясоедове Барченко силой воли заставил себя подавить вспенившееся внутри озлобление и пошел обратно на третий этаж, где ему была отведена квартира. Маленький человек, бесшумно идущий за ним по пятам, негромко закашлялся. Барченко остановился.

— Вы, может, покушать желаете? — спросил провожатый. — Тут кухня работает, мы принесем.

Барченко кивнул, и человек исчез. Он вошел к себе. В обеих больших комнатах было темно. В столовой стоял на полу чемодан, и рядом с ним белели исписанные листы: записи о научной экспедиции, которые Барченко вел на Севере. Он не успел открыть дверь в спальню, как тут же почувствовал запах. Так пахла одна-единственная женщина на земле, кожа которой источала этот особый, очень нежный и притягательный запах, похожий на запах травы, еще даже не разогретой на солнце и только что высохшей после дождя. Он нащупал на стене выключатель и зажег свет. Дина сидела на кровати в шубе и шапочке, пряча руки в муфту, хотя было очень тепло. Она не пошевелилась при его появлении, не сказала ни слова. Барченко раскрыл объятья. Дина порывисто вскочила и, громко заплакав, прижалась к нему, по-прежнему не вынимая рук из муфты. Он снял с нее шапку и начал гладить золотые волосы, пушистость которых всегда напоминала ему мех у хищников.

— Ну, что ты? Ну, как ты? — шепотом спросил он. — Вот видишь: и встретились.

Она затрясла головой, как будто в том, что он говорил, было что-то страшное для нее. Слезы ее перешли в рыдания.

— Почему ты не уехала, глупая? Ведь ты обещала.

Дина оторвалась от него, испуганными мокрыми глазами пробежала по его лицу, открыла рот, как будто хотела что-то сказать, но тут же зарыдала с новой силой. Он заново испугался силы ее любви к себе, которая сейчас никому не была нужна и только могла помешать их свободе; но еще больше он испугался того, как тело его все еще отзывается на ее тело.

— Ну, дай посмотреть на тебя, — сказал он, отодвигаясь. — Ничуть ты и не изменилась. Как дома? Здоровы?

Она с изумлением заглянула ему в глаза. Он знал эту ее привычку: наклонить голову и, стиснув в кулаке отовсюду падавшие и мешающие ей волосы, напряженно заглянуть в глаза, как будто бы, только избрав этот ракурс, она и могла что-то вправду понять.

— Я больше тебе не нужна? — вдруг спросила она.

Барченко промолчал. Она читала у него в душе.

— Нам лучше бы поговорить...

— Да я и хотела!

Она стиснула руки на коленях, еще ближе придвинулась к нему и, прижав губы к самому его уху, прошептала:

— Алеша! Я все-все тебе расскажу!

И начала рассказывать. Лицо Барченко, которого она сейчас не видела, становилось замкнутым и отчужденным, и, когда Дина, замолчав, хотела опять обнять его, он резко вскочил и, глядя на часы, забормотал:

— Сколько времени ты провела здесь? Минут двадцать, не больше. Сию минуту уходи!

Она отшатнулась:

— О чем ты?

— Ты сейчас уйдешь, — схватившись обеими руками за волосы, продолжал он, — а завтра скажешь *им,* что я выгнал тебя. Или нет! Лучше скажи так: я дал обет, который дают тибетские монахи — никогда не прикасаться к женщине, ибо она оскверняет человека. Скажи *им,* что, пока ты была у меня, я ни разу не дотронулся до тебя, а когда ты сама попыталась поцеловать меня, я завизжал, как поросенок под топором. И что я все время говорю об одном: о том, что мне нужно как можно быстрее попасть на Тибет, потому что там находится цивилизация, за которой уже охотятся и немцы, и англичане. Спрятанная от мира древняя цивилизация, знающая тайну бессмертия. И всё! И я знаю, где ее искать. А ты мне уже не нужна. Напрасно *они* на тебя так рассчитывают!

Дина отступила еще дальше. Пряди на ее лбу стали мокрыми, как будто она только вышла из бани.

— Ты гонишь меня?

— Я прошу тебя понять! Если ты останешься здесь, *они* будут уверены, что наши отношения продолжаются, и тогда *они* не отпустят тебя, *они* выпьют из тебя всю кровь. Ты должна уйти немедленно!

— Мы с тобой, — прошептала она, — мы с тобой не виделись год, и теперь ты прогоняешь меня? Ты больше не любишь?

В глазах ее вспыхнул огонь, и Барченко показалось, что она может ударить его. Он быстро схватил ее за руки.

— Слушайся меня! Родная моя, ненаглядная! — Он поднес ее руки к губам и осыпал их поцелуями. — Поверь, что я лучше их знаю! Мы должны расстаться сейчас, мы должны запутать *их*, чтобы *они* отвязались от тебя. У нас нету выхода!

Она вырвала свои руки.

— А я ведь не верю тебе... — прошептала она. — Ты трус, ты боишься! И ты мне не веришь. Ты думаешь, что *они* напугали меня и я буду доносить на тебя, буду следить за тобой! Вот этого ты испугался!

Запах ее тела стал сильнее, как это бывает у диких животных, когда, разгоряченные и загнанные в клетку, они с помощью запаха и особого блеска в глазах выражают готовность разорвать тебя на куски и после погибнуть. Рывком он привлек ее себе на грудь, сбросил на пол ее расстегнутую шубу и начал успокаивать ее своими горячими и мягкими ладонями. Он гладил ее по позвоночнику, продевал руки в тяжелые волосы, массировал шею, затылок, лопатки, и постепенно она обмякла под его руками, перестала сопротивляться и, привстав на цыпочки, подняла к нему свое лицо, соленое и мокрое от слез, с полузакрытыми, словно бы засыпающими глазами.

В дверь постучали, и, не дожидаясь ответа, вошел тот коротенький и аккуратный человек, который сопровождал Барченко по гостинице. В руках у него был тяжелый поднос.

— Поставьте на стол, — резко сказал Барченко.

— А вы на меня не кричите, — негромко ответил ему вошедший. — Господ больше нету, кричать не позволено.

Он поставил поднос на стол и, внимательно оглядев Дину Ивановну Форгерер, удалился.

— Я жить без тебя не могу, — выдохнула Дина Ивановна и опять приникла к нему. — Делай со мной что хочешь.

— Я *хочу,* — оглядываясь на дверь, прошептал он. — Я очень хочу, я тебя обожаю, но я ничего не могу. Разве ты не понимаешь, что мы с тобой под колпаком? Кто тебе сообщил, что я здесь?

— Терентьев, — коротко ответила она.

— Кто это — Терентьев?

— Чекист, но одет во все штатское. Он и принес мне тогда эту... — Она запнулась, сглотнула слюну. — Ну, эту бумагу...

— Опиши мне его.

— Большой, очень толстый и выше, чем ты. Лицо неприятное, злое. Работает с Блюмкиным.

— Ты видела Блюмкина? — быстро спросил он.

Она кивнула, слезы побежали по ее щекам.

— Я думал помочь тебе, а я ведь тебя погубил! — пробормотал Барченко. — Ведь я погубил твою жизнь, моя радость, ты слышишь?

Дина Ивановна затрясла головой.

— Я весь этот год не жила без тебя! — Она оглянулась на дверь, зажала рот. — Ведь я не живу без тебя, — прошептала она и, схватив его руку, перевернула ее ладонью вверх и несколько раз быстро поцеловала. — Вот ты вернулся, и я счастлива, мне больше ничего не нужно. Совсем ничего! Ты говоришь, ты на Тибет уедешь. Так ты меня лучше убей до Тибета! Нет, правда: убей, мне так легче!

— Ну, что ты болтаешь, — сморщился он.

Со своими огромными золотыми волосами, красная и заплаканная, она стояла перед ним, опустив худые руки, ловила расширенными зрачками его взгляд, и вся ее поза выражала непреклонную волю.

— А я не шучу. Потому что, если ты бросишь меня, это все равно что смерть, а если ты меня убьешь, так это только выход, и я же сама прошу тебя... Ты поживи со мной немного, ну, хоть бы неделю, а потом... — Она замолчала. — Здесь какой этаж? Третий, да? — Она шагнула к окну, посмотрела в черноту ночи, отливающую ртутным блеском звезд. — Но здесь высоко. Если ты подтолкнешь меня и я упаду головой...

Барченко не дал ей закончить:

— С ума ты сошла! Я хотел спасти тебя, и сейчас у меня в голове одно: спасти тебя! Почему ты не уехала, идиотка? Упрямая дура! Девчонка! Зачем я связался с тобой?!

— Алеша, — радостно просияв, прошептала Дина Ивановна, — а я ведь люблю, когда ты кричишь на меня... Ведь я говорю тебе: делай что хочешь. Кричи на меня, бей, хоть убей! Что хочешь... И пусть даже я сумасшедшая, прости мне и это...

Он вдруг заметил, как она похорошела за этот год, как будто та боль, через которую она прошла благодаря ему, прочистила детские эти черты, убрав все случайные их выраженья, оставив одно выраженье решимости, упорной и острой любви, обреченной и, может быть, дикой, но цельной, как вера, и столь же глубокой.

— Я много болел там, в Лапландии, — сказал он. — Бог знает, чего только не было. Я больше не тот. — И, вдруг покраснев, испуганно посмотрел на нее.

— Ты хочешь сказать, что тебе не я не нужна, а просто никто тебе больше не нужен? — Она усмехнулась на то, как он по-детски покраснел, и тут же лицо ее стало другим: насмешливо-нежным и всё понимающим.

Алексей Валерьянович обхватил ее за талию и так сильно притиснул к себе, что хрустнули косточки.

— Да страшно же мне! — с яростью прошептал он. — Меня не сегодня завтра посадят, а может, убьют; мы оба с тобой висим на волоске, а ты... Ну, что ты ко мне привязалась?

Слезы ее высохли. Румяными и горячими губами Дина Ивановна прижалась к его губам.

— Никто ведь сюда не войдет? Не войдет? — восторженно спросила она. — Ты здесь, ты вернулся, ты делай со мною что хочешь...

Муж и жена Веденяпины жили тою же страшной, однако почти и привычною жизнью, которой жила вся Москва. Редкие письма от сына, который писал очень коротко, были единственной темой их разговоров. Сын почти ничего не рассказывал о себе. Один раз только сообщил, что сильно болел, но теперь совершенно здоров благодаря искусству здешних, северных колдунов, которых называют шаманами. Письмо это было последнее, оно обрывалось на середине и было только что передано Александру Сергеевичу Тане Лотосовой.

Такого Василия родители не знали.

Почти год я старался не вспоминать о войне, — писал их двадцатидвухлетний сын, — *но потом она все чаще и чаще стала возвращаться ко мне. Я точно знаю, что был сильно болен душою, когда начал воевать. Если бы я был здоров тогда, моя военная жизнь должна была вызывать во мне одно только желание: как можно крепче биться головой о стену, чтобы отбить и память, и понимание того, что со мной происходит, кто я теперь, где я и зачем; но болезнь была именно в том, что ни я, ни кто-то еще из близких мне тогда людей не бились головой об стену и не сходили с ума, а думали, что живут так, как нужно и правильно. Я вспоминаю минуты нашего благодушного покоя, когда мы, например, ужинали на второй батарее только что зажаренным диким козленком, с которым еще вчера ходили играть в сарай, целовали его молочную мордочку и гладили доверчивый лоб, который он с охотой подставлял нам. А потом, уже после этого сытного и вкусного ужина, за* сигарой, предложенной нашим командиром, с одобрением рассуждали о заживо засыпанных раненых немцах, потому что накануне батальон «молодцов-латышей» под началом георгиевского кавалера выбил из переднего редута две сотни немцев и, взяв пятьдесят человек в плен, из которых тридцать были тяжело ранены, заживо засыпал их землей. Мы ели и курили, а эти люди еще шевелились под землей; у них тоже были матери, отцы, невесты, а сейчас им нечем было дышать, они медленно и жутко умирали, — но мы почему-то не понимали этого и всё фантазировали о том, что будем делать, когда одолеем врага и вернемся домой после войны. А потом помню, как я, спокойный, с радостью в своей умиротворенной душе, шел тихим галопом домой, и в одном месте моя лошадь вдруг захрипела и рванулась в сторону. Она, наверное, почуяла что-то рядом, под землей.

Меня же поразила тогда красота этой зимней поляны, осыпанной крупными алмазами мороза, и свет, дымом плывущий с неба. Лес подымался высоко в самую ночь, снег с деревьев медленно осыпал меня; я доехал до дома, спрыгнул с лошади, отвел ее в конюшню, где уже стояли другие лошади, напоил ее, и все они посмотрели на меня своими чистыми покорными глазами.

Тогда мне не пришло в голову то, что постоянно приходит теперь: ведь это одному только человеку дана возможность осквернять Божий мир — а больше никому! И человек так свободно пользуется этой возможностью, даже не задумываясь, какое за это придет наказание!

Возвращаюсь к тому, как я болел здесь, на Севере, и как меня лечили. Началось с цинги, которой здесь страдают все приезжие, не привыкшие есть сырую рыбу и сырое мясо. Алексей Валерьянович уже много лет как стал вегетарианцем по своим внутренним религиозным убеждениям, но он сразу сказал нам, что мы должны есть сырое мясо и пить кровь только что убитых животных, если хотим выжить. Сам он сумел как-то обойтись без этого, хотя, конечно, болел. От полного отсутствия солнца и от странной еды, к которой я так и не сумел приохотиться, у меня почти совсем отказали ноги, и я еле-еле мог выползти раз в день из палатки (здесь палатка называется «чум»); боль во всех суставах была ужасная, кости ломило и выкручивало, и я стал почти слепым, мог различать только контуры. Десны принялись кровоточить, и за пару недель выпали все верхние зубы. Потом наступило полное равнодушие ко всему, и я понял, что умираю. Меня это не напугало. Алексей Валерьянович положил меня на сани и повез на ближнее стойбище. По дороге началась пурга, но нас выручили собаки: они знали, куда бежать, и сами проложили дорогу сквозь пургу и темень. В большом чуме нас встретил старик в пышных и богатых шкурах, наверное, хозяин. Я плохо помню его лицо, оно расплывалось перед моими почти ослепшими глазами. Потом появились какие-то женщины, которые уложили меня на шкуры оленя рядом с разведенным огнем. *Старик и Алексей Валерьянович пожали друг другу обе руки, как это полагается здесь по обычаю. Я лежал в полусне. Женщины раздели меня догола и принялись растирать все мое тело горячей, остро пахнущей жидкостью, и Алексей Валерьянович сказал, что это медвежья желчь. Вымазав всего меня желчью, они намотали мне на шею лисью шкуру и повесили на грудь множество каких-то амулетов, я и сейчас их ношу. Это фигурки разных животных из кости и меха. На ноге у меня уже несколько недель была небольшая, но незаживающая рана, которую внимательно осмотрел сам хозяин и что-то приказал женщинам. В чум привели оленя, густо запорошенного снегом. Он спокойно стоял, и от него веяло морозом и свежестью. Хозяин и женщины образовали вокруг него полукруг и начали кланяться ему и просить прощения за то, что они должны отнять у него жизнь. Олень стоял неподвижно. Потом хозяин подошел близко к нему и быстро обнюхал его глаза. Алексей Валерьянович объяснил мне, что на языке ненцев и якутов это заменяет поцелуи. На оленя набросили аркан. Он захрипел и повалился. Через минуту олень был мертв, и женщины освежевывали его. Сначала они распороли ему живот и выпустили все внутренности, причем хозяин тут же съел что-то и предложил Алексею Валерьяновичу, но тот жестами отказался. Оказывается, у ненцев принято сразу же есть сырые почки, пока они еще дышат жизненной силой, которая, как они думают, сразу перехо-*

дит к тому, кто их съел. На моем голом животе сожгли кусок коры, но я совершенно не почувствовал боли. Большим и указательным пальцем правой руки хозяин растянул мне веки и тут же надрезал их ножом; сильно полилась кровь, но ее остановили двумя тяжелыми кусками льда. Когда их сняли и чем-то студенистым и теплым протерли мне все лицо, оказалось, что я неплохо вижу. Мертвый олень с закаченными сизыми белками лежал в углу чума, и женщины что-то делали с ним, а одна продолжала протяжно напевать, сидя на корточках, и кланяться мертвой оленьей голове, как будто бы с ним разговаривая. На блюде мне поднесли кусок дымящегося пузыря, голубоватого под светло-розовой кровью. Я испугался, что сейчас меня заставят съесть это, но они накрыли этим пузырем мою больную ногу, как будто куском тонкой ткани. Оказывается, это было легкое оленя. Алексей Валерьянович объяснил мне, что легкое оленя напоминает гемостатическую губку, которой в современной медицине пользуются для лечения трофических ран. Надо мной наклонился хозяин и спросил меня с помощью Алексея Валерьяновича, сильно ли кружится у меня голова. Голова моя почти прошла, но я сказал, что еще немного кружится. Тогда женщины растопили на огне мозг оленя, который извлекли из его надвое расколотого черепа какими-то медными лопаточками. Смешали его с горячим рыбьим жиром и грудным молоком — одна из женщин только что покормила своего ребенка, — несколько капель велели мне выпить, а остальным густо намазали мне всю голову. Дальше я ничего не помню, потому что провалился и заснул так крепко, как не спал никогда в жизни. Проснувшись, я увидел Алексея Валерьяновича, который сидел рядом со мной и, заметив, что я не сплю, сказал, что телесно я уже почти здоров, но хозяин в знак особой любезности пригласил шамана, который будет лечить мою душу. Тут-то я и увидел его. Больше всего он был похож на какую-то неправдоподобно огромную и пеструю птицу. На его белых меховых сапогах были нашиты когти медведя, на плечах, разукрашенных разноцветными нитками, висели крылья дикого лебедя, над шапкой вздымались ветвистые оленьи рога. В руках он держал бубен почти круглой формы, на котором я заметил множество навешанных колокольчиков. На меня, так же как и на всех присутствующих, шаман не обратил никакого внимания. Изредка он вскрикивал, бормотал, кружился на полусогнутых ногах и произносил какие-то заклинания. Потом он начал быстро жевать что-то, и вскрикивания его участились. Алексей Валерьянович сказал, что он ест кусочки сушеных мухоморов, которые помогают ему уйти из этого мира в другой.

Дорогие мои мама и папа, простите, если вам уже наскучило то, что я пишу. Эта ночь перевернула меня всего, и если мы когда-нибудь еще встретимся, вы, наверное, и не узнаете меня в том человеке, каким я стал теперь. Шаман принялся громко стучать колотушкой по своему бубну и все чаще и чаще вскрикивать. Глаза его при этом открылись, но я точно могу сказать, что он никого из нас в эти минуты не видел. Барченко шепнул мне, что шаман ищет путь в царство мертвых и в этот момент его собственная душа должна отделиться от тела. Потом он, усмехнувшись, добавил, что отделение души от тела всегда сопровождается невыносимой болью. Танец моего шамана стал стремительным; смотреть на то, как он высоко подпрыгивает, ненадолго зависая в воздухе, распластывается, прижав ухо к земле, было сначала почему-то мучительным для меня, но постепенно я сам отделился ото всего окружающего и начал погружаться в какие-то видения. Сначала я видел себя маленьким, лет шести, видел, как мы с мамой сидим под вишней, прислонившись затылками к стволу, и на нас густо падают мелкие белые цветы; потом я вдруг увидел, что мама встала и куда-то пошла. Я попытался вскочить и побежать за ней, но что-то не пускало меня. Я смотрел, как мама уходит все дальше и дальше, и когда она уже почти скрылась из вида, ее окружили очень милые и пушистые звери, похожие на собак, но яркого, золотого цвета, и я догадался, что это были лисы, и шкура одной из этих лис укутывает сейчас мое горло. Мне стало казаться, что теперь я остался один на всем свете, но страшно мне не было, и какая-то спокойная и благостная сила вдруг переполнила меня всего изнутри. Мама исчезла, от этих золотых животных, которые увели ее,

162

остался легкий желтоватый туман в воздухе, а я чувствовал себя так, как будто наконец освободился от долгого страдания. Потом я услышал шум дождя по брезенту и увидел, что пью чай на дороге, спрятавшись под куском брезента и лошадиной попоной с еще одним офицером, имени которого уже не помню. Я сообразил, что это действительно так и было, мы с ним чудом уцелели в бою, который только что закончился, и стоны раненых, которых проносят мимо нас на носилках, и стоны тех, которых еще не подобрали, стоят в этом холодном сером воздухе. В этом воспоминании тоже было острое и сильное ощущение счастья. Я то проваливался внутрь этих своих видений, приносящих мне свет и освобождение, то снова видел похожего на дикую и косматую птицу человека, по желто-коричневому лицу которого, завешенному длинными белыми нитями бисера, струился пот. Потом я опять крепко-крепко заснул. Проснулся я, как сказал мне Алексей Валерьянович, через двое суток.

Я написал вам обо всем этом так подробно вот почему: даже если меня выпустят на свободу, даже если мне сохранят жизнь, я постараюсь никогда не возвращаться обратно в тот мир, про который я теперь понял самое главное: жить в этом мире я не смогу. И все так устроено в нем, что...

На этом слове письмо Василия Веденяпина обрывалось. Александр Сергеевич закрыл лицо руками и сидел молча, низко опустив голову. Наконец Нина не выдержала:

— Это *она* передала тебе?

— Она вчера принесла мне его в больницу. Вася не успел даже дописать и передал Барченко, а тот отдал ее сестре, — негромко ответил он из-под ладоней.

— Я не спрашиваю тебя об этом! Какое мне дело, в больницу или не в больницу?

Александр Сергеевич потер лоб.

— Зачем ты кричишь?

— Я уеду, — тихо сказала Нина. — Уеду к мальчику в этот порт... как он назывался раньше? Романов-на-Мурманске. И буду там с ним.

— Ты не доедешь до этого порта, — усмехнулся Александр Сергеевич. — Если тебя не выкинут по дороге с поезда, ты подцепишь тиф и умрешь в вагоне на полу. Но дело не в этом. Ты что, разве не поняла?

— Какая там власть-то? — спросила она. — Там красные?

— Не знаю. Газеты всё врут.

— Чего же я все-таки не поняла?

Муж странно взглянул на нее:

— Нина, он попрощался с нами. Ты сон его ведь прочитала?

— Ты что говоришь! Как ты смеешь?!

Красные от бессонницы глаза Александра Сергеевича увлажнились. Он широко перекрестился.

— Господи, помоги ему!

— Я ненавижу тебя! — закричала Нина. — Ненавижу! Я каждую ночь мечтаю, что он возвращается к нам! Я держу его за руку и плачу от радости. А ты говоришь, чтобы Господь помог ему освободиться от нас! Ото всего, что было нашей жизнью! Да он же погибнет без матери!

— Без матери он не погибнет, — пробормотал Александр Сергеевич. — Без Бога погибнет.

Она вскочила и затрясла кулаками перед его лицом:

— Молчи, ты, чудовище! Я отмолю! Ведь это же я отмолила, ты помнишь? Когда он сидел на Лубянке!

— Пойдем выпьем кофе, — вдруг сказал Александр Сергеевич. — У нас желудевый остался?

Она тоже стихла и наклонила голову.

— Остался.

— Ты кашляла ночью. Знобило тебя?

— Меня каждый вечер знобит.

— Дай-ка я легкие твои послушаю.

— Зачем же их слушать? Тебе все равно без меня будет лучше.

— Ерунды не говори! — оборвал ее Александр Сергеевич. — Пойду затоплю. Завтра обещали еще дров привезти, нужно протопить как следует...

Нина пошла за ним, задевая за мебель концом старого пледа, наброшенного на плечи. Александр Сергеевич приостановился, погладил этот плед, потом провел пальцами по ее переносице, бровям, лбу...

— Да, выпало нам! — Он вздохнул. — Чего уж теперь-то считаться? Бедняжечка...

Нина закашлялась.

— Ну вот: пожалел все-таки! — еле выговорила

она сквозь кашель. — А то ведь: чужой... — И осторожно погладила его по волосам. — Седой стал... Я ночью просыпаюсь, Саша, и никого рядом! Пусто, черно, страшно. Как в могиле... Вспомню про сына — ужасом обдает. Про тебя подумаю — стыдом... Зачем я живу? Для кого? Для чего?

— А я? — Он коснулся губами ее лба.

— Отпусти меня!

Александр Сергеевич насторожился:

— Я тебя уже отпустил один раз.

— Нет, к Васе меня отпусти. Как сказано, помнишь? «Сытая душа попирает и сот, а голодной душе все горькое сладко». У меня давно душа голодает...

Хорошо было тем детям, к которым на елку, например, или на день рождения приходили исторические деятели. Такой праздник уж точно не выветривается из памяти! Ну, кто из выросших в Лесной школе № 61 забудет, как ночью, в такую пургу, что даже ресницы болели от ветра и не было видно ни зги — хоть смотри, а хоть не смотри, все равно не усмотришь! — к ним в комнату, где было очень тепло, и елка горела, и пахло свечами, вошел Дед Мороз? Кто был этим Морозом? Ау, Бонч-Бруевич, ау! Что не отзываешься? Спрятался, бедный.

Началась эта новогодняя сказка с того, что детишки стали беспризорниками. И, ставши такими, попали в приют. В приюте часто бывали гости из иностранных стран и даже писатели, много писателей. Они ведь по-своему тоже детишки. Приютским объяснили, как отвечать, если иностранные гости будут интересоваться их семьями, и девочка Катя однажды довела до слез впечатлительного драматурга по имени Бернард, поведав ему, драматургу, про то, как Катин папаня взял Зимний.

Случалось, что гости оставались и на обед. Тогда Аграфена Матвеевна, женщина очень полная, с косой, перекинутой через пышную грудь, на которой горела пятиконечная красная звезда, подаренная Аграфене Матвеевне другом ее детства Климом Ворошиловым, плавно, показывая ямочки на своих румяных локтях, вносила поднос с чисто русским борщом, и гости, тотчас оборвав разговор (включая Бернарда), садились покушать.

Владимир Ильич Ленин хотел, чтобы его, человека совсем не старого, но облысевшего от лечения бытового сифилиса, подхваченного им на одной из маевок, куда пропускали Бог знает кого, включая шпану и любых провокаторов, — хотел он всем детям планеты быть дедушкой. Трудно сейчас понять, зачем ему этого так уж хотелось, но с фактами ведь не поспоришь.

Надежда Константиновна Крупская капризничала и отнюдь не желала становиться бабушкой. Она была верной соратницей дедушки. И другом его по борьбе, многократным. Они жили в Шушенском, там и боролись. А когда победили и переехали в шестикомнатную, очень скромную кремлевскую квартиру, куда, опровергая слухи о том, что Ленин питался одним молоком, а Крупская — хлебом, везли им и кур, и икру, и балык, и разные овощи, и ананасы; когда они в эту квартиру переехали, наладили быт, ввели красный террор — короче, решили все эти вопросы, — тогда они сели в машину втроем (еще и Маняша, сестричка, пристала: возьми да возьми!) и поехали к детям.

Бонч-Бруевич, который сейчас спрятался и не отзывается (как будто бы нужно стесняться того, что он хоть однажды сказал все, как было!), уверен, что Ленин любил поиграть. С игры-то, мол, и началось. Что дети, увидев вошедших к ним в дом, ужасно смутились. Но Ленин, привычный к смущенью людей, схватил сразу Катю, отер ей глаза и тут же сказал, что она будет мышь. Потом подобрал Кате кошку в лице большого и очень неловкого Пети, потом велел всем разделиться вот так: один, значит, кот, а другой, значит, мышь. Ты, кошка, лови себе мышку и ешь. А ты убегай и спасай свою шкуру.

Ах, как завертелось! С каким огоньком! На первом коммунистическом субботнике не было такого веселья, как на этой елке. Особой изобретательности дедушка, конечно, не проявил: лови, брат, и ешь! Видишь Зимний — бери! Короче, прямой он был дед, без фантазий. А детям-то что? Раньше они босыми бегали, махорку на темных вокзалах курили, теперь пошли с Лениным мышки да кошки... Бежи, бежи, серая, не убежишь!

Всякая история обрастает легендами, и эта тоже. Вдоволь наигравшись с детьми, Владимир

168

Ильич вместе с кроткой Маняшей и сильно уставшей женою Надюшей поехали в Кремль. И говорят злые языки, что на углу Орликова переулка на его приостановившуюся машину налетела банда знаменитого рецидивиста Яньки Кошелька, и лично сам Янька, не узнавши в темноте вождя мирового пролетариата и главного международного дедушку, потребовал денег. Денег у Ленина отродясь не водилось. Не было их также и у его жены, а у сестры хоть и были какие-то копейки, но ей не хотелось их тут же отдать. Напрашивается простой вопрос: зачем было останавливать машину? Личный шофер Ленина по фамилии Гиль объяснял потом, что это, мол, сам Ленин попросил его приостановиться и спросить, чего от него хотят размахивающие оружием, с неприятными, грубыми лицами люди. Но Гиль этот точно наврал. Не таков был Ленин, чтобы после всего пережитого в Цюрихе попросить шофера остановиться! Хотя, может быть, это именно дети на него так подействовали. Смягчили его и зачем-то расслабили. От Яньки Кошелька Ленина отбила подоспевшая милиция. В результате возникшей перестрелки один из милиционеров погиб и был посмертно награжден часами. Но вот что сейчас интересно: говорят, что после этой ночи у Ленина совсем испортился характер. Детей он уже не любил, играть с ними тоже почти не играл, домашних замучил, Маняшу особенно. Все время куда-то ее прогонял и изредка топал ногами. Надежда частенько писала в ЦК, просила помочь и прислать медсестру. Прислали двоих.

Может быть, конечно, начавшиеся в России с 1921 года массовые расстрелы несовершеннолетних не имеют никакого отношения к психическому срыву вождя после елки. Расстрелы — расстрелами, психика — психикой. Но как все на свете таинственно связано!

Ирония жизни... А что это значит?

Дине Ивановне Форгерер казалось, что в эту ночь она не спала ни одной минуты, поэтому, открыв глаза и увидев, что за окном уже рассвело, она никак не могла поверить в то, что заснула, а главное — где! В чужой комнате рядом с любимым ею человеком, встречи с которым она ждала целый год. Но она заснула и проспала, наверное, не меньше трех-четырех часов, пока озабоченный голос трамвая не начал свою торопливую песню. Любимый ею человек лежал рядом на диване, от которого сильно пахло керосином, а значит, в нем жили когда-то клопы, которых изгнали к прибытию гостя. Подперев кулаком голову, Алексей Валерьянович пристально смотрел на нее и молчал. Дина потянулась к нему горячим, худым и разнеженным телом, но он сухо поцеловал ее в висок и начал вставать, одеяло откинув. От неприятного предчувствия у нее похолодели и стали вдруг мокрыми руки и ноги.

— Пока ты спала, — сказал он, наливая себе воды из графина немного дрожащими пальцами, — я думал о том, что нам делать сейчас.

Она испуганно, умоляюще взглянула на него.

— О чем ты?

— Единственный шанс выпутаться тебе — это разорвать всякие отношения со мной. Я говорил это тебе вчера вечером и сегодня повторяю то же самое. Не надо! Не спорь! — Он повысил голос, чтобы не дать ей возразить. — Ты еще не поняла того, что случилось. Тебя напугали, и всё. Но дело не только во мне и тебе. И даже не в Танином сыне. Они его, может быть, и не убьют. Но Таню, тебя, и отца, и Алису они безусловно убьют. Что тогда? Тогда и он тоже не выживет.

— Зачем же им нас убивать?

— Я им сейчас нужен, — ответил он с еле сдерживаемым бешенством. — Я их заманил сам не знаю куда. Они не отстанут. И чтобы переломать меня всего, не остановятся. Начнут и меня шантажировать... Кем? Тобою, конечно! А кем же еще? Поэтому...

И замолчал.

— Поэтому что? — прошептала она.

Барченко поставил на стол стакан с водой, грузно опустился на колени перед диваном, положил голову на подушку.

— Поэтому мы расстаемся с тобой. На сколько, не знаю.

Через пятнадцать минут внимание сонного красноармейца, дежурившего у дверей Второго Дома Советов, было остановлено красивой, но всклокоченной юной особой, выскочившей прямо перед его носом и стремглав помчавшейся через улицу так, что еще секунда — и она угодила бы под грузовик.

Завершив съемки в Финляндии, Николай Михайлович Форгерер, в котором за время вдохновенной работы над ролью добродетельного Лота окончательно окрепло решение вернуться в Россию к своей несговорчивой странной супруге, прибыл на Финляндский вокзал в самом начале марта. Он готовил себя к тому, что жизнь в этой новой России не будет простой и удобной, однако представить себе того траурного зрелища, какое собою являл Петроград, не мог даже в самых нелепых фантазиях. Вид этого совсем еще недавно прекрасного и величественного города, в котором теперь только тающий снег и сумерки с запахом близкого моря напоминали прежние времена, так сильно подействовал на впечатлительного Николая Михайловича, что он содрогнулся, и дикая мысль, что в таком разоренном и измученном месте людям не до любви, впервые пришла ему в голову. Москва, до которой он с большими трудностями добрался только на третьи сутки, была Петрограда не лучше.

Увидев перед собою знакомый дом доктора Лотосова, Николай Михайлович остановился и опустил чемоданы на землю. Сердце его неистово билось, а голова, ноющая уже второй день, вдруг разболелась по-настоящему, и стало казаться, что левый глаз выворачивают из глазницы так, как полукруглой ледяной ложкой выворачивают из ведерка шарик мороженого. Он набрал в руки тающего, но еще колкого снега и приложил его ко лбу. От холода голову и левый глаз заломило еще больше. Николай Михайлович вытер лицо перчаткой и позвонил в дверь. Послышались быстрые, как будто бы детские и веселые шаги. Николай Михайлович закашлялся от волнения.

— Кто там? — спросил его ровный голос Тани.

— Я, Тата, — ответил Николай Михайлович.

— Ах! — вскрикнула она, загремев цепочкой, и это «ах» живо напомнило ему Дину. — Ах, Господи! Вы?

Она распахнула дверь, и Николай Михайлович очутился в передней, увидел знакомую деревянную лестницу наверх, почувствовал запах отсыревших дров, которыми только что затопили печи. Таня была еще не причесана: светлые — гораздо светлей, чем у Дины, — волосы закрывали ее хрупкие плечи с наброшенным на них платком. Лицо при виде Николая Михайловича загорелось румянцем.

— Ах, Господи! — повторила она, всплеснув руками и этим опять же напомнив жену. — А мы ведь не знали, что вы, то есть ты...

И смутилась, не зная, как обращаться к нему.

— Да я и сам не знал до последней минуты, сколько мне понадобится времени, чтобы добраться... Дорога тяжелая... Трепали, обыскивали...

— Пойдем же скорее, пойдемте! — волнуясь, заговорила Таня, и они начали подниматься по лестнице, забыв про чемоданы, так и оставшиеся стоять на снегу.

Но Таня тут же спохватилась и, как была полуодетая, выскочила на улицу.

— Слава Богу, не заметил никто! — заговорила она возбужденно. — Сейчас оглянуться не успеешь, как все пропадает! И дети воруют, и взрослые...

Николай Михайлович втащил чемоданы в переднюю, и они опять, перебивая друг друга обрывками фраз и восклицаниями, начали подниматься по лестнице.

— Да подожди же ты, Тата! — опомнился, наконец, Николай Михайлович и обнял ее. — Целоваться не буду, поскольку с дороги, не мылся, не брился, но так же нельзя... Мы два с тобой года не виделись!

— Да! Господи, время летит! — И она крепко поцеловала его. — Вот Дина обрадуется...

Лицо ее вдруг вспыхнуло, и она точно так же закусила губу, как делали все они: мать и две дочери.

— Обрадуется? — недоверчиво, с дрожью в голосе спросил он.

Таня опустила глаза.

— Мы с ней часто говорили, Коля, что при такой жизни, которая у нас сейчас, лучше, чтобы как можно меньше людей такую жизнь испытывали... Мы, честное слово, даже радовались, что ни ты, ни мама не знаете, до чего здесь сейчас тяжело! Ведь мы не живем, Коля. Мы выживаем.

— Постой, Тата! — Николай Михайлович остановил ее за локоть. — Я прямо сейчас и хотел бы понять. Ты мне словно чего-то не договариваешь. Я — что? Я вам не ко двору?

Таня смутилась до слез.

— Как «не ко двору»? Ведь мы же семья. И места пока еще много, нас не уплотняют. Мамина комната пустует, и бывшая детская тоже... в ней Дина сейчас...

— Где Дина? — переспросил Николай Михайлович грубо и громко от вдруг охватившего его страха.

— Она еще спит, — пробормотала Таня. — Вчера был последний прогон. Они ставят новый спектакль... Она очень поздно вернулась... Мы спали, я даже не слышала...

И смело посмотрела ему в лицо своими темно-голубыми, с синевой вокруг зрачков, словно бы украденными с материнского лица, глазами.

— Ты хочешь мне что-то сказать? — спросил Николай Михайлович.

— Да, я хочу сказать только одно. Но мне сейчас трудно. Ты сам все увидишь. Я очень люблю ее, Коля. И все ей прощаю. Но нам неспокойно. Она... — Таня совсем смешалась. — Я старше ее, она верила мне, всегда мне во всем доверяла, а тут... Я просто не знаю! Но ты все поймешь. Она очень умная, Коля... На редкость!

За плотно закрытыми дверями бывшей детской была тишина.

— Ты хочешь ее разбудить? — испуганно спросила Таня. — А может, сначала помыться? Ты можешь и ванну принять, вода есть...

— Успею помыться, — сквозь зубы сказал Николай Михайлович и постучал в дверь.

Таня отвернулась и теми же быстрыми детскими и веселыми шагами побежала вниз по лестнице, как будто не хотела присутствовать при том, как Николай Михайлович Форгерер встретится сейчас со своею женой.

В легком сумраке комнаты, слегка только освещенной просочившимся из бокового окна мартовским светом, было сильно накурено и везде валялась одежда, на которой Николай Михайлович, как это бывает с людьми в минуты особенно сильного волнения, остановил свое внимание. Одежды было много, и вся она показалась ему роскошной. Дина лежала на животе, уткнувшись лицом в подушку, и Николай Михайлович с внезапным ужасом отчуждения и очень тяжелым предчувствием того, что, если она повернется сейчас, то он не узнает ее, увидел знакомые белые плечи, худые лопатки, блестящие волосы... Она еле слышно стонала во сне. Он подошел ближе и наклонился, прислушиваясь. Да, она стонала и как-то странно переводила дыхание, как будто бы все еще курит. Николай Михайлович дотронулся ладонью до ее пушистого затылка. Она резко повернулась на спину, слегка откинув одеяло, так что мелькнула голая грудь с темными сосками, открыла глаза и увидела его. В глазах ее вспыхнул сначала страх, потом удивление, потом опять страх, сильнее прежнего. Она села на кровати, до подбородка натянув сползающее тяжелое одеяло, и приоткрыла рот, как будто хотела кричать, но сдержалась.

— Не бойся, — сказал он. — Я не привидение.
И сам поразился нелепым словам.

— Когда ты приехал? — Глаза ее стали почти черными.

Николай Михайлович почувствовал, что ему хочется убежать и больше сюда уже не возвращаться.

— Приехал? — пересохшими вдруг губами спросил он. — Приехал недавно. Минут, может, двадцать.

— Откуда? Из Питера? Ты что, вернулся?

— Вернулся, поскольку здесь ты.

— Но мы же давно не живем с тобой вместе, — вздрогнула она. — Ты должен был мне сообщить... Я должна...

Она замолчала.

— Тата сказала, что приготовит мне ванну, — пробормотал Форгерер, не понимая того, что говорит. — Мне нужно помыться с дороги. Ты можешь поспать, дорогая.

Так странно прозвучало сейчас в ее прокуренной комнате это слово, которое он часто говорил ей раньше, и она всякий раз сердилась и передразнивала его: «Дорогая, дорогой, дорогие оба, дорогая дорогого довела до гроба!»

— Ты можешь поспать, дорогая, — повторил он. — Мне Тата сказала: ты поздно вернулась вчера с репетиции.

— Я не была на репетиции. — Она собрала волосы в кулак и посмотрела на него исподлобья.

— Ну, значит, я просто ее не расслышал. — Николай Михайлович оттянул тугой галстук, начавший душить его. — Я просто ее не расслышал...

И ватными ногами пошел к двери.

— Коля! — прозвучал за спиной ее голос.

— Я все понимаю, — ожесточенно ответил он, не оборачиваясь. — Старо как мир. Сейчас ты начнешь признаваться мне в чем-то эдаком... Роковом! В какой-нибудь жгучей цыганской любви. Но я... — Он обернулся, лицо было белым, дрожало и морщилось. — Но я не хочу тебя слушать! Я мыться пошел. Я устал, я с дороги. Ты можешь поспать, дорогая.

Кажется, она всхлипнула, а может, ему показалось.

Алексей Валерьянович Барченко каждый день ждал вызова на Лубянку, но вызова не поступало. Он совсем перестал выходить из дому и целыми днями лежал на диване, иногда вскакивал и что-то записывал. То легкое сумасшествие, которое уже давно было заметно в его глазах, стало еще заметнее. Иногда он вдруг принимался хмуриться, потом очень тихо смеяться, с дивана при этом и не поднимаясь. Дина не могла проникнуть во Второй Дом Советов без специального пропуска, телефон не работал, и временами он чувствовал себя в этой неуютной и одинокой квартире почти что как в крепости. Впрочем, она и не стала бы рваться к нему без его позволения.

Она была гордой. Единственная женщина, которую он все еще желал и от которой ему пришлось отказаться. Нельзя сказать, что он не верил ей — если он и верил кому-то, так именно ей, — но и она была всего лишь слабым человеческим существом, с которым можно сделать все что угодно. Алексей Валерьянович закрывал глаза и, мучаясь, представлял себе ее на Лубянке. Он чувствовал запах ее разгоряченного, избитого до крови, тонкого тела; видел, как завшивленный, убогий мерзавец с воспаленными от водки глазами с размаху бросает ее в камеру, где ярко горит лампа, и тут же, дождавшись, пока она ляжет на каменный пол, кричит через дверь:

— А ну, подымайся! Тут спать не положено!

Барченко не допускал и мысли, что Дина могла бы работать на *них*. При этом, как только он вспоминал, что она подписала *эту бумагу*, брезгливость его наполняла. Брезгливость! Мозг проваливался в глубокую впадину животного страха, и никакие доводы не помогали. Не ею, конечно, не Диной он брезговал, но всей тою гадостью, слизью и кровью, в какую ее затянули.

На двенадцатый день профессору Барченко принесли телеграмму от профессора Бехтерева, который сообщал, что приезжает в Москву по делам своего института и очень желал бы встретиться и поговорить. Алексей Валерьянович меньше всего хотел бы встречаться и разговаривать с кем бы то ни было из своих прошлых коллег и особенно с Бехтеревым, который всегда производил на него впечатление человека, готового на любое унижение, лишь бы выжить. И нужно же было сейчас, когда Барченко начал сползать туда же, куда постепенно сползли почти все — а именно в эти вот впадины страха, — к нему торопился из Питера Бехтерев!

В пятницу днем они встретились. Бехтерев, которого он последний раз видел полтора года назад, выглядел почти стариком. Куда-то исчезли его постоянная свежесть и сила, подмигиванья, энергичная живость. Маленькие глаза, всегда маслянисто и бодро блестевшие, смотрели угрюмо.

— Ну, что? Может, водочки выпьем? — спросил он, по-прежнему подмигивая, но ничего похожего на знакомую веселость не получилось. — Вы здесь на дотации?

— Но водка мне вроде бы не полагается, — ответил Барченко.

— Водка у человека всегда должна быть своя, иначе он — как это сказано? — вошь недобитая...

— Где сказано?

— У Достоевского, где же еще? Раскольников всех там во вши зачисляет... Пускай закусить нам тогда принесут. А вот она, водка. С морозца, хорошая...

Он достал из портфеля бутылку, поставил на середину стола и, помаргивая короткими густыми ресницами, плотно уселся на диване. Горничная, немолодая, с порочным вызывающим лицом, принесла закуску, расставила тарелки и ушла, оглядываясь и виляя крупными бедрами.

— Следят тут за вами? — понижая голос, спросил Бехтерев.

Барченко пожал плечами.

— Алексей Валерьяныч! — Бехтерев разлил водку по большим граненым стаканам. — Вы меня, голубчик, не бойтесь, а? Я сам по уши в дерьме сижу, мы с вами оба хорошо-о-о вляпались! Что они вас обратно-то с Кольского отозвали? Чем вы им не угодили? Мерячение видели?

— Сколько угодно, — отмахнулся Барченко.

— Вот-вот! — кивнул Бехтерев. — Они, вы знаете, чего напугались? Того, что вы этим гипнозом один втихомолку овладеете. Вот чего! А как же? Вас лопари как родного приняли, они люди добрые, простодушные, язык вы их знаете... Кто за вас поручится? Чекист, что ли, этот?

— Какой чекист? — вздрогнул Барченко

— Фамилия мне не известна, — визгливо засмеялся профессор Бехтерев. — Но был же чекист? Наблюдал? Ну, то-то! Ко мне в институт они все время приходят, трутся там с моими студентами, я уж и внимание перестал обращать. Пущай, мои милые, трутся!

Они помолчали. Барченко быстро положил ложку на стол: не хотелось, чтобы Бехтерев заметил, как у него дрожат пальцы.

— Они с лопарями-то живо расправятся, — задумчиво продолжал Бехтерев. — Шаманов шлепнут, как слуг мирового капитала, а рыболовы да охотники эти... Рыбачат — и ладно! Нет, *там* теперь другие вершины покорять собрались! За этим и вас пригласили.

— Вы что-нибудь знаете?

— Знаю, что у меня основную лабораторию закрыли! — огрызнулся профессор Бехтерев. — Знаю, что меня за границу не пускают! В Америку два раза с докладом приглашали — не пустили! «Вы нам здесь нужны, дорогой профессор...» Вот это я знаю. А еще... — Бехтерев понизил голос и вдруг сильной рукой придвинул к своему рту голову Барченко. — А еще я знаю, голубчик вы мой, что ни вы, ни я долго в этом мире не задержимся. И я это точно, я досконально это знаю! Дату, конечно, не назову, но за факты ручаюсь.

— А вас-то зачем убивать? — искренне удивился Барченко, высвобождая шею из-под руки Бехтерева. — Вы врач, вы светило, пригодиться можете...

— Сперва пригожусь, а потом и убьют, — тем же визгливым смехом засмеялся профессор. — Я ведь сам шаман! Я свое будущее и без бубна разгадаю...

После ухода Бехтерева Алексей Валерьянович долго не мог успокоиться. Больше всего его мучило то, что он не был до конца уверен в искренности своего собеседника. Зачем было Бехтереву подъезжать к нему с такими вопросами? Зачем эта водка, которую он все подливал и подливал, зачем эта искренность, на которую Барченко не напрашивался? А может быть, он действительно сходит с ума и гораздо логичнее предположить, что Бехтереву хотелось просто поговорить? Кому можно верить? Кто знает, какой ценою Бехтерев удерживает за собой институт? А что это он намекнул про вершины, которые Лубянка собирается покорять? Неужели Тибет? Но ведь и про Тибет именно он, Барченко, рассказывал в свое время Дзержинскому! В тот момент он еще не раскусил *их* по-настоящему, еще думал, что с ними, невеждами, можно играть и дурачиться. Какой идиот и с каким самомнением!

Ему стало жарко под легким одеялом, и он вскочил. Свет желтого, раскачанного ветром фонаря упал в его окно, и в слабо озарившемся зеркале Барченко отчетливо увидел Дину, которая, в короткой черной рубашке, босая, стояла, слегка расставив ноги для равновесия, и обеими худыми и прелестными руками зашпиливала на затылке свои неподъемные волосы. Она обернулась через плечо и улыбнулась ему так, как улыбалась всегда: с восторженным и удивленным испугом. Барченко закрыл глаза и несколько минут стоял с закрытыми глазами. Звон в ушах напоминал крымских цикад. Потом звон оборвался, и Алексей Валерьянович открыл глаза; в зеркале было пусто, но кто-то осторожно скребся в его дверь. Он прислушался. Звук повторился. Барченко взглянул на часы. Стрелки показывали три. Почему-то он решил, что это пришла горничная с развратным лицом, которая тоже приставлена следить за ним. Или, может быть, Мясоедов. Он знал, что на Лубянку забирают по ночам, и подумал, что профессор Бехтерев уже успел донести об их разговоре. Поскреблись еще раз, но уже с некоторым раздражением. Барченко опять опустился на диван и до горла натянул на себя одеяло.

— Войдите! Не заперто!

Дверь отворилась, и вошли двое. Одного он давно знал: это был чекист Яков Блюмкин; второй, тщедушный и миловидный, с пустыми глазами, был закутан в длинную гоголевскую шинель с бобровым воротником и изо всех сил старался крепко держаться на ногах. Оба были сильно пьяны. Войдя в комнату, они тут же уселись за стол и размотали шарфы.

— Лежите, лежите! — замахал руками Блюмкин. — Мы шли тут к девчушкам, на пятый этаж, а потом Шершеневич — это вот друг мой, поэт Шершеневич, — а потом Шершеневич говорит: «Покажи-ка мне, Яков, этого гипнотизера великого! Ты меня с ним познакомь, а я ему стихи посвящу». Верно, Шершеневич? — строго обратился он к бледному и пьяному поэту.

Тот молча кивнул.

— А я ему говорю: «Шершеневич! Мы же не дадим товарищу Барченко выспаться! Пускай себе спит, Шершеневич!» А он, упрямый баран, уперся, и всё. «Нет, — говорит, — веди! Я ему свои новые стихи прочитаю». Верно, Шершеневич? Пускай почитает, а? Стихи у него неплохие. Читай, Шершеневич!

— Мною, между прочим, товарищ Ленин интересуется! — в нос и надменно произнес Шершеневич.

— Ох! Это смешная история! — И Блюмкин хлопнул себя по коленке. — Дай я, Шершеневич, расскажу, а то ты все испортишь. Сдает Шершеневич сборник стихотворений в типографию, а название — хуже не придумаешь: «Лошадь как лошадь»!

Барченко устало закрыл глаза.

— Погодите, погодите! Это же еще не всё! В типографии поглядели на название и решили, что раз книжка про лошадь, так она и предназначается трудовому советскому крестьянству. — Блюмкин широко раскрыл рот и захохотал. — И взяли они весь тираж и прямиком его направили на склад Наркомзема для скорейшего распространения среди сельского населения. И тут получился скандал! Дошло до товарища Ленина. Тот вызвал Бурцова и велел принести эту книжонку. Сперва ничего не сказал, повертел в руках, потом прочитал пару строчек, плюнул и попросил обратно унести. Вот какая история... Что притих, Шершеневич? Почитай нам про Олечку! Это он только вчера написал, — обратился он к неподвижно сидящему, почти окаменевшему Барченко. — Пускай почитает!

Шершеневич встал в позу, заложив левую руку за спину, и начал читать — так же в нос и надменно:

Другим надо славы, серебряных ложечек,
Другим стоит много слез, —
А мне бы только любви немножечко
Да десятка два папирос.

А мне бы только любви вот столечко,
Без истерик, без клятв, без тревог,
Чтоб мог как-то просто какую-то Олечку
Обсосать с головы до ног...

Он вскинул голову и замолчал.

— Я ему предложил вместо «обсосать» другое слово вставить! — вмешался Блюмкин. — Звучит почти так же, но только смешнее. Нет, упирается, черт! «Ты, — говорит, — не слышишь поэзии!»

— Зачем вы пожаловали? — приоткрывая глаза, спросил Барченко.

Блюмкин пошевелил в воздухе короткими, словно бы обрубленными, пальцами.

— Товарищ Дзержинский разрабатывает план новой экспедиции. Советская власть делает последнюю попытку помочь вам, товарищ Барченко, доказать вашу лояльность, так сказать...

— Экспедиции — куда? — коротко спросил Барченко.

— Это не я вам уполномочен открыть, тем более сейчас. — И Блюмкин выразительно кивнул в сторону пьяного Шершеневича. — Не время сейчас обсуждать. А я со своей стороны пришел предложить вам свою кандидатуру. И дружески вам подсказать, чтобы вы именно на мне и остановили свое благосклонное внимание, поскольку то, чего умею я, вам вряд ли еще попадется!

Речь эта показалась Барченко подготовленной заранее — так выразительно, ни разу не сбившись, чекист ее выпалил.

— Согласен, — сказал он. — А теперь я хотел бы, извините, отдохнуть. На дворе-то уж...

— Пошли, Шершеневич! — засмеялся Блюмкин и подтолкнул поэта к двери. — Стихи твои, брат, не понравились! Другие давай сочиняй!

186

Оставшись один, Барченко схватил лист бумаги и начал лихорадочно записывать что-то. Пол ходил под ним ходуном, в ушах жидко булькало и разрывалось, стекая внутрь вспучившейся головы, как будто какое-то жуткое чрево колыхалось на его плечах. Сделав над собой усилие, он плотно зажал голову обеими руками; бульканье прекратилось, и в матовом зеркале с отраженным в нем куском посеребренного утром окна опять появилась Дина с теми же высоко поднятыми руками и в той же короткой и черной рубашке.

То, что жена готовится к решительному поступку, Александр Сергеевич Веденяпин понял сразу. Точно такое же лицо, напряженное и закрытое, те же деревянные и в то же время быстрые движения были у нее и тогда, когда много лет назад она собралась за границу, и точно такою же была она, когда вернулась обратно в Москву после своей мнимой смерти.

Утром перед работой, заглянув в комнату, где прежде жил их сын и в которой она теперь проводила почти все время, Александр Сергеевич увидел Нину стоящей на коленях перед иконой Владимирской Богоматери и шепчущей что-то. Она обернулась на звук его шагов и сильно покраснела.

— Прости, я мешать не хотел.

— Иди, — ответила она негромко. — Иди, там

завтрак на кухне. Я чай заварила, и картошка осталась со вчерашнего.

— Спасибо, прости, — повторил он.

Через пару минут она пришла в кухню.

— Ты ела? — спросил Александр Сергеевич.

— Да, ела, — тихо ответила она и подсела рядом. Черная, гладко причесанная на прямой пробор голова ее с маленькими бусами на длинной шее вдруг показалась ему совсем молодой, как будто и не прошло всех этих лет.

— Что ты? — спросил он, слегка усмехнувшись.

Отношения с женой, какими они сложились в последнее время, иногда раздражали, но чаще тревожили доктора Веденяпина. У него и в мыслях не возникало желания сблизиться с ней. Во-первых, была Таня, и Нина знала об этом; во-вторых, и это главное, все в нем переворачивалось от стыда за нее, как только он вспоминал этот день, когда они с сыном, сдвинув головы, читали телеграмму о ее смерти, а вскоре, через пару недель после телеграммы, разглядывали вынутую из только что полученного письма фотографию, на которой тускло запечатленная покойница была так же мало и одновременно так же достаточно похожа на Нину, как похожи и одновременно не похожи друг на друга все только умершие люди. При этом ему хотелось простого домашнего тепла, и он завидовал тем людям, которые умудрялись даже и в этой жизни сохранить дом, уют и, главное, семью, держались друг за друга и на что-то надеялись. Иногда, когда Нина подсаживалась близко к нему и так же, как прежде, поворачивала на тонкой шее свою гладко причесанную голову и так же смотрела — покорно и ласково, как во времена их молодости она иногда смотрела на него, — Александр Сергеевич начинал испытывать и отчаяние от того, что уже ничего не вернешь, и острое, хотя и короткое возбуждение не столько физического и любовного, сколько душевного свойства. Душа его вновь начинала болеть — и сильно, так сильно, что он готов был почти ударить жену за эту неутихающую боль, а вместе с тем, может быть и со слезами, просить и просить о прощении.

— Ты мерила температуру сегодня? — отводя глаза от ее длинных черных бровей и гладкого смуглого лба, спросил он.

— Вчера я ходила в церковь, — не отвечая на его вопрос, сказала она, — и там был один человек, довольно старый, а может быть, мне показалось, что старый. Он сперва все смотрел на меня, смотрел, потом вышел за мною следом и говорит: «Сильно вам, судя по всему, досталось, сударыня?» Я говорю: «Досталось, конечно. Как всем, так и мне». А он говорит: «Да, сейчас любой это может сказать, и самое странное знаете что, сударыня?» — «Что?» — говорю. «А то, что такая вот мерзость наступила после столь великолепного и полезного для людей дела, как война. Вот что!» Я на него посмотрела, как на сумасшедшего. «Подождите, — говорит, — подождите так смотреть! Единственное лекарство для поднятия духа народа — это именно война, а больше лекарств и нет

189

никаких! Как, скажите мне, во время мирной жизни темная человеческая масса может заявить о своем униженном человеческом достоинстве? А никак не может. Какие законы ни сочиняйте, они так на бумаге и останутся. А пролитая кровь — вещь очень важная. Когда мужик и барин плечом к плечу одну землю защищают, самая что ни на есть твердая связь между сословиями устанавливается! Это не то же самое, когда помещики наши, бывало, вдруг башмаки скидывали да косить принимались. Народ потому и любит войну, что она его возвеличивает, и полное равенство героизма возникает. Равенство пролитой крови. Вот почему в народе и песни про войну так любят, и рассказы о ней не утихают. А так, без войны то есть, человечество давно бы в слякоти утонуло...» Я говорю: «Как вы странно рассуждаете...» — «Да если бы я! — говорит. — Я до таких парадоксов не дорос. Это Федор Достоевский написал. Вот к кому нужно было прислушаться!»

— Нина! — поморщился Александр Сергеевич. — Охота тебе в такие разговоры на улице вступать!

— Не на улице, а в храме, — поправила она. — И потом: что ж такого? Я ему говорю: «У меня сын на войну еще мальчиком убежал, мне война только горе принесла». — «Горе горю рознь, сударыня. Нынешний мир куда хуже войны». Я засмеялась: «Это что, тоже Достоевский написал?» — Она всплеснула руками. — Вот как поговорили! Я было уже и отвернулась, уходить хотела, а он мне хрипит вдогонку: «То, что сейчас, это не мир, сударыня. Вы с миром сей жизни не путайте. Это ведь ад». Поклонился и пошел.

Нина глубоко вздохнула и положила голову мужу на плечо. Александр Сергеевич погладил ее по затылку.

— Если бы твоя Таня увидела тебя сейчас, — прищурилась жена, — она бы не обрадовалась: сидишь со мной на кухне, обнимаешься... К тому же я все еще жива...

— Да хватит тебе, — вздохнул он.

— Живем, как два голубя, — не обращая внимания, продолжала она. — Ни упреков, ни скандалов. Что же это мы раньше так не жили? Охота тебе была меня мучить...

— Ну, это еще как сказать... Нашла себе тоже мучителя...

— Да нет, — прошептала она ему в плечо, — ты очень хороший, и ты терпеливый. Ты сколько терпел! Осталось недолго. Скоро освобожу.

— С тобою нельзя говорить, — взорвался Александр Сергеевич. — Пусти! Я в больницу опаздываю!

— Я сон видела. — Она уцепилась за него обеими руками, удерживая. — Еще две минуты! Стою в каком-то то ли храме, то ли зале огромном, и подходит ко мне женщина...

— Опять, значит, храм!

— Подходит ко мне женщина с тарелкой в руках. И на этой тарелке что-то такое лежит... Маленькая горстка ярко-красного цвета. Как ягоды бузины, очень красная. А рядом чайная ложка. И женщина мне говорит: «Больше мы вам ничем помочь не можем. Вы теперь до конца жизни должны принимать лекарство. Раз в день по чайной ложке». Я смотрю на эти ягодки, а их всего-то горстка! И говорю ей: «Но ведь тут дней на семь, не больше». А она так, знаешь, виновато опускает голову: «Да, это всё, что вам осталось...»

Александр Сергеевич схватился за голову.

— Я слышать не могу всего этого! Ты меня с ума сведешь!

— А знаешь, он прав, этот старик: я ведь окрепла сердцем за все эти годы. И началось-то именно с войны. Как Вася туда убежал, так я и начала выздоравливать... Не все здесь так просто...

Александр Сергеевич провел рукой по ее спине. Спина была мокрой и горячей.

— Потеешь опять, — пробормотал он. — Нужно попросить, чтобы Иван Сергеевич тебя все же послушал. Он лучше, чем я, разбирается... Ты вроде на прошлой неделе не кашляла. На улице сыро, ты лучше не выходи никуда днем. Пей теплого больше. Хочешь, мы с тобой вечером в кинематограф сходим?

— Да, очень хочу, — ответила она и улыбнулась сквозь слезы, которые всегда украшали ее, смягчали лицо и особенно выражение глаз. — Ты нынче не поздно?

— Если к ночи не начнут чекистов в смирительных рубашках подбрасывать, тогда не поздно.

— Ну, Саша, иди. — Она вздохнула и поцеловала его у самой двери.

«Боже мой! Боже мой! — думал Александр Сергеевич, уткнув лицо в шарф и широкими легкими шагами торопясь к трамвайной остановке. — Боже мой! Кто бы мог подумать! Совсем другая женщина. А сколько всего она наворотила тогда! А я? Конечно, я мучил ее! Как можно требовать, чтобы тебя любили? А я не просил, я ведь именно требовал... И, в конце концов, мы с ней все и прошли: и врали, и прятали, и изменяли, и сына-то чуть не лишились, и есть нам почти стало нечего; того гляди, всё до конца отберут, а мы сидим в кухне, милуемся... — Он удивился, откуда пришло это странное слово. — Милуемся, да. А Тата?»

Вечером, вернувшись из больницы домой, где было хорошо протоплено, чисто прибрано и на столе в маленькой вазе стояло несколько веточек вербы, Александр Сергеевич долго стоял, не раздеваясь, читал и перечитывал оставленную ему записку:

Саша, я попробую все-таки добраться до Мурманска и повидаться с сыном. Это ведь совсем небольшой поселок; надеюсь, что я его разыщу. Иначе мне не выжить. Прости. Я напишу тебе сразу же, как доберусь. Твоя Нина.

Трудно поверить, что, несмотря на голод и холод, в Москве работали театры, картинные галереи, музеи и библиотеки. Стены монастыря на Страстной краснели и синели рисунками футуристов, почти каждую неделю на этих стенах появлялись новые строчки из Есенина и Мариенгофа. В растаявшем грязном снегу валялись неубранные трупы лошадей, в темноте переулков то и дело слышались выстрелы.

Ужасаясь произошедшим переменам, Николай Михайлович Форгерер через несколько дней после приезда пошел наниматься в бывший Вольный театр, теперь переименованный в Театр РСФСР, на Триумфальной площади, который, как он узнал еще в Берлине, недавно возглавил Всеволод Мейерхольд. К Мейерхольду Николай Михайлович относился настороженно.

Утром, в девять часов, позавтракав вместе с Алисой Юльевной, Таней и маленьким Илюшей оладьями из гречневой муки, страдальчески посмотрев на закрытую дверь комнаты, в которой спала (а может быть, и не спала, но, во всяком случае, к завтраку не вышла) его жена Дина Ивановна Форгерер, с которой Николаю Михайловичу все еще не удалось не только провести ночь, но даже и поговорить по душам, он — в своем берлинском пальто и каракулевой шапке, — поигрывая маленькой тросточкой и останавливая на себе недобрые взгляды москвичей, отправился в новый театр.

В театре шла репетиция затеянного Мейерхольдом спектакля «Зори» по одноименному произведению революционного бельгийского поэта Эмиля Верхарна. На сцене творился бардак. В открытой оркестровой яме помещался хор слегка загримированных оборванцев, в которых Николай Михайлович с удивлением узнал бывших знакомых по Малому театру. Все они страстно кричали и мутузили друг друга, подыгрывая, как догадался растерявшийся Форгерер, главному герою пьесы народному вождю Эреньену, исступленному и худощавому человеку с ярко нарисованными глазами. Потом появился другой оборванец и с некоторым опозданием сообщил, что доблестная Красная Армия только что взяла Перекоп. На сцене и в оркестровой яме поднялись хриплые и восторженные вопли. В заключение спектакля все находящиеся в этот момент под крышей Театра РСФСР, поднявшись и глядя в пустоту, запели «Интернационал». После репетиции в фойе началось обучение всей труппы новейшему методу биомеханики. Всеволод Мейерхольд в буденновском шлеме, гимнастерке, обмотках и неизменном своем ярко-алом шарфе проводил эти занятия сам.

А все началось с итальянца Ди Грассо. Ну, кто теперь помнит Ди Грассо? Кому он (сказать если честно) так нужен? Совсем — если честно сказать — никому. Однако, увидев, как этот Ди Грассо, играя героя, который, подкравшись к врагу, весь сжимался, кидаясь, как тигр, на грудь, и тотчас же впивался в открытое хрупкое горло мерзавца, — увидев высокое это искусство, горящий огнем революции Всеволод отчетливо понял, что каждый обязан владеть безупречнейшей этою техникой. Нужно заметить, что знание основных законов биомеханики развивало телесные и душевные возможности голодного советского артиста до неузнаваемости. За три месяца занятий практически любой, даже и самый неповоротливый, участник труппы мог кинуться и укусить с удовольствием.

Стоя в фойе, Николай Михайлович Форгерер с высоко поднятыми бровями битый час наблюдал, как Мейерхольд учил свою команду биомеханике. Бледное лицо режиссера, напоминающее в профиль лошадиную морду, с глазами, окруженными пепельной тенью, ни секунды не оставалось неподвижным: оно то сжималось в кулак, то сверкало, то мелко дробилось на части; глаза изменяли свое выраженье, как лес под постигшей его грозовою и мстительной тучей, когда он то белый, то черный, то блещуще-синий, то весь озаряемый вспышками молний, то низко, смиренно склоненный под ветром...

После занятий Всеволод Эмильевич пригласил Форгерера в свой кабинет.

— Давно нужно было приехать, давно! — воскликнул он, крепко пожимая руку Николая Михайловича своею холодной и потной ладонью. — Тут такие дела творятся! Перестройка земного шара! И что вы сидели там с кислыми немцами? Сосисок вы ихних не видели разве?

— А вы помолодели с тех пор, как мы не виделись, — сдержанно ответил Николай Михайлович.

— А что остается? Женюсь, вы слыхали?

— Да нет, я же только приехал. Кого осчастливить задумали?

Мейерхольд понизил голос и побледнел еще больше.

— Я живу с чужой женой, — сказал он торжественно. — Я обольстил чужую жену, и она теперь — моя. Но все не так просто. Меня даже могут убить за нее!

196

— Боже мой! — Николай Михайлович опять приподнял брови. — Она что, такая красавица?

— Красавица, да! Только дело не в этом. Она была женою Есенина, этого скандалиста, имажиниста, кукольного шарлатана! И он ее бил кулаками. Да! Бил кулаками, и она прибегала ко мне в грозу, окровавленная, прекрасная, как... — Он запнулся. — Прекрасная, как сама революция!

— Всеволод Эмильевич, — деликатно кашлянув, сказал Форгерер, — мне нужна работа. Все мои контракты за границей закончились, я вернулся. Мои возможности вы знаете как никто. Надеюсь, что я пригожусь.

Мейерхольд испуганно посмотрел на него:

— Вы ведь здесь на легальных основаниях, Николай Михайлович? В домкоме прописаны?

— Я на легальных основаниях въехал в Советскую Россию, — ответил Николай Михайлович Форгерер, удивляясь тому выражению почти ужаса, которое пропороло лицо Мейерхольда. — У меня, кроме того, жена здесь, она вернулась в Москву сразу после нашего свадебного путешествия, почти два года назад. Я был задержан работой.

— Работой, работой... — вдруг передразнил Мейерхольд. — Сколько драгоценного времени вы там потеряли, дорогой мой! К каким невероятным свершениям мы сейчас приступаем!

— Да, я уж заметил, — пробормотал Форгерер, начиная чувствовать себя неловко и почти униженно.

— Вот *они* говорят, — Мейерхольд имел в ви-

197

ду труппу Таирова, — *они* упрекают меня в том, что я, видите ли, циркач, а я им отвечаю, что именно цирк с его искрометной удалью и постоянным риском есть подлинное отражение души нашей революции! Я им говорю: «Вам не нравятся мои трапеции? Вы утверждаете, что это балаган? А я заставлю своих акробатов работать так, что через их акробатическое тело можно будет, сидя в зрительном зале, постигнуть сущность революционного театра! Тело актера будет напоминать нам, что мы веселимся потому, что мы боремся!»

Он перевел дыхание и остановился.

— Вы знакомы с Иваном Коваль-Самборским?

— С кем? — не понял Форгерер.

— Запомните имя! — торжественно произнес Мейерхольд. — Это великий человек! Иван Коваль-Самборский. Я его всем так и представляю: великий актер! Тут Луначарский привел к нам в театр иностранную группу, и я попросил его выступить. Иностранные товарищи просто ахнули! Он им все прыжки продемонстрировал. Я вам клянусь, дорогой! Все прыжки, начиная с фликфляка и кончая тройным рундатом. Они онемели!

— Так каков же будет ваш ответ, Всеволод Эмильевич? Я вас не понял.

Мейерхольд шумно втянул воздух лошадиными ноздрями.

— Вы ведь знаток старого итальянского театра, не так ли, мой дорогой?

Форгерер наклонил голову.

— А я, признаться, все европейские театры, включая японский, а также китайский, очень хорошо изучил, но вот в старом итальянском не успел до конца разобраться... Если бы вы могли научить моих ребят вот этим их всем балаганным приемам... Вы понимаете, о чем я говорю? Ну, Панталоне, Арлекин... Без этого я — как без рук...

— Берусь научить, — усмехнулся Форгерер.

— А вот и прекрасно, — засуетился вдруг Мейерхольд, — вот и отлично. Тогда подите оформитесь, заполните анкету и приступайте. Ну, вот и отлично... Но нужно заполнить анкету...

Форгерер вышел на улицу и медленно двинулся по направлению к Арбату. Было тепло, сонные облака заполнили небо, и, если смотреть все время наверх, туда, где они безмятежно белели, можно было подумать, что и на земле все осталось по-прежнему. На Кисловке Николай Михайлович опять увидел мертвую лошадь, лежащую прямо поперек бегущего весеннего ручья. Огромная голова с оскаленными зубами и погасшим остановившимся взглядом в седых ресницах напомнила ему режиссера Мейерхольда, который только что объяснял Николаю Михайловичу про искрометную душу революции.

«Зачем я приехал? — вдруг с отчаянием, от которого у него похолодели руки, подумал Форгерер. — К жене? Но я ей не нужен. Я никому здесь не нужен. И как они страшно боятся! — Он вспомнил лицо Мейерхольда, пропоротое страхом. — Они так боятся, как будто их каждую секунду могут схватить и посадить на кол! Друг друга боятся. «Акробатическое тело, через которое... прекрасная, будто сама революция...» Или это гипноз какой-то?»

Он перепрыгнул через лужу, поскользнулся и зачерпнул полные ботинки грязной воды.

— И обуви нет, — чуть ли не вслух простонал он. — Ботинок не купишь, носков не купишь... А я, идиот, прилетел! С Иваном Самборским флик-фляк репетировать...

По мнению Тани, Алисы Юльевны и самого доктора Лотосова, Дина вела себя из рук вон плохо. В первое же утро, как только Николай Михайлович, у которого не было в Москве ни жилья, ни работы, появился в их доме, Дина заявила, что вчера на репетиции «сорвала себе спину», поэтому будет ночевать одна в маленькой комнате на жесткой кровати, необходимой ей для лечения, а Николая Михайловича нужно устроить либо в бывшей угловой гостиной, которая стояла заброшенной, поскольку неэкономно отапливалась, либо в бывшем отцовском кабинете, которым он зимой не пользовался по той же причине.

Николай Михайлович только скрипнул зубами, но смирился, а Таня и Алиса Юльевна испуганно переглянулись. Несколько дней прошли тихо, но с напряжением внутри: все как будто чего-то выжидали. Николай Михайлович бегал по делам, заполнял анкеты, прописывался и получал продовольственные карточки. Дина тоже куда-то исчезала, возвращалась с блестящими, несчастливыми глазами, ярким румянцем, растрепанная, как всегда, и худая настолько, что доктор Лотосов сказал, что ее нужно срочно кормить отрубями. Отрубей было не достать, поэтому Дину оставили в покое: пускай себе тает, худеет и злится.

Она бродила вокруг Второго Дома Советов, куда не могла проникнуть без пропуска, в надежде, что он хотя бы выйдет на улицу. Но вместо него выходили ярко раскрашенные дамочки, уже по-весеннему нарядные, в узких пальто в талию, а также в только что вошедших в моду мужских черных шляпах и плотных, с ватными плечами, мужских пиджаках, придающих женщине в стране победившей революции решительный и суровый вид. Оглядываясь, прижимая портфели к животам, выходили плотные ответственные работники, всегда озабоченные, с бегающими и недовольными глазами; выскакивали детишки в сопровождении молоденьких нянек, пригнанных голодом в новую столицу и радостных, что им удалось уцелеть.

Его только не было! Засунув руки в карманы, она кружила и кружила, как птица вокруг чужого гнезда, и, как птица, готова была закричать во все горло, закаркать от боли на всю эту улицу, и стискивала зубы, и зажимала ладонью рвущееся из-под ребер сердце, прислонялась растрепанной золотой головой к холодным стволам, замирала.

Страшная эта мысль, которую она уже однажды поймала в душе и испугалась ее, как люди пугаются пожара, вдруг случившегося в доме, или бури, обрушившей крышу и обнажившей всю домашнюю утробу, подставившей жизнь ярко-черному небу, — мысль о том, что ей незачем жить, раз все так ужасно и так безысходно, — снова останавливалась поперек горла и перехватывала дыхание. Дина говорила себе, что у нее есть сестра и любимый племянник, есть даже работа, которая открывает перед нею большие творческие возможности, но твердая уверенность, что ни сестра, ни племянник, ни работа ничем ей сейчас не помогут, усиливала боль.

Интуиция подсказывала Дине Ивановне, что Барченко боится не только за нее, но (что на него непохоже) за себя самого, боится отвратительным и низким образом, что он нисколько не оценил того мужества, которое она проявила, честно рассказав ему, что подписала бумагу; и, главное, он, может быть, даже не уверен, что Дина не станет работать на *этих!* Стало быть, он предал, да, предал ее! Ничуть не меньше, чем мама, которая предала их всех. А ведь это ради него она осталась в Москве, изменила мужу и готова была на все что угодно. Да хоть на Тибет с ним пойти, хоть на Кольский, сидеть вместе с ним в этих льдах, грызть вонючие корни!..

Перед ее глазами вспыхнуло то время детства, когда они жили в Германии на водах. Ей было лет десять-одиннадцать, и отец вдруг начал кутить, проигрывать деньги, уезжал на несколько дней и оставлял их одних, а потом возвращался, смущенный, но словно бы гордый собою, своей независимостью от матери, молодцеватый, юношески стройный, с красивым, немного капризным лицом. А мать, которая в его отсутствие не выходила из своей комнаты, так что Дина была целиком брошена на попечение бонны, сухой и внимательной немки с прищуром зеленых, слезящихся глаз, — мать встречала его так, что Дине начинало казаться, что не было ни материнских рыданий по ночам, ни злых этих слов, которые она произносила, репетируя, что нужно сказать ему по возвращении. Сияя, мать бросалась на шею отцу, повисала на нем, и слезы ее уже были другими — счастливыми, бурными, словно потоки, повсюду текущие с гор.

Теперь Дина узнавала в той, прежней матери саму себя.

Приезд мужа был, конечно, большим испытанием. Она иногда говорила Тане, что очень жалеет Николая Михайловича и все время чувствует себя виноватой перед ним, но когда он — прямо с поезда, небритый, с испуганными глазами — неожиданно вошел к ней в комнату, где она почти всю ночь курила, одну папиросу за другой, и заснула только под утро, провалилась в тяжелые и безобразные сновидения, — когда он вошел, то всем существом своим, всем животом, она пожелала одного: чтобы это оказалось сном, и самым нелепым из всех, самым страшным!

С тех пор прошла пара недель. Тата уже несколько раз просила ее поговорить с Николаем Михайловичем, успокоить его, потому что сейчас ему некуда уйти, и все это гадко с ее стороны, и всем им за Дину неловко и стыдно; но Дина опускала глаза, отворачивалась, а однажды так цыкнула на сестру, что Тата схватилась за голову и убежала.

Ах, Господи! Что ей сейчас этот муж? Какое ей дело до этого мужа! О, хоть бы *он* вышел! Она поднимала голову к небу, шарила глазами в облаках и тучах, как будто надеясь найти его там, садилась на лавочку, обхватывала себя крест-накрест тонкими руками и сидела, слегка раскачиваясь, рассматривая узоры от тающей воды, трещины в асфальте, первых жуков, синевато блестевших в освободившейся от снега земле.

О, хоть бы он вышел!

На третью неделю этой муки Дина Ивановна Форгерер докурила последнюю папиросу в измятой пачке, стерла помаду со своих пухлых и, как говорили мужчины, «чарующих» губ, выбросила из сумки крошечную склянку с морфием, которую модно было всегда держать при себе и пользоваться ею в случае необходимости, потуже затянула пояс на тонкой, как у осы, талии и, проделав пешком все расстояние от Второго Дома Советов до Плющихи, бегом взлетела наверх, увидела сидящих в столовой за чаем сестру свою Таню, Алису и Николая Михайловича, подошла к сестре, обняла ее, чмокнула в прилизанный висок гувернантку и хрипло попросила Николая Михайловича уделить ей пару минут.

Николай Михайлович сдержанно и неторопливо встал, кашлянул, поправил шелковый галстук на шее и, сдерживая дрожь в руках и ногах,

204

пошел за ней в бывшую детскую. Дина села на кровать и подняла к нему разгоряченное, сильно похудевшее лицо.

— Коля! — так же хрипло сказала она. — Ты только не возражай мне!

— Я и не собираюсь, — мягко ответил Николай Михайлович. — Тем более не понимая, в чем дело...

— Я полюбила другого человека и очень люблю его и сейчас, но он уже не существует в моей жизни. — Она запнулась на этих словах и залилась краской. — Я хотела спросить тебя: можешь ли ты простить мне это? То есть осталось ли в тебе сострадание ко мне... — Она опять запнулась. — Да, сострадание, чтобы простить меня и согласиться опять жить со мною, как раньше?

У Николая Михайловича потемнело в глазах.

— Такое неожиданное признание... — пробормотал он. — Но я одного не понимаю... Зачем я тебе, если ты, как ты говоришь, лю... — Он с отвращением и быстро выговорил это: — Любишь другого человека?

— Но я ведь тебе объяснила... — раздраженно ответила она. — Его больше нет в моей жизни.

— Ну, этого нет, так еще кто-нибудь... — вспыхнув от отвращения, сказал он.

— Тебе хочется оскорбить меня, да?

Николай Михайлович бессильно опустился рядом с ней на кровать.

— Да нет... Что ж теперь оскорблять?

— Так будешь ты жить со мной или не будешь?

Николай Михайлович почувствовал, что сейчас или захохочет истерически, или истерически разрыдается. Страшнее всего была ее неистребимая детскость. Не будь она ребенком, разве она задала бы ему такой вопрос? Он поставил локти на колени и опустил голову в большие ладони.

— Как же мы будем жить с тобой после этого?

— Даю тебе слово, — совсем не по-детски выговорила она. — Даю тебе слово: никогда и никого не будет, кроме тебя. — И вдруг заплакала навзрыд, кусая губы и вздрагивая: — Зачем ты сейчас меня мучаешь, Коля? Даю тебе слово!

...Он долго сидел один в остывающей столовой — печь в ней была большой и прожорливой, ее топили только по утрам, — смотрел в газету, не понимая ни строчки, и думал о том, что же делать. Она была в комнате и, наверное, ждала его. Он ненавидел ее за всю ту муку, которую она принесла ему. А что, кроме муки? Неделю медового счастья в Италии? Да, Господи! Как же давно это было... Пора бы забыть. Но он ведь не мальчик, он мог догадаться. Он должен был догадаться сразу же, с самой первой минуты, как только увидел ее, семнадцатилетнюю, в коротком черном платье, с худыми руками и этим костром желто-красных волос... Зачем нужно было жениться, венчаться? Как будто с обрыва — да вниз головой!

Она дала слово. Только что она дала ему слово и теперь ждет его в бывшей детской. Хороша детка! Николай Михайлович чуть не расхохотался на весь дом. Уж всем деткам детка! Но плачет ведь, плачет, и глазки несчастные... Войти сейчас к ней и не думать, НЕ ДУМАТЬ, что кто-то ее обнимал! Не думать, и всё. Он артист, он художник. Он тоже неверен был ей там, в Берлине. А где сейчас Вера? Николай Михайлович попытался было вспомнить лицо балерины Каралли, но вместо этого лица перед его глазами поплыли какие-то бронзовые волокна, похожие на Динины волосы.

— А с Верочкой было бы так хорошо, — насмешливо и мстительно сказал он себе. — Всегда черный лебедь с тобой на кровати! Поди, уж в Париже, на Шамп Элизе... Они теперь все там гуляют!

В начале апреля по городам — Москве, Петрограду, а также Сормову, Перми и Юзовке, — как злой ураган, прокатились противоалкогольные демонстрации. Действительно, жуткое дело, уж лучше бы пили спокойно. Началась эта тягостная история, как всегда, с полководца Буденного. Потом Маяковский с Демьяном вмешались, потом к ним прибился Подвойский.

Конечно, уж что тут скрывать? Ну, пили, а лучше сказать, выпивали. Во-первых, все время какие-то праздники. Чуток отдохнешь — ан опять демонстрация. Бери в руки знамя и бей в барабан. Придешь в общежитие, ляжешь на койку, а там уже бабы картошки нажарили, с лучком, с черным хлебушком. Как тут не выпить?

Без истории — в высоком смысле слова — и тут не обошлось: немногие знают (а Маяковский так и до последнего часа не знал, а может быть, знать не желал), что Зимний дворец брали дважды. Первый раз — 26 октября, а второй — несколькими днями позже, когда народ заподозрил, что большевистские комиссары намереваются уничтожить запасы вина и водки, хранившиеся в Зимнем дворце. В результате солдаты и матросы поднатужились и взяли дворец вторично. На Ленина в эти дни было больно смотреть. Соратники по партии все, как один, заметили, что от растерянности «судорога то и дело подергивала черты Ильича».

А что творилось, когда народ начинал борьбу за это проклятое зелье, вообще описать невозможно: перо тут бессильно. И разума голос бессилен. И все остальное, что есть в человеке, включая лицо, и одежду, и мысли. Царизм ведь еще почему взял да рухнул? А все потому, что забывчивый царь ввел этот проклятый, нелепый, *нерусский* закон под названьем «сухой»! Какой ему сухости недоставало?

И тут началось! Ведь погром за погромом. И ведь безобразие на безобразии. А можно было бы оглянуться, посоветоваться со знающими людьми и на примерах сугубо исторических понять, что уж эти дела совсем никогда просто так не проходят! Вот, например, Петр I — ему сразу пришло в голову, что во время Северной войны можно от продажи водки получить наивысшую прибыль деньгами и уж воевать совершенно спокойно: народ пить не бросит, и денежки будут. Однако и он, вводя этот новый порядок, погорячился: где это слыхано, чтобы взимать за еще не проданную, то есть не выпитую русским человеком водку откупные суммы от поставщиков? Те, конечно, почувствовав себя загнанными в угол, так начали драть с человека за невинное наслаждение, что, если бы царь не опомнился вовремя, случились бы Сенька с Емелькою сразу, и ждать не пришлось бы их этих восстаний! Но Петр прислушался к народному меньшинству, опомнился и в 1716 году ввел полную свободу винокурения, обложив всех винокуров обычной для них и разумною пошлиной. И все успокоилось, все вошло в норму.

А в семнадцатом году... Конечно, тут вот еще что подыграло: народ ведь не сразу (пришлось с ним помучиться!) дорос до настоящего понимания свободы. Ему, то есть этому, скажем, «народу», хотелось гулять. Свободу, во имя которой то гибли, то тех, кто увиливал, сами губили, детей своих малых бросали на ветер, — прекрасную эту свободу забитый и темный народ понимал как гульбу. Желаю гулять — и трава не расти! И вот догулялись. В ночь с шестое на седьмое июля 1917 года в городе Липецке, когда особенно прекрасная и праздничная стояла погода, и купаться можно было в местной реке, и нюхать цветы по садам-огородам, — в эту вот самую ночь солдаты-резервисты смели с лица земли липецкий ликерный завод, причем трое из них тут же и скончались на месте от переизбытка поглощенного спирта. Не успели оставшиеся в живых товарищи предать земле тела этих погибших товарищей, как тут же, 8 июля, в городе Новочеркасске войска с великим трудом отбили военные склады от первого, то есть утреннего, штурма, предпринятого населением города, но от второго, вечернего, отбить те же самые склады уже не смогли и сами перешли на сторону повстанцев. По официальной версии, ноябрьские бои в Петрограде шли за почту, телеграф, телефон и вокзалы. А есть и другая, постыдная версия: гораздо сильнее, кровавее, шибче боролись за все погреба и все склады. И гибли за них. Вот какая история...

Многие наивные люди думают, что печально известные продотряды разоряли русское крестьянство, изымая у земледельцев одни лишь зерно и муку, а ведь это неправда. Вернее, не полная правда. С не меньшим старанием они изымали у них самогон и сами гоняли его всем отрядом. Выходит: зерно отберут да пропьют. Такая вот вам продразверстка. В Тамбовской губернии голод начался совсем рано: уже в восемнадцатом есть было нечего. Но пить всё же пили. Тогда за искоренение этой неприятной привычки взялись местные активисты и в бедном, хотя живописном, селе Машкин Луг отобрали у самогонщиков две бочки спиртного. А вот, отобрав, призадумались: «Теперь-то что делать?» И выпили.

Милиция тоже пила очень крепко. Поэтому драки народа с милицией, к тому же нетрезвой, кончались преступностью. Короче, все пили, вплоть до исполкомов, — пока не пришли Маяковский с Буденным.

В двухстах городах необъятной России были проведены рабочие конференции по борьбе с алкоголизмом, а также при непосредственном участии Маяковского и Бедного начал выходить всесоюзный журнал «За нашу культуру и нашу же трезвость». Его раскупали, читали, зачитывались. Кампания приняла широкий размах, пришлось подключить и детей. С помощью Подвойского «общественные наблюдатели за алкоголизмом» организовали в больших городах более ста детских демонстраций против взрослых. Колонны усталых, нестриженых деток несли очень яркие лозунги: «Требуем трезвых родителей!», «Хотим, чтобы вылили водку!», «Расстреливать пьяниц!», а также особенно нежный, сердечный, с рисунком серпа вместе с молотом, лозунг: «Отдай, папа, деньги в семью!»

Несколько месяцев полководец Буденный просил директора Всесоюзного антиалкогольного коммунистического театра, чтобы ему предоставили главную роль в пьесе Аполлона Носильчикова «Смотри! С пьяных глаз ты обнимешь и контру!». Директор, смущаясь от сильного натиска, стал сам выпивать, и театр закрылся.

Противоалкогольная демонстрация, из-за которой Алексей Валерьянович Барченко опоздал на прием к товарищу Дзержинскому второго апреля, имела особенное направление. По всему центру весеннего города шли сразу несколько мощных колонн. Одна, состоящая только из девушек с плакатами «Девушка! Не выпивай!», вторая — из крепких, но бледных рабочих с плакатами «Слесарь! Ты пьешь? Мы тебя расстреляем!», и третья, особенно броская: «Не пей, хлебопашец! Ты Родине должен!» Колонны заняли почти все главные московские улицы, движение транспорта остановилось, и машина с товарищем Барченко застряла на самом подъезде к Лубянке. Утром застигнутый врасплох Алексей Валерьянович, которому вежливо, но строго сообщили, что его ждет товарищ Дзержинский в своем кабинете, растерялся так сильно, что не успел продумать того, что нужно было донести до сведения начальника. А у него ведь было время продумать. Почти два с половиной месяца, как он вернулся с Кольского полуострова, два месяца одиночества и заброшенности во Втором Доме Советов, где они нарочно продержали его так долго, чтобы, напугав до изнеможения, добиться... Чего? Он не знал. Но ждал всего самого худшего.

Приехали к двум вместо часа.

На лестнице Алексея Валерьяновича встретил Блюмкин, сильно загоревший и подтянутый. Глаза его нагло, тревожно блестели.

— А я прямо с юга — сюда! — широко оскалившись, сказал он и тряхнул широкую руку Барченко своей небольшою, но цепкой рукою. — С *какого* я юга, вам лучше не спрашивать.

— Я не собирался, — сухо ответил Барченко.

— Ну и хорошо. Есть дела поважнее.

Они стояли перед дверью Дзержинского. Барышня, стучащая на машинке в приемной, кивнула головой, давая понять, что их ждут.

— Советую вам ничего не скрывать, — вдруг грубо сказал Блюмкин и постучался.

— Войдите, товарищи! — раздался за дверью надтреснутый голос.

Дзержинский показался Барченко еще худее, чем год назад: теперь это был скелет, обтянутый глянцевитой, нездорового цвета кожей. В кабинете было, как всегда, сильно накурено.

— Я сразу перейду к делу, товарищ Барченко, — не предлагая им сесть, тем же надтреснутым голосом заговорил Дзержинский. — Наша партия поставила перед собою серьезную задачу. — Он кашлянул в синий платок. — Задачу овладеть тайнами космического сознания. И вы нам должны посодействовать в этом. — Он опять кашлянул, сердито взглянул на пятно, расплывшееся на синем платке, скомкал его и засунул в карман. — Как вы думаете приступить к решению этой задачи?

— Есть разные способы, товарищ Дзержинский, — медленно начал Барченко. — И я со своей стороны...

Дзержинский перебил его:

— Вы со своей стороны, товарищ Барченко, не справились с заданием, возложенным на вас нашей партией. Результаты вашей северной экспедиции оказались пвачевными!

Барченко показалось, что польский выговор Дзержинского стал еще заметнее.

— У меня не было достаточного времени, товарищ Дзержинский. И, кроме того, не было достаточного обмундирования и средств, хотя я...

Дзержинский гневно перебил его во второй раз. Розовые пятна, выступившие на его щеках, стали багровыми, в левом углу рта запенилась слюна.

— То, что вы сейчас произносите, товарищ Барченко, это безобразие! Это самое настоящее безобразие! Партия не пожалела денег, когда готовилась ваша экспедиция, а денег у партии нет! У нас говодают! Мы со всех сторон окружены контрреволюционерами! Которые ждут не дождутся нашего поражения!

Он замолчал и, опять вытащив из кармана платок, закашлялся в него. После кашля в кабинете воцарилась тишина.

— Я прочитал ваш отчет о странном явлении, которое существует у народов Севера. Товарищ Бехтерев разъяснил мне, что речь идет о так называемом «меряченье», гипнозе на цевые массы народа. Вы в своем отчете сообщаете, что в эти моменты люди не чувствуют боли и шаманы могут читать их мысли. Вы в этом уверены?

— Я в этом уверен, товарищ Дзержинский, — ответил Барченко. — Я много раз наблюдал меряченье. Люди находятся в состоянии, именуемом «транс»; они не осознают ни себя, ни того, что их окружает, с ними можно сделать все что угодно.

Дзержинский вскочил.

— Вот это и есть то, что нужно! — Он снова закашлялся. — Это и быво вашей задачей, товарищ Барченко! Мы должны знать, как это девается! Кто это девает? Нам нужно подготовить армию — вы свышите, армию! — людей, овладевших подобным гипнозом!

— Я сумел расположить к себе нескольких шаманов, — сказал Барченко, — они рассказали мне много секретов.

— А что вы не извожили в отчете?

— Это весьма трудно изложить. Но после общения с ними я считаю, что за Полярным кругом хранится вся информация нашей планеты.

— Как так хранится?

— Хранится во льдах. Внутри этих льдов. Ее просто нужно открыть и усвоить.

— Я не понимаю, — холодно произнес Дзержинский. — Но я не ученый, мне необязательно. А вы, товарищ Барченко, должны будете отправиться на Кольский повуостров еще раз и вернуться с настоящими результатами. После этого вы приступите к обучению специалистов по массовому гипнозу. Это ваша первая задача. — Он загнул мертвый, глянцевый палец на правой руке. — Вторая задача: Тибет. О ней вам довожит товарищ Блюмкин. Мы с товарищем Лениным и другими товарищами должны выяснить, какая из задач важнее для нашей страны. С чего вам начать. — Он помолчал. — Пока вы свободны.

Все домашние доктора Лотосова знали, что он получил письмо от жены из Финляндии, и все, кроме няни, которая гасла и сделалась меньше, чем девочка, ждали, что он хотя бы в двух словах расскажет им о содержании этого письма. Но доктор молчал. Дина Ивановна Форгерер и ее недавно прибывший в Советскую Россию муж, Форгерер Николай Михайлович, были так поглощены своею несчастной совместною жизнью, что им и в голову не пришло связать полученное письмо с тем, что доктор Лотосов два дня пролежал на диване и даже не ходил на работу. Но Таня и очень проницательная, хотя и спокойная, Алиса Юльевна, присмотревшись к нему, заметили, что доктор находится в оцепенении.

На третий день Таня не выдержала и тихо, но решительно вошла в комнату, где отец ее лежал с полотенцем на голове и делал вид, что дремлет.

— Папа! — сказала Таня, и вдруг прилив такой нежности к отцу, которой она давно не чувствовала, заставил ее подбежать к нему, опуститься на пол перед диваном и прижать его руку к своим мокрым глазам. — Папочка мой! Папочка мой драгоценный! Что с тобой? Что она тебе написала?

Отец сбросил со лба полотенце.

— Возьми, посмотри.

Достал из-под подушки письмо, исписанное неровным почерком матери, и, протянув его Тане, отвернулся лицом к стене.

— Ей бы только мучить тебя! — злобно прошипела Таня и принялась читать.

*Всю жизнь я чувствовала себя виноватой пе-
ред тобой,* — писала мать. — *С самого первого
дня. Когда ты сделал мне предложение, я почувствовала себя виноватой в том, что не обрадовалась так сильно, как должна была обрадоваться;
потом, когда я стала твоей женой, я каждую минуту упрекала себя в том, что не могу любить
тебя так сильно, как ты любишь меня. Ты помнишь? Я всегда хотела куда-то убежать, уехать,
пряталась в своей комнате, а ты все стремился
побыть со мной, провести вместе как можно
больше времени. Ты приходил со службы, было
иногда совсем поздно; кухарка подавала тебе
ужинать, но ты никогда не садился за стол один,
а всегда звал меня, если видел, что я еще не сплю.
Всегда спрашивал меня — я и сейчас слышу твой
просящий растерянный голос: «Может быть, ты
хотя бы посидишь со мной?» И я выходила из
спальни, садилась к столу, смотрела, как ты ешь,
и опять, опять чувствовала себя виноватой.*

*Что уж говорить о том времени, которое
пришло после смерти Ваниных родителей, когда
Ваня стал умолять меня оставить тебя, а я зажимала уши, чтобы не слышать этого, и чувствовала одно: «Господи! Как же я виновата перед
тобой!» Ты, может быть, не веришь мне, думаешь, что я сейчас пишу тебе это ради красного
словца, но я говорю тебе чистую правду: совсем
нелегко мне досталось тогда мое решение и наш
с тобой развод! Я тогда бедного и слабого Ваню
просто истерзала тем, что все время повторяла ему одно и то же: «Не могу сделать несчаст-*

ным своего мужа!» А понял ли ты, что и Тату я согласилась оставить тебе только потому, что это облегчало в моих глазах мою вину перед тобой? Наверное, ни ты, ни она об этом никогда и не подумали... Все-таки, оставляя Тату, ты отбирал у меня самое дорогое на свете — вернее сказать, я сама отдавала ее тебе. Со стороны могло показаться, что в том, что я так мало писала тебе из-за границы, что я вообще уехала за границу и живу там с мужем и только что родившейся Диной, — что во всем этом сказывается только мой эгоизм, мое бездушие и легкомыслие. Но позволь мне возразить: это не так. Я пыталась спрятаться от чувства вины перед тобой, я пыталась убежать как можно дальше от тебя, не напоминать тебе о себе, самой забыть тебя как можно быстрее и глубже, но у меня ничего не получалось. Знаешь ли ты, как часто я видела тебя во сне, как часто я плакала по ночам, представляя себе, как ты лежишь один в нашей спальне и смотришь в потолок этими грустными и растерянными глазами, которые я так навязчиво помнила! Сто миллионов раз я повторяла себе, что в том, как сложилась наша жизнь, никто не виноват, что эта жизнь была обречена с самого начала: ведь я всегда любила Ваню, я любила его с четырнадцати лет и должна была бы стать его женой, а не твоей, если бы тогда не воспротивилась его мать, а вслед за нею и отец. Я говорила себе, что, уйдя от тебя, я только исправила грубую ошибку судьбы, что ты сам был бы несчастлив со мной,

218

что такая жизнь никому не принесла бы радости; но все, в чем я пыталась убедить себя, не помогало. После Ваниной смерти я думала, что теперь настало время, когда я могу вылечить тебя от той боли, которую ты пережил из-за меня, что для нас с тобой не всё еще потеряно. И мне в самом деле казалось, что ближе тебя нет никого на свете. Мы снова стали жить одним домом, одной семьей, снова стали мужем и женой. Через столько лет, Господи! Но и тут я очень скоро поняла, что ошиблась, что я все равно не могу любить тебя так, как любила его; и всякий раз, когда ты обнимал меня, я вспоминала его руки, его запах, ничего не могла поделать с собой. Он умер для всех, но не для меня. Мне страшно признаваться в том, в чем я сейчас признаюсь тебе. Но я уж решила написать тебе самую полную правду и сделаю это. Бог знает, увидимся ли мы... А может быть, нам суждено с тобой встретиться на небесах, но там мы не узнаем друг друга? Ты всегда упрекал меня в том, что у меня слишком романтическое воображение, что все женщины моего поколения были воспитаны Бог знает как, и Бог знает каких книг мы начитались в юности! Может быть, ты был и прав в этом, но только отчасти. Я старательно смотрю на свою жизнь со стороны и живу теперь очень умственно, даже и не по-женски трезво. И вот тебе мое признание: в самой глубине души я была почти рада той катастрофе, которая произошла в России. Потому что только благодаря тому, что перевернулась и развалилась вся жизнь, я смогла убежать из твоего дома и не вернуться. Иначе я бы никогда не пошла на это.

Пойми меня: ты лучше, выше, благороднее всех, и такого человека, как ты, я не знаю. Нет на земле таких людей. Как счастлива должна была бы быть с тобой любая другая женщина! Любая, но не я. Одно могу сказать тебе: мы с тобой квиты. Может быть, это и звучит дико, странно, но мы оба заплатили за то, что Бог так опрометчиво (да простится мне это слово!) соединил нас. Ты заплатил своей разрушенной жизнью, а я — этим вечно сосущим меня изнутри чувством вины перед тобой. Поверь, что мне тоже несладко.

Теперь о моих дочерях. Тата ненавидит меня. Я уверена, что ты начнешь возражать мне, доказывать, что это не так, но я знаю, что говорю. Может быть, на ее месте я бы чувствовала то же самое. Она упрекает меня в том, что выросла без матери, что ты был всю жизнь одинок и несчастлив, но она не догадывается, как несчастна была и я — сначала от разлуки с нею, потом от того, что несчастлив и одинок ты, потом от того, что ничего уже нельзя было изменить. Я не обижаюсь на нее. Мне только странно, что за те почти три года, которые мы прожили с нею под одной крышей, она ни разу не попыталась даже приблизиться ко мне и всегда держалась так неровно и настороженно. Дина мне ближе, конечно. Она и росла при мне, и характером больше похожа на меня, чем на своего покойного отца, хотя иногда я видела в ней черты и особенности Вани. Не самые лучшие, к сожалению. Но Дина своим поведением и тем постоянным стремлением к опасности, которое было в ней еще в детстве, когда она, например, подходила к самому краю пропасти и закрывала глаза (был такой случай с нею в Италии, в Альпах, когда она была еще совсем девочкой), — Дина не приносит мне ничего, кроме беспокойства. Я знаю, что у меня нет никакого влияния на нее, что она все равно сделает то, что захочет. Я пыталась приноровиться к ней — то потакала ее капризам, то ссорилась с нею, — но ты сам видел, к чему это привело. Нелепый брак с Форгерером, который вдвое старше ее и вдвое глупее, — лучшее тому доказательство. Впрочем, он, может быть, и не такой дурак. Надеюсь, что он все-таки не решится на то, чтобы вернуться обратно в Москву, к Дине. Она-то уж точно разрушит его жизнь, хотя и не будет мучиться при этом так, как мучилась я, разрушая твою.

Ах, Господи! Как же я длинно пишу! И для чего? Только для того, чтобы оправдаться перед тобою, открыв, наконец, свои планы... Я не вернусь в Россию. Видит Бог, я не сразу приняла это решение, я думала и передумывала, отчаивалась и сомневалась. Наверное, это будет еще один грех на моей совести, еще одно пятно на моей слабой и грешной душе. Я много раз представляла себе, как я возвращаюсь и мы вновь принимаемся жить все вместе. О бытовых трудностях я не говорю. Мы многое знаем здесь, в Финляндии, и жуткие подробности того, как живут в России, доходят до нас не только из газет. Я понимаю, что никакой помощи вам всем от меня не будет. А что я умею? Печь пирожки? Из чего их печь? Или я буду учить своего внука играть на пианино? Но Тата и Алиса сделают это лучше, чем я, да и терпения у них гораздо больше. Кому я нужна в вашем доме? Тебе? А может быть, и этого не будет? Может быть, я вернусь и буду чужой вам всем, включая и тебя тоже; а ведь времени на то, чтобы меняться, чтобы снова привыкать друг к другу у нас уже нет. Да и нужно ли это? Нужна ли тебе такая наша жизнь вместе? Не отнимет ли она у тебя больше сил, чем нынешнее твое одиночество? К тому же ты и не одинок. Ведь обе девочки любят тебя, я это знаю. И я знаю, что Дина со всею ее строптивостью и упрямством давно относится к тебе как к родному отцу и доверяет тебе гораздо больше, чем доверяет мне. Про Тату уж не говорю. Так рассуди сам: зачем мне возвращаться? К кому?

Буду с тобою до конца откровенна: я собираюсь перебраться в Америку. Не одна. Только не думай, что я опять кем-то увлеклась и опять бросаюсь в новые отношения сломя голову! Этот человек, который сейчас предлагает мне соединить с ним жизнь, не стоит твоего мизинца. Он довольно крупный инженер, вдов, всегда спокоен, очень однообразен, но честен и даже неглуп. Меня он не то чтобы страстно любит — он, наверное, и не понимает, что это такое, — но он готов служить мне, оберегать меня от трудностей, руководить мною и во всем помогать мне. Разумеется, он успел привязаться ко мне. Я очень привлекаю его как женщина. Мне это все безразлично. Но мне легче с ним, чем одной, и легче, чем в нашей с тобою семье. С такими, как вы (хотела написать: с такими, как мы), далеко не уедешь. Мы все слишком чувствительные и нервные люди. А я в последнее время чувствую такую смертельную усталость, как будто живу не сорок семь, а сто сорок семь лет на этой земле, и мне все надоело. Иногда думаю, проснувшись утром: «Боже мой! Еще один день наступил! Опять нужно жить!»

Его пригласили работать в Нью-Йорк, там нужны такие знающие инженеры, как он. Он принял это предложение, сейчас оформляет документы и зовет меня с собою. Он будет зарабатывать там хорошие деньги, и, соединившись с ним, я, наверное, не буду знать нужды. Вчера я ответила ему, что согласна, — и вот, набравшись духу, пишу тебе. Ты сам видишь, как честно и подробно я пишу. Можно было бы умолять тебя «понять и простить», но я уверена, что ни мне, ни тебе ни к чему эти фальшивые страсти. Мы ведь слишком хорошо знаем друг друга. Поверь мне только в одном: я была тебе никудышной, дурной женой, я была плохим другом, я не выполнила ничего из того, что обещала, стоя под венцом с тобой, — но ни один на свете человек не сияет в моем сердце так ровно и неизменно, как сияешь ты.

Своим дочерям я напишу отдельно уже из Нью-Йорка.

Анна.

223

Таня еле заставила себя дочитать до конца. Дрожь колотила ее, из глаз лились слезы, лицо было красным, растерянным, злым. По-прежнему сидя на полу перед диваном, она изо всех сил обхватила обеими руками отцовскую голову, прижала ее к себе и тут уже громко, навзрыд зарыдала:

— Она же тебе наврала! Как она гадко все это вывернула! Она оставила меня, чтобы чувствовать себя меньше перед тобой виноватой... Какая ужасная гадость! И как она любит себя, дрожит за себя... А ты — мой любимый! Мой папочка! Папочка мой драгоценный! Мой милый, мой самый прекрасный! Мой папочка! — Она осыпала поцелуями его лоб, щеки, волосы; слезы ее заливали его лицо, и, не останавливаясь, давясь рыданиями, она повторяла одно и то же: — Мой папочка, мой драгоценный, мой милый! Родной мой, любимый, мой папочка!

Он всхлипнул, и от его тихого, словно бы испугавшегося себя всхлипывания Таня забормотала еще быстрее.

— Но я же с тобой! — рыдала и давилась она. — Разве нам с тобой мало друг друга? Разве я когда-нибудь брошу тебя? Разве я не помню, как мы жили с тобою вдвоем, и всегда, всегда мы с тобой были вместе! А помнишь, как я болела, маленькая, и ты засыпал у меня в ногах? Помнишь? А как я прибегала ночью к тебе в постель, когда мне снилось страшное? — Она и смеялась сквозь слезы, и судорожно гладила отцовские плечи, и прижималась пылающим лбом к его лбу. — А помнишь, у меня была очень высокая температура и рвота, и ты держал таз у себя на коленях, и держал у меня на лбу свою руку, чтобы мне было легче? А как ты сам делал мне лимонад? Ты помнишь ведь, папочка? Папочка, милый!

И наконец, когда этот терпеливый старый человек, которого она всегда считала самым сильным и сдержанным, вдавился лицом в ее шею, Таня вдруг почувствовала, что и он плачет — так тихо и страшно, как плачут мужчины, которые даже чужих робких слез стыдятся до паники...

О матери больше не говорили, не вспоминали; и когда Илюша, рассматривая карточки в семейном альбоме, наткнулся на фотографию Анны Михайловны Зандер, стоящей с теннисной ракеткой в простом белом платье, и тут же воскликнул: «Смотрите, какая красивая! Это ведь бабушка?», Алиса Юльевна отобрала у него альбом и, оглянувшись на доктора Лотосова, сказала, что проводить время, уткнувшись носом в альбомы, — занятие для одиноких старушек, а вовсе не для любознательных мальчиков.

После этого письма, которое сильно сблизило Таню с отцом и словно бы напомнило ей о том, что он был и остается самым родным и особенно нуждающимся в ней человеком, внешне ее жизнь оставалась тою же, полной ежедневных забот жизнью. Домработницы у Лотосовых не было, Дина в ведении хозяйства почти не участвовала, если не считать того, что служебная машина раз в неделю, как и прежде, подкатывала к дому на Плющихе и молчаливый серьезный шофер вынимал из нее продукты, негромко проборматывая одно и то же: «Для Дины Ивановны Форгерер». Ровно половину продуктов Дина Ивановна Форгерер немедленно относила Варваре Ивановне Брусиловой на Неопалимовский. Все остальное, то есть приготовление обедов, занятия с Илюшей, уборка, стирка, уход за няней, ложилось на плечи Тани и неутомимой, аккуратно причесанной, в белых накрахмаленных воротничках Алисы Юльевны.

Танина душа нарывала. Александр Сергеевич жил один, никаких известий ни от уехавшей жены, ни от сына не было. Он опять начал сильно пить; иногда оставался даже ночевать на работе, но не потому, что не успевал добраться до дому, а потому, что сразу же, закончив работу, выпивал столько, что засыпал прямо на месте. Таню удивляло еще и то, что он ни разу не попросил ее зайти к нему на Молчановку. Иногда самые нелепые мысли, которых она пугалась именно оттого, что слишком уж нелепыми они были, одолевали ее с такой силой, что Таня чувствовала отвращение не только к нему и себе самой, но ко всему, что в эти минуты попадалось ей на глаза: деревьям, прохожим, весенним, грохочущим в небе, растрепанным птицам. Все мешало ей: даже робкая гамма, разыгрываемая маленькими пальцами сына в столовой, даже негромкое постукивание Алисиных башмаков и голос ее: «раз-и, два-и...».

Ей начинало казаться, что Александр Сергеевич давно сошелся с другою женщиной — с какой-нибудь, например, сестрой милосердия из своей больницы, — и эта женщина уже переехала к нему, живет с ним в большой опустевшей квартире и ждет не дождется, когда он развяжется с Таней.

За неделю до Пасхи, которая пришлась в этот год на девятнадцатое апреля, Александр Сергеевич, возвращаясь из больницы, завернул в скверик, где Таня гуляла с Илюшей.

— Боялся, не встречу тебя, — пробормотал он. — Уже семь часов. Сегодня вы поздно гуляете...

— А я долго спал: до пяти! — сообщил Илюша, сияя васильковыми глазами и морщась улыбкой точно так же, как делал его убитый, ни разу не встреченный в жизни отец. — Я спал и смотрел свои сны!

— И что же ты видел?

— Наклонитесь, я вам на ухо скажу.

Александр Сергеевич сел на корточки и подставил свое ухо его румяным губам, почувствовав тот знакомый, молочный и теплый запах Илюшиного дыхания, волос и кожи, одинаковый у всех хорошо ухоженных маленьких детей, который моментально напомнил ему сына.

— Давай, говори!

Таня грустно и тихо улыбнулась.

— Мне снилось, — захлебываясь и сочиняя на ходу, сказал Илюша, — что мы все — мама, вы и я — плывем на каком-то огромном пароходе по морю. А в море: дельфины, русалки... Киты тоже есть. Ну, и лебеди тоже.

— А нас всего трое? — уточнил Александр Сергеевич и, не удержавшись, поцеловал его в холодную красную щеку.

— Ах, нас? Да, сначала нас трое. Потом еще дед к нам пришел, и Алиса, и Дина. И мы далеко, далеко все заплыли! И было ужасно смешно!

Александр Сергеевич посмотрел в эти васильковые, полные счастья глаза, погладил Илюшу по голове и поднялся.

— Я жду тебя сегодня, — негромко сказал он Тане. — Придешь?

Она вспыхнула, потому что он спросил это при ребенке, который, хотя и не мог понять, что происходит между матерью и этим человеком, мог все же почувствовать ту особую интонацию, с которой были произнесены эти слова.

— Не раньше восьми, и совсем ненадолго, — быстро ответила она.

Алиса была дома одна и вязала. С недавнего времени она принялась вязать мужские фуфайки, которые заказывала ей артель «Красный труд». За фуфайки платили мукой, иногда растительным маслом, иногда даже конфетами.

— Няня поела? — спросила Таня.

— Поела, — спокойно ответила Алиса, прищуренными глазами отсчитывая петли на спице. — Поела неплохо и спит.

— Я отлучусь ненадолго, — покраснела Таня. — Уложишь Илюшу?

— Илюша, пойдем, — не отвечая на ее вопрос, сказала Алиса, встала, отложила вязанье и протянула Илюше руку. — Ты должен еще почитать перед сном.

Поглощенная своими мыслями, Таня не заметила, как очутилась сперва на Арбате, по которому звенели конки, потом через Ржевский переулок вышла на Молчановку. Золотисто-светлое закатное небо, особенно радостное от того особенного внутреннего света, который всегда загорается внутри его, когда приходит весна, в который раз подтверждало людям свою неизменную и успокаивающую сердце природу, но мало кто смотрел на него и, судя по озабоченности человеческих лиц, на земле мало кто радовался его свету.

«Я не хочу идти! — вдруг поняла Таня и остановилась так резко, что на нее чуть было не налетела изможденная и быстро шедшая прямо за нею дама. — Я не могу видеть, как он пьет, как он слабеет и убивает себя прямо на моих глазах; я не могу слышать этого его веселого голоса, которым он начинает говорить всякий раз, когда напивается... Я больше не хочу всего этого! Я сейчас вернусь домой, а завтра скажу, что Илюша не отпустил меня, что он капризничал».

И тут же почувствовала, что не сделает этого. Она подозревала его во всех смертных грехах, боялась, что он обманывает ее, изменяет ей с кем-то, но соврать ему самой, соврать ему даже слегка, она не могла. Почему? А Бог его знает почему. Ей вспомнилось недавнее письмо ее матери из Финляндии. Несмотря на отвращение, которое вызывала в ней мать, причинившая отцу столько горя, несмотря на то, что она не имела права так откровенничать с отцом, как откровенничала в своем ужасном письме, несмотря даже на то, что Таня чувствовала, как хотелось матери оправдаться и в собственных глазах, и в отцовских, но эта странная материнская «оголенность» в словах, эта правдивость невольно напомнила Тане и себя, и сестру. Никто не учил их *не* врать. Беда была в том, что они сами не хотели и стыдились этого.

Александр Сергеевич встретил ее в чистой белой рубашке и галстуке. Рукава на рубашке были закатаны.

— Я рыбы сейчас нам нажарил, — смущенно сказал он. — Хлопца одного с Лубянки подлечил, и он мне за это рыбки свежей принес. А говорят, нет в людях благодарности! Вот тебе пример. Бандит, кровопийца, а рыбкой пожаловал! Мы когда-то с Васькой моим, когда ему лет двенадцать было, ездили большой мужской компанией по Волге, а там этой рыбищи — страсть! Уха там была... Ты такой ухи, я тебе это точно говорю, даже не нюхала. Еда небожителей!

Он суетился и говорил слишком много и возбужденно. Глаза его ярко блестели.

— Ты вот посиди здесь, — говорил он, усаживая Таню к столу. — Ты вот посиди, а я сейчас рыбу принесу, и будем мы вместе с тобою обедать! Вот так-то, моя дорогая... А ты помнишь, как мы с тобой обедали в ресторане в пятнадцатом году? Ты тогда в лазарете у великой княгини работала. Совсем была девочка! От каждого моего слова вспыхивала, как роза. Сейчас-то уже не краснеешь, большая...

— Я и сейчас краснею, — возразила Таня и, посмотрев на него исподлобья, огненно покраснела.

Александр Сергеевич радостно засмеялся.

— Барышня ты моя! Вечная моя барышня... А если бы остальные знали тебя так, как я? Вот бы они удивились!

Она покраснела еще больше.

— Ну, что? Пообедаем прежде? А может быть... — пробормотал он.

Таня встала и оторвала его руки от своей талии.

— Как я давно не была здесь... — сказала она, оглядываясь.

Александр Сергеевич вдруг помрачнел.

— Саша, — прошептала она робко, — ты только не делай вид, что тебе сейчас уютно и что ты не страдаешь ото всего этого...

И оба, не сговариваясь, посмотрели на висящие в столовой семейные фотографии.

— Я чувствую, как ты мучаешься, — продолжала она, — ты все время думаешь об этом, все время упрекаешь себя в том, что... я не знаю... Ты не виноват. Вернее, ты не виноват больше, чем все остальные друг перед другом. — У нее перехватило дыхание от подступивших к горлу слез. — Разве бывает так, чтобы человек был совсем не виноват? Такого не может быть, вся жизнь так устроена...

— Да ты-то откуда ее так уж знаешь? — Он опустился на стул и поднял на Таню воспаленные глаза. — Не так уж ты много и видела в жизни!

— Не видела, но угадала...

— Если бы я знал, что они хотя бы живы, — пробормотал он. — И всё. И даже другого не нужно. А я ведь все думаю: вдруг они *там?* А где это: *там?* Где они? Понимаешь?

Она опустила глаза, губы ее задрожали.

— Я тоже часто раньше думала об этом. Наверное, это нехорошо, неправильно об этом думать. Потому что все равно никто из нас ничего не понимает! Я думала о Володе. Я вот представляла себе, что это значит: «его убили»? Как это «убили»? Где же он теперь? И я... — Таня стиснула зубы, зажмурилась. — Я представляла себе его руки, волосы, кожу, глаза, сама умирала от всего этого... Ах, Господи! Ведь это все он? Нет, не он... А было все *им*... А теперь? И где сам Володя? Подожди! Дай я тебе все скажу, а то это опять вернется ко мне, опять я одна буду мучиться... Я вот видела его руку. И близко-близко видела. У него была широкая рука, небольшая, но широкая, и всегда очень горячая. И здесь, у самого мизинца, шрамик. И я начинала представлять себе, как его опустили в землю, засыпали и что тогда начало происходить с этой его рукой... О Господи! Как она почернела сначала, потом... — Таня запнулась. — А как только Илюша начал переворачиваться во мне, все эти мысли вдруг исчезли. Как будто бы кран кто закрыл! Как будто бы кто-то сказал мне: «Нельзя!»

— А мне, к сожалению, не говорят... Прихожу с работы, наливаю рюмку, выпиваю. Сижу здесь один и представляю себе все именно так, как ты описала. Пока не прикончу бутылку, не успокоюсь... И именно так, всё — почти что твоими словами... Где Васька? И где его эти вот кудри? — Он поднялся, подошел к стене и снял с нее фотографию кудрявого мальчика в матроске. — Вот где это все? Где мой парень?

— Бог даст, они оба вернутся...

— Они не вернутся, — быстро обернулся он. — У меня тут, — Александр Сергеевич стукнул себя по горлу, — часы тикали! То громко, то тихо. А сейчас вдруг — оп-п-па! — перестали. Не стукают. Нет никого.

Ночью они не спали. Первый раз она лежала с ним не в маленькой комнате на очень неудобной кушетке, где они всякий раз лежали раньше, до возвращения Нины из-за границы (хотя это было давно, больше четырех лет назад), — сейчас они лежали в спальне на кровати, и вид этой спальни, куда она раньше боялась и заглянуть, привел Таню в смятение. Когда-то жена его тоже спала на этой же самой кровати.

Таня чувствовала, что Александр Сергеевич хочет, чтобы она поскорее задремала, потому что она мешает ему сосредоточиться на своем, и что после того, как все закончилось и он, вздрагивая и постанывая, полежал несколько минут, уткнувшись лицом в ее лицо, она уже перестала быть нужной ему. Таня покорно отодвинулась к самому краю, закрыла глаза и сделала вид, что заснула. Александр Сергеевич смотрел в потолок и что-то тихонько шептал. Она не могла разобрать того, что он шепчет, но, судя по тому, как судорожно кривилось в полутьме его лицо и как он изредка проводил тыльной стороной ладони по глазам, можно было догадаться, что он то ли молится, то ли разговаривает с кем-то, кого вместо Тани мысленно представляет себе сейчас рядом.

«Ах, да! Он же пьян, — подумала она с тоской. — А я все никак не привыкну!»

Под утро она заснула и проснулась от грохота, с которым в комнате что-то упало. Голый и худой Александр Сергеевич Веденяпин со впалым животом и широкой грудью, на которой курчавились совсем уже седые волосы, растрепанный, с красными пятнами на щеках, только что поднявший с пола выроненную им пустую бутылку, проходил мимо заваленного одеждой стула к двери, и сияющий утренний луч, упавший сквозь форточку, ярко заливший плечо его, грудь, часть его живота и пустую бутылку в руке, так резко вонзил это в Танину память, что в ней навсегда это все и осталось.

Через несколько минут Александр Сергеевич вернулся. Сел на постель спиною к ней, закинул свою кудрявую, сильно полысевшую голову и начал пить прямо из горлышка. Он пил громко, всхлипывая, и поднятая рука его слегка дрожала. Потом он поставил бутылку рядом с кроватью, уронил голову на грудь, и Таня услышала, как он простонал:

— Господи Иисусе! Прости меня!

Она лежала не дыша, боялась шевельнуться, чтобы не спугнуть его. Потом, когда он тихо опустился на подушку рядом с ней, открыла глаза.

— Что, Саша?

— Бросай меня к чертовой матери, — пробормотал он.

И тут же она услышала, как он снова шарит левой рукой по полу, ища бутылку.

— Не надо... хотя бы сейчас...

— Какая разница? Опять колотить ведь начнет. Там осталось на донышке...

— Что же будет? — прошептала она, вытирая глаза об угол подушки. — Что с тобой будет?

— А что со мной будет? Подохну.

— А я?

— Ну, я же сказал: уходи. Ты со мной пропадешь.

— Да я без тебя пропаду!

— Ты самая светлая, самая нежная женщина... Ты не просто светлая, а такая, как вот это утро. В тебе тот же свет. Не зря я прилип! Давно отпустил бы, не будь ты такой...

Через полчаса они встали. Александр Сергеевич долго умывался холодной водой на кухне, потом долго плескался в ванной. Вышел в столовую спокойный, в чистой рубашке. От его впалых, тщательно выбритых щек пахло английским одеколоном. Глаза смотрели бесстрастно.

— Давай выпьем чаю, и я провожу тебя домой, — сказал он, слегка поцеловав ее лоб и потом затылок. — И вот еще что: если тебе стыдно перед домашними за то, что ты так открыто живешь со мною и даже не ночевала сегодня, то я готов попросить у отца твоей руки.

Тане показалось, что она ослышалась.

— Мало что изменится, — продолжал он. — К тому же я пью. Это вроде болезни. Но для того, чтобы ты перестала думать, что я не хочу... Короче, реши и скажи мне сегодня. А то я себя негодяем все чувствую...

— Но как же... — Она оселкась.

— Никак! — не глядя на нее, пробормотал он. — И больше мы к этому не возвращаемся.

В эти предпраздничные дни у режиссера Мейерхольда было столько работы, что недавно переехавшая к нему с двумя детьми бывшая жена Сергея Есенина Зинаида почти не видела своего нового мужа и даже тихонько сердилась.

— Зина! Но если бы ты знала, дорогая моя! — Худой и нескладный, хотя всегда трезвый, что было решающим фактором для того, чтобы Зина, подхвативши своих малолеток, перебралась к нему жить и работать, бормотал режиссер Мейерхольд, целуя ярко-белые плечи новобрачной, перед которой он стоял на коленях, пока она, лежа в постели, пила шоколад из фарфоровой чашечки. — Это будет грандиозно! Это будет не просто грандиозно, а сногсшибательно грандиозно! Это останется в веках! Народ празднует новый праздник. Праздник социалистической весны! Праздник освобожденного труда! Какая там Пасха устоит перед этим торжеством? Какие там, Зина, воскресшие боги?

— А как ты один с этим справишься, Сева? — округляя глаза, спросила Зинаида.

— Да как же один? — ахнул Мейерхольд. — К моим услугам целое общество! Не только театр, артисты, костюмы, но весь наш Союз атеистов-безбожников. Его, кстати, предложили переименовать в Союз воинствующих атеистов-безбожников, и я абсолютно согласен! Так лучше звучит. Это, Зина, война! Иначе, как сказал товарищ Дзержинский, с попами не справиться. С ними не справиться, Зина! Их нужно крушить и душить мощной силой искусства!

— Но как же все это устроится, Сева? — плавно тянула Зинаида Райх, внимательно глядя, как шоколадная пленка тускнеет и тает на дне ее чашки. — Ты будешь работать с товарищем Луначарским?

— Это товарищ Луначарский, дорогая, будет работать со мной! — заносчиво выкрикнул режиссер, но тут же поправился: — Товарищ Луначарский уже нам помог, дорогая... — Он испуганно оглянулся. — Гимн русских безбожников! Его будет петь вся толпа! Все участники праздника! Мотив «Марсельезы»! Слова Луначарского! Ты только послушай, как это написано!

Он поднялся с колен, заложил правую руку за золотой пояс персидского халата, а левую выбросил гордо вперед. Его лошадиный профиль стал еще выразительнее:

Когда бы на троне, над тучами тверди,
Сидел бородатый торжественный бог,
Когда б под землею зловонные черти
Бодались кинжалами бронзовых рог,
Когда бы святые и ангелов хоры
Кадили и пели в лимонном раю,
А грешники выли, с проклятием взоры
Вперяя в кромешную вечность свою,
Была б поистине потеха,
Была б причина для войны,
И мы б метнули бомбу смеха
В лазурь надзвездной стороны!
И был бы наш поход неистов,
Поход активных атеистов,
Наш гордый гимн звучи, звучи,
Как меч о вражии мечи!

— Вы собираетесь устроить этот праздник... как его?.. Освобожденного труда? — в день православной Пасхи? — почти испуганно спросила Зинаида. — И гимн свой пропеть в этот именно день? Но что скажут люди?

— Какие люди, любимая моя, русалка моя, моя колдунья? — И страстный Мейерхольд снова упал на колени перед постелью, брызнув золотыми узорами халата на красный, как кровь, с нежно-голубыми по самому центру цветами ковер. — А что им сейчас говорить? Наступила ЭПОХА! Мы все в ней! Мы все ее дети!

Зинаида Райх задумчиво потрепала его по вздыбленным волосам, откинула одеяло, на секунду явив воспаленному взору революционно настроенного человека высокие голые ноги, просвечивающие сквозь батистовую белизну сорочки, встала, вынула из пачки длинную папиросу и, закурив ее, подошла к окну. Под жидким серебром апрельского неба двор в тихом Брюсовом переулке, наполненный пением птиц, медленно просыхал после недавнего дождя. От свежей земли поднималось легкое испарение, и мелкие листья на тонкой березе, звеня, как приказывал ветер, зубрили стихи ее бывшего мужа:

Пойте в чаще, птахи,
Я вам подпою.
Похороним вместе
Молодость мою.
Троицыно утро,
Утренний канон,
В рощах по березкам
Белый перезвон...

...Накануне Пасхи, с которой, как предупреждал товарищ Дзержинский, большевикам «еще предстоит помучиться», в кабинете режиссера Мейерхольда состоялось совещание, на котором, кроме самого Всеволода Эмильевича, присутствовали поэты Николай Асеев, Владимир Маяковский и главный специалист по массовым карнавалам Антон Михайлович Бирнер, человек волевой и талантливый. Товарищ Луначарский прибыть на собрание не смог — слишком важные дела отвлекли его в этот вечер — и вместо себя попросил прочесть вслух только что написанную им и только что отпечатанную барышней на машинке статью «О народных празднествах».

Статью вслух читал Мейерхольд:

«Для того, чтобы почувствовать себя, массы должны внешне проявить себя, а это возможно только, когда, по слову Робеспьера, они сами являются для себя зрелищем».

— У-у-ухх! — смачно сказал Маяковский и покрутил головой. — Все как у меня! У-у-у-ух!

— Я продолжаю, товарищ Маяковский, — строго оборвал его Мейерхольд. — У вас еще будет возможность высказаться. Итак: «Если организованные массы проходят шествием под музыку, поют хором, исполняют какие-нибудь большие гимнастические маневры или танцы, словом, устраивают своего рода парад, но парад не военный, а по возможности насыщенный таким содержанием, которое выражало бы идейную сущность, надежды, проклятия и всякие другие эмоции народа, — то те, остальные, неорганизованные массы, обступающие со всех сторон улицы и площади, где происходит праздник, сливаются с этой, организованной, целиком, и таким образом можно сказать: весь народ демонстрирует сам перед собой свою душу».

— Разрешите мне одно слово? — поднял руку специалист по массовым карнавалам Антон Михайлович Бирнер, сын настоятеля храма Василия Исповедника у Рогожской заставы, теперь уже больше не действующего. — Я должен сказать, что наше молодое социалистическое государство выделило, как мне известно, одиннадцать миллионов рублей на содержание Общества воинствующих безбожников. Одиннадцать миллионов, товарищи! В распоряжении общества имеется триста девяносто два автомобиля, восемнадцать агитпоездов, шестьдесят восемь кинотеатров, два летних открытых театра, шестьсот девяносто четыре различных здания и помещения! И более ста типографий! Несметная сила, товарищи! А мы всё никак не можем опередить французов восемнадцатого столетия... А что нам мешает их опередить?

— Погода мешает, — угрюмо сказал Маяковский. — Вон первое мая уже на носу, а снег не сошел. А выйдем мы все на парад, и тут тебе дождичек с градом да снегом. А уж в октябре — так уж что говорить!

— Товарищ Луначарский, — торопливо перебил его Мейерхольд, — не забыл об этом. Вот я вам сейчас зачитаю: «Между тем мы должны, безусловно, опередить французов, несмотря на некоторые неблагоприятные условия нашего климата, часто делающие и весенний день 1 мая, и осенний день 25 октября не совсем удачными для празднества под открытым небом».

— Так что же нам, в Африку ехать? — мрачно засмеялся Маяковский и вынул изо рта до половины обгрызенную спичку.

— В этот раз, то есть в этом году, мы, к сожалению, не сможем отвлечь темные и забитые слои населения от того, чтобы они решительно отказались праздновать христианского праздника Пасхи, и в этом нет нашей вины, товарищи, ибо слишком мало времени прошло с момента победы социалистической революции, — продолжал Мейерхольд, почему-то остановив взгляд на бледном лице Антона Биргера, и ужас стоял в этом взгляде, как столб на дороге. — Нет нашей вины, но она еще будет! Да, будет, если и через пару лет население не откажется от этой нелепости, от этого самого злостного из всех человеческих предрассудков, которым является вера! Но в этом году мы разработали грандиозный план великолепного народного праздника, который я предлагаю назначить именно на 18 апреля, и пусть наше социалистическое торжество не только совпадет с унылым крестным ходом, который не знаю что обозначает, но пусть с его помощью рухнет сей ход!

— Позвольте, не понял. Как это рухнет? — вмешался Асеев. — А не боитесь ли вы, уважаемый товарищ Мейерхольд, уличных беспорядков?

— Наш план вот каков. — Мейерхольд сделал вид, что не расслышал слов Асеева, поскольку от страха свело вдруг живот, а десны во рту стали горькими. — В празднике Освобожденного Труда должны принять участие от двух тысяч пятисот

242

до трех тысяч пятисот человек, включая комсомольцев, милиционеров, самодеятельных и профессиональных артистов, домохозяек, служащих, работников заводов и фабрик, членов домовых комитетов и прочих активных, сознательных граждан. Все они под музыку революционного оркестра соберутся на Красной площади и двинутся прямо к Кремлю. Во главе процессии шестерка лошадей будет тянуть огромную платформу, на которой предполагается поместить закованных в цепи обнаженных рабов. Над их головами будут на специальных ступенях помещаться четыре белые фигуры с огромными ясными лицами. Это будут аллегорические образы Свободы, Братства, Равенства и Справедливости. За спинами обнаженных рабов, закованных в цепи...

— Постойте, товарищ Мейерхольд! — перебил его мрачный Маяковский с зажатой в углу рта новой спичкой. — А как если холод? Как их оголять на морозе?

— Я уверен, что тот революционный огонь, который будет бушевать в эти минуты внутри людей, не даст им замерзнуть, — визгливо сказал режиссер. — Так вот: за спиною закованных в цепи, за этой платформой, пойдет крестный ход... *Сатирический* крестный! Мы им разыграем сатиру на всю их отсталость, всю дикость их веры! Во главе этого крестного хода пойдут толстые, с красными, откормленными лицами попы, за попами — буржуи и белогвардейцы. Ясна вам идея, товарищи?

— Еще бы! Прекрасно! — обрадовался Асеев. — Такую возможность нельзя упустить, товарищи! Иначе еще целый год ее ждать.

Вечером, вылезая из машины, доставившей его к самому подъезду дома номер 11 в Брюсовом переулке, измученный, сгорбленный Мейерхольд с его повисшим над кадыком лошадиным профилем увидел, что Зина не спит. В окне ее спальни горел мягкий свет.

«О Господи Боже! — И он, испугавшись, сглотнул это слово. — Русалка моя! Ждет, наверное... Русалка моя! Зинаида! Волшебница!»

Сила человеческого страха такова, что вряд ли было бы ошибкой сказать, что нет ничего столь же сильного. И, как неопытный садовод, которому нужно не просто посадить деревце в каменистую почву, но еще и посадить его на правильную глубину, чтобы порыв вечернего ветра не вырвал его из земли, и правильно нужно полить это деревце — полить его так, чтобы слабые корни не начали гнить от избыточной влаги; и нужно возиться с ним, нужно стараться, смотреть ему в глазки и петь ему песенку, — так люди всех темных и светлых времен и всех языков, всех культур, всех религий сажают все то, что противится страху. Душа (если, скажем, отнестись к ней анатомически), наверное, похожа на влажную почву, в которую с редким завидным упрямством бросают кто что. Кто веру, кто наглость, кто принципиальность, кто Фрейда, кто Гете, кто Кафку с Сократом, а кто не читал ни того, ни другого, бросают хорошие крепкие вещи: машины, брильянты, политику, женщин, надеясь, что все прорастет и всего станет больше.

Нельзя, однако, забывать, что, кроме людей, существуют философы. Они тоже люди, но с чувством большого достоинства, поэтому страх у них философический.

И в энциклопедии есть доказательство:

1. *«В философии религии* **страх** *относят к религиозному опыту и видят в нем благоговейный трепет души в ответ на открывшееся присутствие Высшего...*

Древний **ужас** *— страх перед судьбой, смертью, бесами, властями, необеспеченностью жизни, страданием и пр. Такой страх связан с ложью, жестокостью, суевериями, унижением человека, социальным порабощением и зависимостью от природы.*

Примечание: библейская традиция свидетельствует, что страх Божий — не только начало премудрости, но и «венец радости». Тот, кто обрел истинный страх Божий, выше страхов мира сего. «В любви нет страха, но совершенная любовь изгоняет страх, потому что в страхе есть мучение, а боящийся не совершенен в любви» (1Ин. 4:18).

А как не бояться, когда всё так хрупко?

2. **Страх** *(греч. phobos — ужас, боязнь, тревога) — аффективное состояние души, которое*

переживается как страдание и выражается в ощущении неудовольствия. Испытывать чувство **страха** — значит подвергаться воздействию факторов, вызывающих напряженное ожидание. В этом смысле страх выступает одним из основных определений человека как «существа страшащегося». Однако, хотя страх всегда и закрывает истину, сама истина открывается лишь тогда, когда опыт пережитого страха доводит до ее определения.

В экзистенциальной философии Хайдеггера условием раскрытия сущего как такового выступает **Ничто**, которое имеется в наличии, давая о себе знать состоянием **ужаса**. «В светлой ночи ужасающего **Ничто** происходит раскрытие сущего как такового. Открывается, что оно есть сущее, а не **Ничто**», — пишет Хайдеггер.

Придется дать ссылку:

«После прихода Гитлера к власти Фрайбургский университет тут же встал под нацистские знамена. В конце апреля 1933 года его ректором стал один из самых знаменитых фрайбургских философов Мартин Хайдеггер. Уже через несколько дней он вступил в национал-социалистическую партию и обеспечил проведение в жизнь государственного решения по изгнанию еврейских преподавателей и студентов из университета. Его предшественником на этом посту был его учитель, крещеный еврей Эдмунд Гуссерль, которого только естественная смерть спасла от отправки в концлагерь. Любимый ученик Гуссерля Мартин Хайдеггер, ставший ректором, не только не сделал ничего для того, чтобы предотвратить уничтожение своего учителя, но очень старался и бросил все свои силы на то, чтобы ни один еврей не остался случайно в стенах университета. До самого конца Хайдеггер не отрекся от поддержки Адольфа Гитлера, за что после войны был «наказан» пятью годами отстранения от преподавания. Философ Карл Поппер выразился о Мартине Хайдеггере весьма прямолинейно: «Он был просто дьяволом».

А вот и последнее определение:

3. **Страх** — сильное душевное волнение, вызванное неожиданной опасностью. Он обладает всепроникающей мощью и может быть уподоблен бездне, в которой гибнут люди и народы. Художественная литература коснулась многих граней этого феномена и выяснила, что страх порождается способностью человека осознавать несовершенство мира и его коллизии, поскольку человек — это единственное животное, для которого само существование является проблемой...

Ох! Договорились до чертиков! Наверное, хватит о страхе.

Хватит о Мейерхольде, хватит о Маяковском. Известные случаи, что их мусолить? А вот Антон Бирнер, ретивый, талантливый? Жажда уничтожить на корню отсталые верования забитого, как говорится, народа привела его из столицы в Одессу, Чернигов, Луганск, позже в Киев для постановки пасхальных карнавалов и антицерковных праздников.

Весь мир стал ему, бесноватому, сценой. И тут началось! Опухшие с голода колхозные плотники и кузнецы изготавливали платформы; конюхи, покручивая старыми нечесаными головами, тренировали лошадей. На последние деньги сельсовет скупал по райцентрам красную материю, ночами при свете оплывших огарков из прутьев плели декорации. Творческие эти работы проводились весной, в самое горячее для крестьян время. Колхозы не выдержали дополнительных повинностей в виде карнавалов и, сдавши зерно государству, поплыли навстречу привычному голоду. Удивительно, как один, самостоятельно взятый, небольшого роста театральный деятель подмял под себя столько сразу народу! В одном только 1934 году без единого зернышка остались колхозы: «Червоний плугатар», «Шлях Леніна», «Червона Україна», «Перше травня», «Зорі Кремля», «Червоний орач», а также «Нечаяньский».

В тридцать пятом наверху решили, что нечего тратиться на карнавалы и есть другой способ — старый, проверенный. И очень легко и спокойно управились, без всяких платформ, чучел и декораций. Отбывший в Карлаге свое восемнадцатилетнее наказание, Антон Михайлович Бирнер бросился под поезд на станции Московская через десять лет после возвращения из лагеря. Разбирая бумаги покойного отца, дочь его нашла в журнале «Москва», где был напечатан роман

«Мастер и Маргарита», листок с весьма странною записью: «Черти были хитрыми существами. Они прекрасно понимали, что Христос есть Бог. А люди этого знать не могли. Человек только сердцем может воспринять Господа. Поэтому Берлиозу отрезали голову...»

За три дня до Пасхи в комнате Варвары Брусиловой произошло следующее. Дина Ивановна Форгерер лежала на кровати одетая и даже в башмаках. Лицо ее было распухшим от плача и как-то слегка отупевшим. Она односложно отвечала на Варины вопросы и, видно было, раздражалась, что та ее не до конца понимает.

— Где они забрали тебя? Как это «прямо из театра»? Но там же ведь люди!

— Они стояли у подъезда, когда я вышла. Машина была за углом. Блюмкин подхватил меня под руку и повел. Я не успела даже пикнуть.

— А если бы ты закричала?

— Если бы я закричала, он бы заткнул мне рот.

— Но было светло!

— Нет, стемнело. Да это неважно. Дай я покурю. А то дома вечно нельзя: то Тата с Алисой, теперь еще Коля приехал...

— У меня нет папирос; есть табак, от деда остался.

— Давай! Я умею закручивать.

Варя вздрогнула:

— Я надеюсь, ты уже не нюхаешь порошок?

— Да вроде не нюхаю. Меня все равно не берет. Я из камня, наверное.

Она свернула папиросу и жадно затянулась, выпустила дым из пухлых губ.

— Мне, Варька, пора помирать.

— Рассказывай все, и подробно, — жестко сказала Брусилова.

— Взял под руку, — уткнувшись в подушку, начала Дина, — дошли до машины, втолкнул. Там Терентьев. Опять повезли меня в эту квартиру. Там было темно. Не знаю, куда делась эта старуха. Терентьев остался в машине, а мы с Блюмкиным поднялись наверх. Ах да! Я ведь тебе это уже говорила...

— Не важно. Я слушаю.

— Он достал блокнот и карандаш, протянул мне: «Пишите!» Я спрашиваю: «Что писать?» Он засмеялся: «Да как это что? Вы забыли, что вы наша сотрудница? Пишите, как жили с Барченко!» Говорю: «Я видела товарища Барченко всего один раз. И писать мне нечего». Он подошел, схватил меня за талию и начал целовать. Я вырвалась и ногтями расцарапала ему лицо. Не сильно, но все же до крови. Он позеленел: «Рабыней у меня будешь! Рабыни на Востоке знаешь как любят? Вот так и ты будешь!» Тогда я сказала: «Поди к черту, мразь». А он вытер кровь со щеки и начал хохотать: «Тигрица! Красавица! Да я на тебя не сержусь. Ушлем мы твоего Барченко куда подальше, Форгерера пришлепнем, и будешь моей сладкой девочкой. Поедем с тобой в Бухару!». Я говорю:

«Если ты, мразь, не перестанешь, я сейчас кричать начну. Все соседи сбегутся». Он выхватил револьвер: «Как сбегутся, так и попрячутся! Эту игрушку видела? Спасибо скажи, что я сейчас на работе, долг свой большевистский исполняю, а то бы...» Я подошла к окну, распахнула настежь, думаю: если он захочет меня столкнуть вниз, кто-нибудь во дворе увидит, как я сопротивляюсь...

Брусилова удивленно посмотрела на нее:

— А кто пикнуть осмелиться? Забыла, какие сейчас времена?

Дина Ивановна всплеснула руками:

— Людей, Варя, как подменили!

Брусилова вдруг опустила глаза.

— Не тебе их судить.

Кровь отлила от Дининого лица, она смяла папиросу в пепельнице и закашлялась.

— Не мне? Ах, не мне? А кому? Не мне, потому что я хуже вас всех? Зачем ты меня в дом пускаешь, чистюля? Сама замараешься!

Она схватила жакетку, висевшую на спинке стула, и начала торопливо одеваться.

— Какая же сволочь ты, Варька! Да ты бы сама подписала на моем месте!

— Я не подписала бы.

— Ах, не подписала бы?! — закричала Дина. — Ты героиня! Сына с выжившей из ума старухой бросаешь, а сама воюешь, чтобы церкви не трогали! Святыни ей, видите, жалко! А сына не жалко?

— Тебе что за дело? Мой сын.

— Алеша тебя вот за это покинул! За то, что ты дура! Без всякого смысла!

Она никак не могла попасть в рукава, губы ее тряслись, по щекам текли злые слезы.

— И я все тебе рассказала! Одной! Теперь ты мне враг! Ты меня предала!

Она бросилась к двери, но Варя опередила ее.

— Никуда ты не уйдешь!

— Уйду! Убирайся!

Варя схватила ее за руку.

— Отстань! Ты всю руку сломаешь!

— Нет, я не отстану!

— Тогда я сейчас с подоконника спрыгну!

— Да прыгай! Не жалко!

Дина опустилась на корточки, уткнула лицо в колени.

— Прошу тебя: дай мне уйти. Я жить не хочу. Ты меня не удержишь.

Брусилова села на пол и изо всех сил обняла ее.

— Прости меня, Динка. Конечно, я дура. И правильно ты говоришь: потому он покинул...

Теперь они плакали обе.

— За что мы такие несчастные, Варька? Няня говорит: за грехи. Ну, ладно: я, может, за маму страдаю, но ты-то за что?

— А я за себя.

— Варя, мне кажется, что меня в коровьих лепешках с головы до ног извалили. И он это чувствует, Алексей Валерьянович. Он брезгует мной, понимаешь? Ему теперь все во мне гадко! Я вот ему открыла тогда, как мы с тобой решили, и он ко мне переменился...

— Тебе это кажется. Он сам с головы и до ног весь в лепёшках!

— Нет, Варя, он чистый. К нему не пристанет.

— Какой же он чистый, когда он не верит?

— Он, может быть, верит. Но только мозгами. А сердцем не верит. Любить меня больше не будет: противно... Да я и сама иногда посмотрю на себя, когда моюсь, и мне вдруг так стыдно становится! Вот так бы всю кожу с себя содрала!

— Я же просила тебя: уезжай отсюда! Беги! Да что ж ты меня не послушалась? Ди-и-и-на!

— Теперь-то уж точно никуда не убегу... Постой, дай же мне досказать! Блюмкин оттащил меня от окна и, пока оттаскивал, всю облапал, затискал... Вот этому, как няня говорит, «наплюй в глаза — всё божья роса»! Потом опять подсунул мне чистый листок бумаги и говорит: «Пиши под мою диктовку!» Я говорю: «Не буду!» Тогда он говорит: «Дура! Мне все равно, что ты напишешь. Мы под твоим Барченко на десять метров в глубину видим! Пиши, что захочешь». Я спрашиваю: «Зачем вам?» — «Да, — говорит, — чтобы я мог там, наверху, показать, что ты с нами сотрудничаешь. Что Барченко под наблюденьем любовницы, а любовница заодно с органами. Пиши!»

— Они что, идиоты? — полувопросительно сказала Варя.

— Какие они идиоты? Мерзавцы они! Им и в самом деле наплевать, что я напишу, они ведь хо-

тят нас с ним склеить! Неужели ты не понимаешь? Они, например, возьмут да намекнут ему,
что, если он не хочет, чтобы меня зарезали в
подворотне, он должен выполнять все, что они
скажут, потому что я — их секретный сотрудник,
и если он не будет им подчиняться, это тут же
отразится на мне; а мне они в то же самое время
скажут, что он только рад, если я буду с ними работать, потому что тогда я буду его прикрывать,
понимаешь? А без меня он ничем не защищен...
И от моего послушания зависит сейчас его
жизнь. Они пауки, кровососы, я их раскусила!

— И что же ты там написала?

— Что я написала? — эхом повторила Дина
Ивановна. — Я написала: «За время, прошедшее
со дня приезда товарища Барченко в Москву, мне
удалось увидеть его всего пару раз, так как он
очень занят подготовкой новой экспедиции на
Тибет и в Индию. Он не сомневается в том, что эта
экспедиция необходима для того, чтобы овладеть
навыками массового гипноза, внушения мыслей
на расстоянии и другими оккультными науками».

— Слова-то какие! Откуда ты всех этих слов
набралась!

Дина махнула рукой:

— От него... А потом Блюмкин сказал мне:
«Поднимите юбочку, Дина Ивановна!» — «Зачем?» — говорю. И он вдруг опять разъярился, задрал на мне юбку и тут же... Смотри, Варька! Видишь?

254

Она приподняла юбку; между кружевом белья и чулком чернел сине-лиловый кровоподтек.

— Ой, Господи! Что это?

— Он меня укусил, — краснея и глядя на нее исподлобья, ответила Дина.

— Зачем?

— Я закричала, отскочила от него, а он вытер губы и говорит: «Ну, вот я тебя и пометил. Теперь, когда ляжешь с Барченко ночевать, не забудь ему показать мою метку. Он сразу поймет, чем тут пахнет!» И всё. Сунул то, что я написала, в карман, вышли мы из квартиры, сели в машину. Там Терентьев, злой. У них, наверное, какие-то свои счеты. Отвезли меня домой. Остановились у самой церкви. Я домой не пошла. Во мне все горело огнем. Хотела под трамвай броситься, потом испугалась, представила, как это будет: разрежет меня пополам, кровь на рельсах... Нет, я не могу! Что мне делать?

Как и полагается, с антирелигиозным сатирическим крестным ходом и рабами на платформах вовремя не успели. Нужно было выступить, по крайней мере, числа семнадцатого, раз Пасха должна была быть девятнадцатого, но не успели, не успели: ни рабов не успели набрать, ни план продвижения по городу не разработали и даже с плакатами — нет, не успели!

А Пасха началась вовремя. Лотосовы собирались на службу в церковь Воздвижения Честного Креста Господня, где двадцать лет назад повенчали писателя Чехова с актрисой Книппер, и это венчание наделало много шума в хлебосольной и веселой Москве, поскольку лукавый великий писатель никому о намеченном торжестве намеренно не сообщил, а всех пригласил на обед к Станиславскому (куда ни он сам, ни актриса его не приехали, поскольку как раз в это время венчались), а все, кто их ждал за этим обедом, узнавши всю правду, ужасно смеялись тому, как их Чехов провел: венчался — и тут же отбыл на кумыс, и пил его с Книппер, и плавал по Волге. Но это давно было, весело и безобидно. А вот три года назад, то есть в конце 1918-го, из этой же церкви было вывезено 400 пудов серебряной утвари. Но хоть не закрыли, и то слава Богу.

Варвара Ивановна Брусилова и Дина Ивановна Форгерер, тихие, с поджатыми губами, укладывали в пасхальные корзинки крашенные луковой шелухой яйца и небольшие куличи, выпеченные собственноручно лютеранкой Алисой Юльевной с помощью Тани.

— Муку от *него* привезли? — негромко спросила смуглая, гибкая и худая, похожая на черкешенку Варвара Ивановна.

Дина опустила глаза:

— А где же еще ее взять? Подумай только, ведь полтора года они всех нас кормят! Нет! Что я тебе говорю: «полтора»? Да два уже года! Как они тогда начали нас кормить, до Кольского еще, так ведь с тех пор и кормят.

— И будут пока что кормить... — пробормотала Брусилова. — Пока не решат там, что им с тобой делать...

После того откровенного разговора, который чуть было не дошел до драки и закончился, как это всегда бывало у них, слезами, обе они — Дина и Варя — опять жили, словно один организм, понимая друг друга с полуслова и даже в словах не нуждаясь. Таня и ревновала сестру к Брусиловой, и в то же время ей было спокойнее, что Дина сейчас хоть кому-то доверилась.

Утром в субботу кудрявый и румяный Илюша забрался к ней на кровать, держа в руке куриное яйцо.

— Смотри, вот яйцо, — важно, сияя глазами и морщась улыбкой, как это делал его покойный отец, сказал он. — Оно, видишь? Просто яйцо, как все яйца. Ну, что ты молчишь?

— Я вижу: яйцо как яйцо.

— Я взял его в кухне. Алиса еще не заметила. Скажи, мама, в Бога ты веришь?

Таня так и ахнула. Ему было почти шесть лет, он был уже большим, прекрасным мальчиком, со светлым и умным лицом, а ей все казалось, что он неразумный младенец.

— Конечно, Илюша, я верю. А как же не верить?

— Тогда ты скажи: какое в твоей жизни было самое большое чудо?

Таня исподлобья посмотрела на него.

— Когда ты родился.

Илюша немного смутился, но кивнул.

— А я так и думал! И я знаю, что, если очень-очень верить, то Бог все сделает для тебя, потому что ты в Него веришь. И даже никто не умрет. Алиса вчера мне сказала: «Люди не умирают, они уходят, вот и всё». Но, мама, вот это-то мне непонятно... И я еще должен подумать. Теперь погляди на яйцо. Мне Алиса вчера читала одну книжку немецкую, там написано, что... — Он немного запнулся, наморщил выпуклый лоб. — Там вот что написано. Какая-то Мария — сейчас я не помню какая — пошла к императору. Его звали Тиб... — Он опять запнулся. — Его звали римский Тиб Ерий. Ее звали тоже не просто Марией, еще тоже как-то...

— Магдалиной? — подсказала Таня

— Ах да! Магдалиной. Она пришла к нему тоже с яйцом. И Тиб ей сказал: «Я не верю, что Иисус Христос воскрес. Этого не бывает. Это все равно что белое яйцо вдруг станет красным. Оно ведь не станет!» А эта Мария... ну, как?... Маг...

— ...далина, — тихо подсказала Таня.

— Ах да! Магдалина. Она посмотрела на яйцо, а оно... — Илюша зажмурился, из глаз его брызнули слезы. — Оно стало, мамочка, красным!

Таня взяла в свои ладони его маленькую руку и поцеловала ее.

— Осторожно, мама, а то я, не дай Бог, разобью. Я проснулся сегодня ночью и подумал, что непременно нужно будет взять на кухне одно яйцо, пойти к тебе, и — пусть оно тоже станет красным! Ведь если я верю и ты, мама, веришь, так, значит, оно и должно покраснеть? Ведь верно я понял?

Сердце ее сильно заколотилось.

— Сегодня ведь Пасха, и мы пойдем в церковь. Тогда я возьму его в церковь с собой. У всех будут просто раскрашенные яйца, а у меня будет... — Илюша зажмурился, чтобы справиться с волнением. — И Бог, как посмотрит на нас, так увидит, что мы в Него верим... Ну, мама, давай!

— Что, милый, «давай»?

— Проси, чтобы это яйцо стало красным! Но можно и желтым. Ведь цвет же не важен? Какая нам разница, правда?

Он смотрел на нее требовательно, внимательно, как будто бы вся его жизнь зависела от того, что она скажет. Он ждал. Прошло несколько секунд, пока она пыталась сообразить, что делать и как бы ему объяснить, но ей помогли: в нахмуренном небе раздвинулось облако, и с силою хлынуло солнце. Оно хлынуло так внезапно, как это случается только весною, когда вдруг приходит тепло и всё на земле прогревается за день. Таня прищурилась от слишком яркого света и тут же услышала крик:

— Смотри! Оно красное! Красное! Мама!

Мальчик ее, счастливый, восторженный и испуганный одновременно, держал в своих пальцах красное от пронзившего его света яйцо и кричал на весь дом:

— Смотрите! Оно совсем красное! Его уже красить не нужно! Смотрите!

Если и было в ее жизни чудо, то чудом был он, ее сын. Она ему чистую правду ответила. Но, кроме сына, в их доме было то, чего и нигде не осталось. В их доме блистали покой и порядок. Они составляли душу Алисы Юльевны, а душа Алисы Юльевны была сильнее всего на свете. Советская власть не могла с ней тягаться. По тому, как Алиса Юльевна в строгом платье с накрахмаленным воротничком, ведя за руку аккуратно одетого, чисто вымытого и причесанного Илюшу, выходила в восемь часов вечера из детской, садилась за стол, где кипел самовар и были расставлены белые чашки, трудно было представить себе, что утром та же самая Алиса Юльевна толкалась на рынке в поисках молока и яиц, а днем пекла хлеб, а под вечер вязала, считая беззвучно огромные петли, и, наконец, уже в сумерки, постелив белую и хрустящую скатерть, насыпав сухарики в синюю вазочку, ждала всех к столу.

Дина, как ни странно, правилам Алисы Юльевны подчинялась. И если не была занята в театре, а оказывалась дома, то выходила к чаю, но есть никогда не хотела — пила кипяток, вяло грызла сухарик. По ее лицу — не грустному, а взбешенному, — закушенной нижней губе, по тому, как она старательно избегала Таниного взгляда, начинала вдруг весело что-то рассказывать и замолкала на полуслове, Таня понимала, что сестра ее напугана чем-то и еле сдерживает себя, но что-то мешает ей открыться, прийти ночью, как она это делала раньше, забраться к Тане под одеяло, прижаться, расплакаться и рассказать. Можно было, конечно, предположить, что Дина мучается возвращением Николая Михайловича и не знает, что делать, но вскоре Таня поняла, что и Николай Михайлович, и его обожание, и даже то, что они спали теперь с ним на одной кровати, — не это было причиной Дининого страдания. К своему мужу, который, как со своим твердым швейцарским акцентом говорила Алиса Юльевна, «совсем за нее помешался», Дина относилась со спокойным дружелюбием, иногда при всех целовала его в щеку, ерошила волосы, и Таня отчетливо представляла себе, что и, оставшись с мужем ночью наедине, лежа рядом с ним на постели, сестра ее позволяла Николаю Михайловичу ласкать себя, вовсе о нем и не думая.

О ком и о чем она думала, Таня догадывалась. Барченко был в Москве, к их дому по-прежнему подъезжала машина, и шофер выносил корзину с продуктами, что говорило о том, что на Лубянке Барченко собираются все же использовать, поэтому балуют Дину Иванну, решив, что ученый нуждается в этом, желая, чтоб юная Дина Иванна была всех на свете белей и румяней и ела бы свежие вкусные вещи, не зная ни в чем никогда недостатка.

Николай Михайлович, за психику которого первые две недели Таня и Алиса Юльевна боялись, видя, как он быстро меняется прямо на глазах, блуждая ночами по дому в халате, решил не задавать никаких вопросов; пирожки из привезенной муки уплетал за обе щеки, супчик с фрикадельками кушал — и теперь казался поздоровевшим и помолодевшим. Дина была, судя по всему, его единственным лекарством, и ни в ком, кроме нее, Николай Михайлович не нуждался.

Отношения с режиссером Мейерхольдом, однако, не сложились, но настроенный оптимистически артист Форгерер, не покидая Театр РСФСР-I, устроил себе на Арбате в подвале свой собственный маленький скромный театр по типу комедии масок, дель арте.

Самым большим, кстати, успехом пользовалась эксцентрическая инсценировка на тему гибели «Титаника», с момента которой прошло ровно восемнадцать лет. Бог знает, какие именно мотивы личной биографии, а может быть, хладнокровные наблюдения большого художника за ходом исторических событий подтолкнули язвительного Николая Михайловича к этой не самой веселой из всех на свете историй, но факт был и фактом остался: Николай Михайлович к полному невинных жизней затонувшему кораблю проявил большой интерес, попросил одного из самых модных московских живописцев расписать сцену под океан, водрузил посреди этого океана сверкающий льдом, смертью пышущий айсберг, и милая Муся Бабанова, играя наследницу капиталиста и эксплуататора-американца, высоко задирала ножки в двух шагах от неподвижного айсберга (не видя его и не подозревая) и всё напевала под легкую музыку:

262

Из Франциско в Лиссабон
Пароход в сто тысяч тонн
Плыл волнам наперерез
И на риф налез! О йес!

Ни один человек, включая самого Николая Михайловича, не задался вопросом, почему автор песни и композитор так произвольно обошелся с действительностью, заменив английский город Саутгемптон на американский город Сан-Франциско, и американский город Нью-Йорк на португальский Лиссабон, и тем самым совершенно изменил трагическое направление корабля к собственной гибели.

И то сказать: дело ведь не в географии...

И Таня, и отец, и Алиса Юльевна видели, что Дина живет на слезах, на истерике, и Алиса несколько раз говорила отцу, что, может быть, есть хоть какое лекарство, на что Танин отец махал рукой и говорил, что это не болезнь и лечить здесь нечего. С Николаем Михайловичем лучше было совсем ничего не обсуждать: то ли он действительно не принюхивался к запаху вина из Дининого рта, не присматривался к ее старательным и неловким движениям, то ли решил, что должен успеть насладиться всем, что ему отпущено, и хватит того, что его впустили в дом, где он каждый день видит эти сиреневые глаза, эти волосы, такие густые, что трудно поверить, как такая громада перепутанной растительности умудряется уместиться на женской голове; и ночью, когда она вроде бы спит, повернувшись к нему своей тонкой, ярко белеющей в темноте спиной, он изо всех сил вжимается в нее обнаженным, жаждущим и горячим телом и дышит ее ускользающей кожей, ее ледяною черемухой...

К Таниным переживаниям за сестру добавилось и то, что Александр Сергеевич вел себя так, как будто забыл о своем предложении. Однажды он, правда, сказал:

— Какая мерзость все эти их загсы! Но, может, ты хочешь венчаться?

— А как же?.. — спросила она и запнулась.

И больше они к этому не возвращались. Теперь ее острее, чем прежде, оскорбляла эта открытая любовная связь между ними, которой при нынешней новой советской раскованности можно было и не стесняться. Люди сходились и расходились; бумажка с печатью, выданная в душном учреждении, где барышня в драных чулочках, с красными от усталости глазами просила брачующихся соблюдать живую очередь и разборчиво писать свои фамилии, значила меньше, чем хлебная карточка, а газеты то и дело призывали к правильному коммунистическому пониманию семьи как важной ячейки классового общества.

Когда Александр Сергеевич заикнулся о венчании, она тут же поняла, чего именно он ждет от нее: *она* должна была сама отказать ему, и *она* должна была сама твердо объяснить почему. Она понимала, что и Нина, и Василий оставались живыми для него, что теперь даже тот обман, за который он так долго презирал жену, по-своему укреплял его надежду, и он теперь каждый день ждет: а вдруг? Вдруг всё же вернутся? Ведь так уже было.

Церковь Воздвижения Честного Креста Господня, расположенная на пригорке, в двух шагах от дома Лотосовых, была густо окружена народом. Милиции было немного, и милиционеры держались поодаль, лузгали семечки, не мешая проявлению людской темноты и забитости.

А люди стекались. Откуда-то просочилось известие, что Божественную Литургию будет служить сам патриарх Тихон.

— Ну, что же? Пора? — бодро сказал доктор Лотосов, поправляя картуз на светлых волосах внука. — Внутри, я боюсь, будет душно. Ему бы полегче одеться, Алиса.

— Когда он зайдет, я сниму с него курточку, — спокойно сказала Алиса.

Народу вокруг и внутри церкви было столько, что Лотосовы так и остались стоять за оградой, и внутрь пробилась только Варя Брусилова. Двери в церковь оставили раскрытыми настежь, и при общей тишине собравшихся каждое слово, произносимое митрополитом Серафимом, было отчетливо слышно. Митрополит Серафим читал третью главу из Деяния Святых Апостолов.

И был человек, хромой от чрева матери его, которого носили и сажали каждый день при две-

рях храма, называемых Красными, просить милостыни у входящих в храм. Он, увидев Петра и Иоанна пред входом в храм, просил у них милостыни. Петр с Иоанном, всмотревшись в него, сказали: взгляни на нас. И он пристально смотрел на них. Надеясь получить от них что-нибудь. Но Петр сказал: серебра и золота нет у меня, а что имею, то даю тебе: во имя Иисуса Христа Назорея встань и ходи. И, взяв его за правую руку, поднял, и вдруг укрепились его ступни и колена. И, вскочив, стал, и начал ходить, и вошел с ними в храм, ходя и скача и хваля Бога. И весь народ видел его ходящим и хвалящим Бога. И узнали его, что это был тот, который сидел у Красных дверей храма для милостыни, и исполнились ужаса и изумления от случившегося с ним. И как исцеленный хромой не отходил от Петра и Иоанна, то весь народ сбежался к ним в притвор, называемый Соломонов. Увидев это, Петр сказал народу: мужи Израильские! Что дивитесь сему или что смотрите на нас, как будто бы мы своею силою или благочестием сделали то, что он ходит?

— Мама, — прошептал Илюша, — я ничего не вижу! Я хочу видеть, кто это говорит!

Доктор Лотосов взял его на руки и посадил себе на плечи.

— Ах, вот! Вот теперь я все вижу! И голову батюшки вижу, и золото! Ах, как красиво!

— Тихо, Илюшенька, — прошептала Таня. — Послушай, что дальше...

Бог Авраама и Исаака и Иакова, Бог отцов наших, прославил Сына Своего Иисуса, Которого вы предали и от Которого отреклись перед лицом Пилата, когда он полагал освободить Его. Но вы от Святого и Праведного отреклись и просили даровать вам человека убийцу, а Начальника жизни убили. Сего Бог воскресил из мертвых, чему мы свидетели. И ради веры во имя Его, имя Его укрепило сего, которого вы видите и знаете, и вера, которая от Него, даровала ему исцеление сие пред всеми вами.

Голос отца Серафима стал громче, и какая-то особенная печальная выразительность наполнила каждое слово:

Впрочем я знаю, братия, что вы, как и начальники ваши, сделали это по неведению. Бог же, как предвозвестил устами всех Своих пророков пострадать Христу, так и исполнил. Итак, покайтесь и обратитесь, чтобы загладились грехи ваши. Да придут времена отрады от лица Господа, и да пошлет Он предназначенного вам Иисуса Христа.

Доктор Лотосов вдруг обнял Таню за плечо, прижал к себе и поцеловал в уголок глаза.

— Ничего дурного не случится с вами... — пробормотал он. — А буду я жив или нет — безразлично... В огне не сгоришь и в воде не утонешь... Ты только не плачь, моя девочка.

Она не заметила, что слезы сами текли из ее глаз, и почувствовала, что плачет, только когда отец обнял ее. Но от того, что он, утешая ее, вдруг так просто сказал о возможности своей смерти, у Тани сжалось и заныло сердце.

Она укоризненно взглянула на него из-под платка и нахмурилась.

— Не хочу, чтобы ты так... Мы вместе всегда, никогда мне не говори... — прошептала она.

— Не бойся, не бойся, — еле слышно отозвался отец. — Ко всему нужно быть готовым. Ты взрослая, сын у тебя...

Бог, воскресив Сына Своего Иисуса, к вам первым послал Его благословлять вас, отвращая каждого от злых дел ваших, — тем же громким и по-особому наполненным голосом закончил митрополит.

За несколько минут до наступления полуночи к церкви со стороны Воздвиженского переулка подъехала машина, из которой в полном праздничном облачении вышел патриарх Тихон. Стоящие на улице обернулись к нему и сдвинулись все в его сторону, как будто бы ветер качнул их в одном направлении. Быстро осеняя людей крестным знамением, патриарх прошел в церковь, и началась пасхальная заутреня.

— *Воскресение Твое, Христе Спасе, Ангелы поют на небесех, и нас на земли сподоби чистым сердцем Тебе славити...*

Многие в церкви заметили, что подошедший к митрополиту Серафиму только что прибывший патриарх Тихон негромко сказал ему что-то как раз в ту минуту, когда Плащаницу возлагали на алтарь. И митрополит ему быстро ответил.

В темноте начали зажигаться огоньки свечей, бережно заслоняемые розовыми от света ладонями. Народ вышел из церкви и, смешавшись с теми, которые стояли на улице, пошел крестным ходом вокруг ее белого здания.

Варя Брусилова подошла к Дине, лицо которой, снизу освещенное огнем, было сосредоточенным и тихим, зажгла свою свечку, которую только что задул ветер, от ее свечи и пошла с нею рядом. С каждым новым ударом колокольный звон становился все радостнее и радостнее, и, дойдя до какой-то почти нестерпимости, она, эта радость, наполнила лица, которые робко, испуганно, словно боясь, что накажут, светились улыбками.

«Да, Господи! — отчаянно думала Таня, поддерживая под руку мелкими и старчески-неуверенными шагами спешащую няню. — Мы терпим и будем терпеть, потому что иначе нельзя, потому что, если бы я никого не любила, я бы и Богу ничего не была бы должна, но ведь это Он хочет, чтобы я так любила и Илюшу, и папу, и Сашу, и, значит... И папа бы так за меня не боялся. И Дина...»

Она не успела додумать того, что ей нужно было додумать о сестре: радость, охватившая ее изнутри, мешала словам, которые все равно не выразили бы и сотой доли того, что поднялось в ее душе. Она увидела, что Дина, идущая впереди, приостановилась, и Варя, держа в одной руке свечу, а другую положивши на Динино плечо, говорит ей что-то. Дина стояла спиной, но Варино лицо, которое Таня увидела в профиль, поразило ее своим выражением.

Капелька воска, сильно пахнущая луговым клевером, упала на Танину руку и обожгла ее. Неизвестно почему, но этот маленький ожог сейчас же напомнил ей мать, которую она никогда не увидит больше. Ей показалось, что, если бы мать ее умерла, она бы сейчас любила ее всем сердцем и все бы простила ей, но то, что мать жива, уехала куда-то, на край земли, и все еще не написала ни ей и ни Дине, мешало любви и особенно той бессознательной радости, которая сейчас переполняла ее.

«Нельзя о ней думать! Не нужно!» — приказала она себе.

Идущая впереди Дина не думала о матери и даже не вспомнила о ней. Она, как всегда, с горечью и тоской думала об Алексее Валерьяновиче Барченко, все интонации которого, и жесты, и голос были впаяны в ее мозг и не покидали его.

— Послушай меня! — Варя, всем телом развернувшись к ней на ходу, коснулась своим огоньком ее свечки. — Послушай! Проси Его вместе со мной! Проси, чтоб Алеша был жив! И он, чтобы смертию смерть... Алеша! Пускай он вернется! Проси, я тебе говорю!

Когда крестный ход подошел к дверям церкви и патриарх Тихон, отечное лицо которого сияло торжественной радостью, начал осенять собравшихся крестным знамением, три машины подъехали к ограде, и люди в кожаных куртках, высыпавшись из них, заслонили выход на улицу. В толпе началось беспокойство. Послышались крики.

— Христос воскресе! — сильным, уверенным голосом сказал патриарх, осеняя толпу.

— Воистину воскресе! — ответила толпа.

— Прекратить служение! — крикнул один из чекистов и направился к крыльцу. — Довольно уже послужили! Церковь закрыта!

Патриарх Тихон побледнел так, что даже стоящие поодаль люди заметили эту бледность.

— Христос воскресе! — громко повторил он.

— Воистину воскресе! — еще слаженнее ответила толпа.

— Гражданин Белавин, прекратите противозаконные действия и сядьте в машину! — приказал чекист, видимо, не до конца уверенный в том, как нужно сейчас говорить с патриархом.

— Христос воскресе! — в третий раз провозгласил патриарх.

— Воистину воскресе! — заревела толпа.

Двое чекистов подхватили патриарха под руки и повели его вниз с крыльца.

— Не трогай его! — закричал звонкий мальчишеский голос из толпы. — Ироды!

— Завтра начнется изъятие церковных ценностей! — в рупор прокричал стоящий на подножке машины чекист. — Нужно заблаговременно освободить помещение! Постановление товарища Ленина и товарища Дзержинского! Изъятые ценности пойдут на помощь голодающим!

— Каким голодающим? — забеспокоились в толпе. — Сначала зерно у людей отняли, по миру пустили, а теперь оклады изымают... Вот сучье отродье!

Митрополит Серафим, оставшийся стоять на крыльце, видимо, угадал, что сейчас произойдет что-то безобразное, что-то такое, чему нет названия на бедном человеческом языке и что только темным, дымящимся ужасом застрянет внутри человеческой памяти.

— Братия мои! — громко произнес митрополит, не спуская глаз с того, как патриарха Тихона заталкивают в машину. — Сказано в книге Пророка Иеремии: «За то, что они оставили Меня, и чужим сделали место сие, и кадят на нем иным богам, которых не знали ни они, ни отцы их, ни цари Иудейские, наполнили место сие кровью невинных и устроили высоты Ваалу, чтобы сожигать сыновей своих огнем во всесожжение Ваалу, чего Я не повелевал и что не говорил, и что на мысль не приходило Мне; за то вот, приходят дни, говорит Господь, когда место сие не будет более называться Тофетом или долиною сыновей Енномовых, но долиною убиения».

Толпа притихла, и слабым шелестом, повторенное многими, проползло по ней слово: *убиения...*

— Сказал Пророк, — продолжал митрополит, — «и сделаю город сей ужасом и посмеянием, каждый проходящий чрез него изумится и посвищет, смотря на все язвы его. И накормлю их плотью сыновей их и плотью дочерей их, и будет каждый есть плоть своего ближнего, находясь в осаде и тесноте, когда стеснят их враги их и ищущие души их».

Чекисты подали знак милиционерам, и те, как ястребы, налетели на собравшихся:

— А ну, расходись! Всё! Закончился праздник! Пошли по домам! Разговляться!

Половина людей отступила и попятилась. Многие быстро, втянув головы в плечи, покидали церковный двор и растекались по темным улицам. Но были и те, которые с по-прежнему горящими свечками придвинулись ближе к крыльцу. Варя Брусилова, высокая и худая, в белом платке на своих черно-синих, маслянисто блестящих волосах, стояла у нижней ступеньки.

— Вот встретили Пасху, — слышалось из толпы. — А сильные, черти! Гляди, налетели... Ведь сказано: душ наших ищут...

Со стороны Плющихи показались движущиеся факелы, послышались крики, повизгивания и звук балалайки. Та самая платформа, идея которой была единогласно принята на совещании в кабинете режиссера Мейерхольда, выплыла из темноты, всем обликом напоминая чудовищ, которыми люди пугают младенцев. Обнаженные рабы, закованные в цепи, с испуганными и замерзшими лицами, с факелами в руках, изображали вековую отсталость. Впереди них, размахивая красным флагом и подпрыгивая то ли от сильного возбуждения, то ли от холода, ехала женщина в белом балахоне, лица которой было почти не разглядеть, но зато хорошо была освещена факелом ее огромная, до самых сосков оголенная грудь. За оцепеневшими рабами и пляшущей женщиной ехала другая платформа, поменьше, чем первая.

На ней помещались одни угнетатели. Угнетатели были представлены обычно: толстые, в больших черных рясах попы, которые держали перед собой неправдоподобно огромные кресты и гнусаво пели какие-то якобы молитвы, вставляя в них неприятные слуху ругательства; капиталисты с подложенными под рубахи подушками, очень хорошо напоминающими животы, где веками откладывались продукты прибавочной стоимости; царь в ярко-желтой короне, с руками, густо измазанными в крови угнетенных; царица в растрепанном лиловом парике, — и много, о, много другого, наспех, но пылко придуманного театральными деятелями и работниками культуры, вся кожа которых — с *того* октября — горела и ныла от страха.

Некоторые из собравшихся вокруг церкви начали смеяться и показывать пальцами на быстро приближающийся маскарад, но большинство в ужасе смотрели на отвратительное зрелище.

Митрополит Серафим, прошедший в чине офицера сначала русско-турецкую, а затем русско-японскую войну, имевший несколько ранений, от одного из которых он почти потерял зрение, медленно осенял крестными знамениями то верующих, ждавших, когда можно будет войти обратно в церковь, то этих несчастных — в огне, полуголых, замерзших и пьяных, — которых он не мог толком разглядеть своими больными глазами; но в том, что *тот,* о котором он столько думал, боялся которого и ненавидел, использовав этих людей, переломав им хребты, ослепив, их не пожалеет, долины своих *убиений* устелит и ими, отец Серафим уже не сомневался.

— Они сегодня по всем храмам ходят, — шептались в толпе, — после нас в Новодевичий едут! А в Елоховском, говорят, батюшку арестуют, а православных будут плетками разгонять!

...К часу ночи Лотосовы вернулись домой. Няня, совсем потерявшаяся, опустилась на краешек дивана в столовой и всхлипывала. Белый праздничный платочек сполз с ее головы, и старческая, сухая, с темными пятнами кожа просвечивала сквозь редкие волосы.

— Ольга Васильна! — громко сказал доктор Лотосов, опустившись перед ней на корточки и забрав в свои ладони ее дряхлые руки. — А что ж мы с тобой даже не поцеловались? Ведь праздник сегодня, а? Ольга Васильна!

Он приподнял ее с дивана. Няня была легче ребенка.

— С Пасхой тебя! Христос воскресе!

Она испуганно, по-детски смотрела на него.

— Напугалась? — спросил он. — Наплюй ты на них! Христос воскресе!

— Воистину!.. — залившись слезами, ответила няня и сморщенным стареньким личиком потянулась вверх, к его большому, бородатому лицу, чтобы поцеловаться.

Утром, в воскресенье, товарищ Дзержинский собрал у себя в кабинете несколько человек, включая товарища Блюмкина. Обсуждался состав экспедиции на Тибет.

— Ваше участие, товарищ Блюмкин, согласовано с товарищем Лениным, — сухо сказал Дзержинский, — но что касается этой актрисы, товарища Форгерер, то я, признаться, не понимаю, какой у нас смысл, чтобы она быва в числе...

Он не договорил и закашлялся.

— Женщины, причем с такой внешностью, как у актрисы Форгерер, могут иметь огромное влияние на то, что происходит в делах государства, — сдержанно, но уверенно ответил Блюмкин. — История знает немало примеров, товарищ Дзержинский. Да и во времена Великой французской революции участие женщин, как мы знаем, весьма подливало масло в огонь...

— Продолжается ли связь актрисы Форгерер с товарищем Барченко? — спросил Дзержинский.

— Мы контролируем их отношения, — заиграв желваками, ответил Блюмкин, и черные глаза его вспыхнули. — Барченко находится, в сущности, под арестом и никуда не выходит без сопровождающего. Он, впрочем, предпочитает никуда и не выходить. Актриса Форгерер не имеет возможности проникнуть к нему без пропуска. Товарищ Барченко, как я понимаю, не стремится к тому, чтобы увидеть актрису Форгерер; она же, напротив, в отчаянье, как я видел сам, все время страдает и плачет.

— Скучает? — усмехнувшись бескровными губами, спросил Дзержинский.

— Скучает, — нагловато ответил Блюмкин и хотел сказать что-то еще, но удержался. — А это нам на руку, товарищ Дзержинский.

276

— Объясните, — кивнул Дзержинский.

— К актрисе Форгерер пару месяцев назад приехал из эмиграции муж, Николай Михайлович Форгерер, — негромко ответил Блюмкин. — Человек, как мне доложили, очень впечатлительный, известный в артистических кругах и у нас, и *там*. — Блюмкин неопределенно кивнул головой. — У него неплохо шли дела в Берлине, была работа, но он предпочел все бросить и вернуться. Страсть, подтверждающая исключительные, так сказать, качества его супруги...

— Да, странно... — сказал Дзержинский. — Такие, как он, убегают, как крысы, а этот вернулся... И что, они вместе живут?

— Живут в одном доме, — уклончиво сказал Блюмкин. — А там — кто их знает... Она с большим норовом дама. Красавица, впрочем. Таким все прощается!

— Советская власть ничего не прощает! — У Дзержинского посерело лицо, и темные тени проступили с обеих сторон носа. — Я вас попрошу выбирать выражения! Зачем же она нам нужна?

— Пока ни Тибет, ни Индия не перешли на рельсы коммунистической идеологии, — витиевато сказал Блюмкин, — мы не можем гарантировать то, что профессор Барченко, знающий восточные языки, обладающий силой гипнотического воздействия на людей, чему примером может послужить история актрисы Форгерер, — мы не можем гарантировать того, что, оказавшись за пределами советской Родины, он не захочет улизнуть и передать свои знания тем же немцам или даже англичанам.

— При чем же здесь все-таки Форгерер? — сдерживая гнев, спросил Дзержинский.

— Наличие рядом с ним в экспедиции этой женщины, к которой Барченко, уверяю вас, неравнодушен и о которой он заботится с первого дня знакомства с нею, свяжет ему руки. Барченко не захочет поставить под угрозу ни ее жизнь, ни ее свободу.

— Но почему же тогда не взять ее с собою, если он решит перейти к англичанам?

— Вот тут-то он связан! — воскликнул Блюмкин. — У этой дамы куча родных. Она отлично понимает: случись что, и все они окажутся у нас. Особенно ей будет страшно за мужа. Ведь все эти анны каренины, они за мужей своих очень боятся. Не дай Бог, чтоб муж за нее пострадал! О, тут очень тонко...

На лице Дзержинского выразилось сомнение. Он высоко приподнял брови.

— Даю вам неделю, товарищ Блюмкин, на решение всех организационных вопросов. А кстати, от Рериха есть что-нибудь?

— Художник Рерих просил передать через нашего сотрудника, что он собирается через несколько месяцев доставить послания махатм советскому правительству. К тому же он сообщает, что махатмы очень серьезно рассматривают слияние двух учений — коммунизма и буддизма — в одно универсальное космическое учение, на основе которого можно будет приступить к созданию Единой Восточной Республики.

— Под нашим флагом, разумеется? — быстро и гневно оттого, что все время приходилось с трудом удерживать приступы кашля, уточнил Дзержинский. — А он не пытается нас... вокруг пальца?

— Товарищ Дзержинский, — спокойно сказал Блюмкин, — за ним там присматривают.

Начало мая выдалось холодным, ночами нередко шел снег.

«Чудо святого Антония» решили выпустить к середине месяца, и режиссер замучил труппу ежедневными репетициями, которые тянулись до глубокой ночи. Актриса Форгерер играла роль Смерти, которая, по замыслу умирающего Багратионыча, которому только что сделали еще одну операцию на желудке, должна была быть не беззубой старухой, а именно юной и хрупкой красавицей. Ее вывозили в коляске на сцену, но она пряталась под кружевами, и никто не видел, какая она. Она была просто младенцем, и ей пели песни. Наконец она вырастала там же, внутри коляски, как князь Гвидон, которому выпало вырасти в бочке и в бочке набраться неслыханной силы. Под звуки веселой и радостной скрипки она поднималась, стряхнув с себя кружево, и тут начинались ее приключения. С ней можно было шутить и договариваться, ее можно было обманывать, как принято обманывать женщину, и даже скандалить, и хлопать ее ниже талии — все можно, как думал тогда, умирая (по-прежнему в шубе, хотя потеплело), с ноздрями, изъеденными «белой феей», с глазами, которым, казалось, неловко быть теми же, прежними, с ярким их блеском, какими и были они до болезни, Евгений Вахтангов. Он тоже желал показать Смерти фокус.

Незадолго до премьеры у Дины произошла неожиданная встреча с товарищем Блюмкиным, который догнал ее на машине, когда, почти бегом, опаздывая, чего не переносил Вахтангов, она торопилась в театр.

— Садитесь! — крикнул Блюмкин, высунувшись из машины и оскалившись на нее своими неровными зубами. — Я вас подвезу! Я ведь тоже в ту сторону!

Она тряхнула головой и ускорила шаги.

— А я говорю вам: садитесь!

Машина остановилась. Она села.

— Я сегодня, как видите, один, без кавалера вашего, без Терентьева! — весело сказал Блюмкин. — И с прекрасной новостью, Дина Ивановна! Нас с товарищем Барченко пригласили на премьеру «Святого Антония». Подумайте только: вчера прихожу к себе в кабинет, а у меня на столе две контрамарки! Вот это действительно нам повезло! Я ведь и сам человек искусства, Дина Ивановна. Если бы не ситуация в стране, когда нужно быть ежесекундно начеку и с этой игрушкой вот не расставаться, — он хлопнул ладонью по кобуре, висевшей на поясе, — я бы тоже занялся каким-нибудь художеством. Нельзя! Дела много!

— Вы будете с ним на спектакле? — потемнев лицом, спросила она.

— И после похитим мы вас, дорогая, и — праздновать... Ну, вот и приехали. Скоро увидимся!

Даже Варе, которая после случившегося во время пасхальной службы была еще больше прежнего занята тем, что вместе с другими, такими же наивными людьми придумывала, как помешать изъятию церковных ценностей, а на самом деле, как теперь понимала Дина, мечтала только об одном: возвращении своего мужа Алеши Брусилова, который уже два года числился в умерших, — даже Варе она не сказала о том, что Блюмкин пообещал привезти Барченко на премьеру. При одной мысли, что она увидит его, вся кровь приливала к сердцу, и страх и восторг охватывали ее с такой силой, что Дина переставала понимать, где она и что с ней. Она не помнила о том, что на спектакле собиралась быть вся ее семья — и муж, разумеется, тоже, — и, стало быть, всем им придется столкнуться.

В особняке Ивана Христофоровича Берга, не так давно национализированном для театра, зрительный зал был набит до отказа. В первом ряду сидели семья режиссера и многочисленные родственники со стороны жены — все чернобровые, горбоносые, с темными ресницами. Женщины смущенно тискали на крупных коленях маленькие носовые платочки. Сам режиссер, потерявший голос от волнения, не в шубе, а в короткой сатиновой рубашке, из рукавов которой жалко и болезненно торчали его очень худые, с перекрученными венами руки, знаками делал последние распоряжения артистам.

Дина Ивановна Форгерер, нарядная, как и подобает Смерти, с румяными щеками и золотым обручем, перехватывающим ее огромные волосы, смотрела сквозь щелку тяжелого занавеса на происходящее в зале. Она видела, как в левую дверь вошел ее муж, Николай Михайлович Форгерер, такой же красивый и статный, как обычно, в прекрасном костюме и бабочке, как он оглядел разношерстную публику и, мягко и неторопливо ступая, протиснулся в свой шестой ряд. Потом вошли Тата с Алисой Юльевной, и Алиса Юльевна вела за руку нарядного Илюшу, а у Таты на ее длинной и хрупкой шее мерцала ниточка жемчуга. Отчим, наверное, должен был приехать прямо из больницы.

Зрительный зал заполнился разнообразными человеческими запахами: от терпких духов до запаха черного хлеба и лука, которыми многие и закусили, готовясь идти на премьеру в театр. Ни Блюмкина, ни Барченко не было.

— Готовимся к выходу! — знаками показал режиссер, и выкаченные глаза его, задрожав, закрылись от волнения.

И тут же она увидела его. Он был один, без сопровождающих. За эти месяцы он похудел так сильно, что пиджак, который она хорошо помнила, висел на нем мешком, и от его прежней грузности не осталось и следа. Лицо его было измученным, но больше раздраженным, с глубокой и неутихающей досадой. Мимо, почти задев его своею золотистой, до пола свисающей шалью, прошла очень тонкая женщина, коротко стриженная, с низкой, до самых глаз, челкой и с такими повадками, как будто она точно знала, что все и всегда перед нею расступятся. Он слегка поклонился, пропуская ее. И тут же ревность к этой незнакомой, не имеющей к нему никакого отношения женщине вонзилась когтями, и так глубоко, что Дина Ивановна чуть не заплакала.

— Да где же вы, Форгерер! — Актер Захава, загримированный столь искусно, что и родные родители не узнали бы его с первого взгляда, налетел на Дину. — Кого вы там ищете? Мы начинаем!

Играли блестяще. И главное, как это казалось молодому умирающему режиссеру, Смерть, которую он должен был отогнать этим спектаклем, действительно отступила, и когда он, шатаясь от слабости, поддерживаемый под руки товарищами, вышел под звонкие аплодисменты кланяться, то первый раз за много месяцев у него не болела и не кружилась голова, а вечно кровящая рана, которою стал его тощий желудок, почти не горела огнем, как обычно.

За кулисами уже накрывали на стол, и ждали прихода Станиславского, и разливали водку по стаканам, и все родственники, включая армянских застенчивых женщин с густыми ресницами, которые отворачивались от предлагаемого им спиртного, бледнели, и темные их, шелковистые губы шептали: «Зачэм? Я нэ пью!» — все родственники и знакомые, имевшие хоть какое-то отношение к чуду святого Антония, беспорядочно толкались вокруг этого стола, восхищаясь игрой и спектаклем. Сам режиссер сидел на своем обычном кресле и пил ледяную воду из кувшина. Жена прикладывала к его лбу мокрое полотенце. Дина Ивановна Форгерер, уже без золотого обруча на голове и не в кружевах, а в простом синем платье, взволнованная, но мрачная, стояла у двери, в которую входили и входили новые люди, и на лице ее было такое выражение, как будто она ждет не дождется, когда можно будет улизнуть.

— Дина Ивановна, а где же ваш муж? — спросил ее кто-то.

Она вышла на сцену и увидела, что в проходе, не зная, что им делать, стоят Алиса и Таня с Илюшей. Отчима не было, и Николая Михайловича тоже не было. Она обежала глазами весь быстро пустеющий зал: Барченко сидел в последнем ряду, прикрывая лицо ладонью.

Она закусила губу и, спрыгнув со сцены, подошла к сестре.

— У Коли мигрень, — сказала сестра, — он побежал в аптеку за порошком.

— У меня тоже мигрень, — пробормотала она. — Сегодня с утра...

— Так, может быть, пойдем домой? — спросила Таня. — Или ты должна остаться?

— Конечно, ведь я...

Дина Ивановна не успела закончить: Блюмкин появился в дверях и махал ей рукой.

— Мне нужно идти, — задохнулась она. — Скажи тогда Коле...

Таня проследила за направлением ее взгляда и встретилась глазами с черными и наглыми глазами Блюмкина.

— Куда тебе нужно идти?

— Мне нужно идти! Ты скажи...

— Но что мне сказать?

— Не знаю, придумай!

Она увидела, что Барченко встал, направляясь к выходу, и, не отвечая сестре, побежала за ним.

Таня опустилась в кресло, Алиса продолжала стоять, держа за руку уставшего Илюшу.

— Что мы скажем Николаю Михайловичу, Алиса?

— Мы скажем, что за ней пришли двое актеров из другого театра, которые были восхищаемы ею, — старательно ответила Алиса, — приглашали ее на свой спектакль, который скоро уже закончится. И она побежала.

Алиса Юльевна всегда делала ошибки в языке от волнения.

— Куда побежала? Зачем?

— Откуда мы знаем, куда и зачем. Но мы с тобой видели этих людей. Могли ведь мы думать, что это актеры?

— Мне иногда кажется, — с отчаянием сказала Таня, — что она и себя погубит, и всех нас! И то, что она все скрывает...

— Для нас это лучше, — перебила осмотрительная и умная Алиса Юльевна. — Какая-то есть же причина. Пускай она лучше скрывает! А если бы мы с тобой знали всю правду?

— Ох, вот он идет! — прошептала Таня.

Николай Михайлович вошел, потирая руки от холода.

— Опять умыкнули перчатки! — сердито засмеялся он. — Не успел опомниться, а перчаток нет! Жена моя где? Все уже за кулисами?

— Дина просила передать вам, Николай Михайлович, — покраснев, выдавила Алиса, — что ее пригласили сегодня на один спектакль, поэтому ей довелось отлучаться... Она побежала совсем ненадолго.

Николай Михайлович широко раскрыл глаза.

— Как? Даже не подождала? Какой же спектакль? И где? С какой стати?

— Коленька, мы ничего не знаем, — всхлипнула Таня. — Она умчалась, мы даже ничего не успели у нее спросить. Наверное, она сама объяснит тебе...

— Не желаю никаких объяснений! — Лицо Николая Михайловича стало жалким, но голос он повысил и высоко поднял голову. — Мы завтра разводимся, я уезжаю!

— Да, Коля, ты прав. — Таня виновато посмотрела на него. — Не знаю, кто бы еще столько вытерпел...

— Я не приду ночевать сегодня, — издевательски поклонился Николай Михайлович, разводя своими покрасневшими без перчаток руками. — Передай своей сестре, что я требую развода!

И сам услышал, как дико и странно прозвучали его слова.

Машина ждала их перед театром. Товарищ Яков Григорьевич Блюмкин сел рядом с шофером, Дина Ивановна Форгерер и товарищ Алексей Валерьянович Барченко устроились сзади.

— Давай в «Метрополь»! — весело сказал товарищ Блюмкин шоферу. — Домой к вам покатим, профессор! Там можно отлично поужинать. Ведь вы не торопитесь, Дина Ивановна?

Этот человек, которого она хотела, но так и не смогла возненавидеть, сидел рядом и не касался ее. Даже рукав своего летнего серого пальто он старательно отодвинул от ее рукава. Глаза его были полузакрыты. Ей показалось, что он тяжело болен, что у него, может быть, даже высокая температура. Мешки под глазами были не темными, как прежде, а лиловато-красными, как будто бы в них из-под нижнего века стекла и застыла ненужная кровь.

— Куда мы едем? — спросила Дина, хотя ей было все равно, куда ехать.

— А я не сказал? — обернулся Блюмкин. — Второй Дом Советов, вернее сказать, «Метрополь». Нам столик заказан, поди, уж накрыли.

— Товарищ Блюмкин, — мертвым и размеренным голосом проговорил Барченко. — Зачем вам сейчас эти игры? Скажите нам просто: к чему вы ведете?

— Дорогой мой профессор! — расхохотался Блюмкин. — Да разве вам было бы не скучно, если бы я усадил вас вместе с Диной Ивановной на мокрую лавочку в сквере и стал бы обсуждать с вами серьезные дела? Неужели вам не было бы скучно? Вот горе-то! Победа социалистической революции досталась нам непростой ценой. Я не говорю о количестве драгоценных человеческих жизней, брошенных на костер борьбы, но я говорю о том, что за эти годы люди уже начали привыкать к скудности быта и даже чашку горячего крепкого чая воспринимают как роскошь. А это ужасно! Нам нужно вернуть и вкус к жизни, и радость застолий, и блеск восхитительных женских улыбок, — он покосился на мрачное, горящее лицо Дины Ивановны, — таких вот, как ваша улыбка...

Барченко обреченно махнул рукой и, не слушая, принялся смотреть в окно.

В ресторанном зале Второго Дома Советов чудом сохранилась былая роскошь гостиницы «Метрополь». Массивные столы белели хрустящими скатертями, развернутые наполовину салфетки, вставленные в тяжелые бокалы, издали напоминали голубей, готовых взлететь высоко в поднебесье, и фрукты своим ароматом и негой, своим золотистым и синим отливом почти затмевали фарфор с хрусталями. Официанты, которые явно не были наспех обученными пролетариями, а принадлежали к той славной касте настоящих умельцев и любителей своего дела, которых почти и в живых не осталось, скользили между столиками, как фокусники, открывая бутылки с шампанским и серебряными половниками разливая по глубоким тарелкам голубовато дымящуюся уху.

— Ах, славно! Люблю это место! — потирая руки, обрадовался Блюмкин.

Людей в черных кожаных куртках было немного, они и смотрелись-то здесь неестественно. Из знаменитых большевиков, которые жили и работали во Втором Доме Советов, спустился поужинать только Николай Иванович Бухарин, а где в это время находились и что ели все остальные, включая Свердлова и Чичерина, так и осталось загадкой. Столик, заказанный Яковом Григорьевичем Блюмкиным, оказался у окна.

— Вот здесь нам никто и не будет мешать, — сказал он. — Садитесь, товарищи.

Они сели, по-прежнему не глядя друг на друга. Лысый, маленького роста, совершенно неуместно похожий на товарища Ленина официант принес меню. Блюмкин деловито прищурился.

— Разговор у нас с вами «сурьезный», — насмешливо сказал он, — так что нужно покушать, сил поднабраться.

У входа послышались шум и пьяные возгласы. Все присутствующие обернулись.

— А, черт их принес! — Блюмкин скрипнул зубами.

Отталкивая официанта, который пробовал удержать его, в ресторанный зал Второго Дома

Советов, обнимая за талию высокую и полную, намного выше его, слегка смущенную женщину, вваливался великий поэт Сергей Есенин, со своими русыми, много раз воспетыми кудрями и ангельски-чистым, хотя и опухшим лицом. Одного взгляда на это лицо хватило, чтобы теперь — через столько лет после того, как Дина первый раз увидела его, выкрикивающего частушки под гармонику, совсем молодого, шального и хитрого, — одного взгляда на это лицо теперь, когда Есенин превратился в стройного, превосходно одетого, с ненужною тростью в руке человека, хватило на то, чтобы сразу заметить, что он погибает, погибнет (и, может быть, даже сегодня погибнет!), но то, что он должен был *выполнить*, он уже *выполнил*, уже зацепил в человеческом сердце какую-то кровоточащую нитку, за что его будут любить и повсюду поставят ему на земле монументы. Если бы Дине Ивановне Форгерер было хоть сколько-нибудь интересно или важно что-то еще, кроме Алексея Валерьяныча Барченко, то в минуту, когда, не отпуская полной талии Айседоры Дункан, Сергей Есенин входил в ресторанный зал, она, с ее взбалмошным сердцем, тотчас угадала бы, отчего Зинаида Райх, похожая телом, осанкой, повадкой на всех уцелевших подводных русалок, вилась, словно пчелка, вокруг «негодяя», как звал его нынешний муж ее, Всеволод. В ангельски-чистом, опухшем лице «негодяя» было почти недоступное людям бескорыстие по отношению к жизни вообще; то бескорыстие, которое прямо говорило, что ему ничего, в сущности, и не нужно, а то, что кажется нужным, то ровным счетом ничего не стоит, поэтому можно хитрить, можно пьянствовать, но лишь для того, чтобы пьяным развратом прикрыть пустоту своего отторжения. Природа этого отторжения, несмотря на то что она одна у всех, испытавших ее, чрезвычайно трудно поддается описанию, и проще всего определить ее как мощное и неотступное понимание того, что в жизни, которую все так старательно и суетливо «прибирают», словно это комната, в которой они поселились навечно, — в этой жизни нельзя дорожить ничем, кроме того единственного, о чем люди все равно или не догадываются вовсе, или догадываются наспех и невпопад. Но то, что это, единственное, существует, пьяный и дикий человек с ангельски-чистым, опухшим от водки лицом угадал почти сразу же и, не имея верных слов, чтобы выразить свою догадку, слова подставлял наугад и случайные, но музыку сразу поймал безошибочно.

— Принесла нелегкая, да еще с танцовщицей! — пробормотал Блюмкин, брезгливо глядя на то, как еле держащегося на ногах поэта усаживают за дальний столик и смущенная иностранка в ярко-красном балахоне, с черным бархатным бантом в волосах поправляет на нем растерзанную одежду и гладит его по золотистому затылку. — Теперь нужно надеяться, что он нас хоть не заметит с пьяных-то глаз!

Между тем похожий на лысого Ленина официант принес водки в запотевшем графине, красного и белого вина в плетеной корзинке, серебряную хлебницу с черным и белым хлебом, хрустальную вазочку с черной икрой, такую же вазочку с красной, янтарное, только что из холодильника, масло, расставил тарелки, придвинул приборы. Блюмкин разлил водку.

— За наши успехи, товарищи! — сказал он и чокнулся с Барченко, вяло приподнявшим свою рюмку над скатертью. — А вы что же, Дина Ивановна?

Дина выпила залпом и сильно побледнела.

— Икорки, икорки! — заторопился Блюмкин. — Здесь знаете какая икорка? Из ваших северных краев, товарищ Барченко! Из Мурмана возят. Отборная!

Барченко не ответил. Официант принес уху, к которой ни Барченко, ни Дина почти не притронулись. Блюмкин подлил еще.

— Поужинаем с вами, дорогие товарищи, — хлопотал и скалился он, — обсудим дела — и по мягким постелькам! Я вам честное слово даю, что всю прошлую ночь не удалось глаз сомкнуть. Работа такая!

— А этот откуда здесь? — вдруг спросил Барченко, показывая на кого-то пальцем.

Дина, уже захмелевшая, обернулась и увидела Мясоедова, который неподалеку от них ужинал с двумя дамами. Мясоедов был так же прекрасно, добротно одет, как все в этом зале, и та же кровавая муха сидела на левом глазу его, тот же пробор делил пополам его черные волосы.

— Славному сотруднику наших доблестных органов товарищу Блюмкину! — Поймав ее взгляд, Мясоедов приподнялся над стулом и высоко вскинул доверху налитую рюмку. — Доблестному первооткрывателю неизвестных земель профессору Алексею Валерьянычу Барченко! — Он быстро выпил и тут же налил еще. — И первой красавице из гимназии контрреволюционеров Алферовых, расстрелянных по законам революционного суда, Дине Зандер!

— Ура! — быстро пискнули дамы и тоже вскочили.

— Садитесь, садитесь! — лениво кивнул им Блюмкин. — Что вы, как куры в курятнике, переполошились?

«Мясоедов следил за ним, а потом остался в Мурмане. И сын Веденяпина тоже остался! Мне нужно спросить у него... — сквозь хмельную пелену подумала Дина. — Спросить... что случилось с Василием... Какой отвратительный сон... Мясоедов...»

— Товарищ Блюмкин, — твердо сказал Барченко, — я что-то неважнецки чувствую себя сегодня. Разрешите мне откланяться.

— Нет, я вам не разрешаю, — нагло отозвался Блюмкин, принимаясь за телячий медальон с жареной картошкой и зеленью. — Боитесь вы этого? — он кивнул в сторону Мясоедова. — Не бойтесь. Пока вы со мной, он ягненок.

— Ну, я ведь и вас тоже очень боюсь, — усмехнулся Барченко.

Блюмкин оскалился:

— А я никого не боюсь. Вот разве что Дины Ивановны. Глаз ее синих...

На сцене появились музыканты, одетые так, как им и подобает, — в черные фраки с бабочками; раскрыли футляры, высвободили свои блистающие инструменты. К роялю сел полный, мучнистый, с глазами навыкате.

— Дорогие товарищи! — сказал он приятным басом. — По случаю болезни Федор Иванович Шаляпин не сможет приехать сегодня. Хотя остается надежда! Через полчаса за ним будет послана машина, и если великий артист почувствует себя в силах, он непременно приедет, чтобы стать украшением нашего вечера! А сейчас, дорогие товарищи, предлагаю вашему вниманию газель Востока, прелестную Тамару Церетели! Похлопаем ей, товарищи!

Чернобровая девочка с неулыбающимся лицом и грустными глазами, одетая в длинное платье, из-под которого видны были ее поношенные черные туфельки, подошла к роялю, кивнула аккомпаниатору и прижала к груди руки:

Мой костер в тумане светит,
Искры гаснут на-а лету.
Ночью нас никто не встретит,
Мы простимся на-а мосту...

Голос был низким, она пела сдержанно и обреченно, как будто в свои очень юные годы уже испытала любовь и потерю.

Кто-то мне судьбу предскажет?
Кто-то завтра, сокол мой,
На груди моей развяжет
Узел, стянутый тобой?

Она допела и, опустив длинные ресницы, ждала аплодисментов. В зале захлопали. Есенин уронил голову на руки и тут же поднял ее.

— Красавица! — выкрикнул он.

Встал, погладил свою танцовщицу по голому плечу и, сильно качаясь, подошел к сцене.

— Красавица! — повторил он и в губы поцеловал Тамару Церетели сухим пьяным ртом. — Давай с тобой эту... — И хрипло, но верно запел: — Гори, гори, моя звезда...

— Звезда любви, — низко и сдержанно подхватила Церетели, — приветная-а-а...

— Ты у меня-я одна заветная, другой не будет никогда-а! — вывели они так слаженно и чисто, как будто давно пели вместе.

На столик товарища Блюмкина поставили фрукты, ликеры и кофе.

— Пока нет Шаляпина, — сказал товарищ Блюмкин, — давайте-ка мы приступим к нашим делам. А то еще один гений приедет, и к черту тогда разговор! Тогда уж и я запою... Налить вам ликерчику, Дина Иванна?

Дина кивнула.

— А дело такое, — продолжал Блюмкин, потягивая ликерчик. — Нужно будет вам, Дина Ивановна, забыть на время ваши сценические успехи и составить товарищу Барченко компанию. Поедете с ним на Тибет.

Ей стало страшно от силы того счастья, которое охватило ее.

— Дине Ивановне лучше остаться в Москве и заниматься своим делом, — резко сказал Барченко. — Она не знает нужных для этой экспедиции языков и не имеет необходимых навыков. Мне требуются квалифицированные помощники!

— Ну, я думаю, что недельки за две вы ее достаточно квалифицируете! — так же резко оборвал его Блюмкин. — А что касается языков, так и я ведь поеду. А я восточные языки знаю. Дина Ивановна нам не в качестве переводчика пригодится.

— В каком же она качестве **нам**, — делая ударение на «нам», спросил Барченко, — пригодится в этой экспедиции?

— А то вы не догадались, профессор? — прищурился Блюмкин. — И тут уж вам Дину Иванну никто не заменит!

— Слушайте, вы! — Барченко перегнулся через стол. Чашка задрожала в его руке, и половина ее выплеснулась на скатерть. — Я вам не позволю!

— А вы что-то осмелели, товарищ Барченко, — видимо, сдерживаясь, но с глазами, сузившимися и налившимися кровью, выдохнул Блюмкин. — Что это вы вскочили, как конек-горбунок? Забыли, что вы еле держитесь, а? Ведь нам заменить вас... — Он замолчал, шумно дыша сквозь стиснутые зубы. — И вы это знаете!

— Я знаю, — ответил Барченко.

Дина посмотрела в сторону Мясоедова и увидела, что он отложил еду и прислушивается.

— Ну а если знаете, — уже спокойнее спросил Блюмкин, — чего на рожон-то полезли? Поедете с женщиной, вам только лучше.

— Дина Ивановна Форгерер — не моя женщина, она замужем и должна жить там, где живет ее муж.

Дина Ивановна Форгерер сидела неподвижно, опустив глаза и прижав руку к горлу.

— Водички со льдом? — подскочил лысый официант.

Она покачала головой.

— Оставьте, профессор! — скривился товарищ Блюмкин. — А то мы не знаем... А то мы не следили за вами и вашим родственником и не знаем, какими вы там делами занимались... Оккультисты! А сколько девочек вам помогали? Хотите, я вам расскажу, какие именно гипнотические приемы вы применяли? И Дина Ивановна не исключение!

Лицо Барченко сделалось страшным. Он открыл рот и несколько секунд хватал воздух этим широко раскрытым, огромным и дрожащим ртом.

— Да хватит вам, здесь не театр! — махнул рукой Блюмкин.

— Отпустите меня, — пробормотал Барченко.

— Я оставляю вас вдвоем, товарищи. — Блюмкин встал. — За ужин заплачено. Экспедиция намечена на конец июля. Все инструкции, товарищ Барченко, вы получите прямо в кабинете товарища Дзержинского. Приятных сновидений!

— Не уходи-и! Побудь со мно-о-о-ю-у! Я так давно тебя люблю-у-у! — страстно и умоляюще пела грузинская девочка в длинном платье. — Тебя я лаской огнево-о-ою и утолю, и опьяню-у-у...

— Вам нужно немедленно, — сказал Барченко Дине Ивановне Форгерер, — вам нужно немедленно вернуться домой.

Она оторвала руку от горла. На шее остались красные следы пальцев.

— Я никуда не пойду, — прошептала она. — Если ты прогонишь меня, я...

Барченко поморщился.

— Дина Ивановна, сейчас не время... Вы не понимаете, что происходит... Вы совсем не понимаете...

— Тогда объясни! Ведь я все открыла... Я все рассказала. И ты мне скажи!

— Не нужно было тебе столько пить! — с досадой пробормотал Барченко. — Он напоил тебя, мерзавец!

— Никто меня не напоил! — передернулась она. — Прогонишь — пойду утоплюсь!

И боком, неловко сползла вдруг со стула и рухнула перед ним на колени.

— С ума ты сошла! — Он крепко подхватил ее под мышками, поднял и с силой посадил обратно.

Все в зале перестали есть, многие от любопытства вскочили. Одна Тамара Церетели продолжала петь, как будто ее ничего не касалось.

— Я правду тебе говорю, — Дина подняла голову и прямо в глаза ему посмотрела своими мокрыми глазами. — А что мне тогда остается?

— Пойдем! — проскрежетал он. — Вставай!

Она сверкнула какой-то дикой, восторженной улыбкой из-под готовых слез и встала с готовностью. Барченко продел ее руку под свой локоть, и, облепленные взглядами, они пошли к выходу. В дверях он пропустил ее вперед, и Дина едва не столкнулась с Шаляпиным, который в расстегнутом пальто и шелковом белом шарфе, с рассерженной миной, входил в ресторан. На бледном и толстом лице его выразилось сильное изумление.

— Как? Вы?

— Не сейчас, не сейчас, Федор Иваныч, — скороговоркой пролепетала она. — Сейчас ни секунды нет времени!

И тут же опять уцепилась за Барченко. У лифта их перехватил Мясоедов.

— Алексей Валерьяныч! — внушительно произнес он. — Вы только не делайте глупостей.

— Подите к черту! — рявкнул Барченко. — Прочь, я сказал!

— Не очень-то вы...

Барченко и Дина вошли в лифт. Тощий мальчик в фирменной фуражке с красным околышком нажал на кнопку. У двери квартиры сидел, как всегда, человек. Барченко прошел мимо, как будто не замечая его. На письменном столе и в открытом бельевом шкафу все было перевернуто, пол в спальне усыпан бумагами.

— Опять! — с отвращением пробормотал он. — Ведь так я и знал!

Дине хотелось лечь, накрыть голову подушкой. Но еще больше ей хотелось снова встать на колени и прижаться лицом к его ногам. Она вспомнила, что муж, Николай Михайлович, часто становился перед ней на колени, и это почему-то вызывало отвращение. Барченко собирал с пола разбросанные бумаги и не обращал на нее внимания.

— Постой, я тебе помогу! — Прыгающими пальцами она принялась помогать ему.

— Не нужно, — сказал он. — Оставь все как есть.

Прошел в спальню и лег на развороченную, засыпанную папиросным пеплом кровать. Она робко посмотрела на него.

— Иди ко мне, — вздохнул он. — Ложись.

Она принялась расстегивать пуговицы на платье, но Барченко остановил ее:

— Не нужно. Ложись, я сказал.

Она осторожно легла.

— Горячая ты, как костер. «Мой костер в тума-а-не светит...»

Дина Ивановна почувствовала, что проваливается и летит так, как это бывает во сне, когда падение становится блаженством, от которого замирает душа и, не наталкиваясь на сопротивление страха, старается только как можно полнее черпнуть этой радостной легкости. Перед ее закрытыми глазами мелькали искры, и каждое их прикосновение к телу причиняло легкую боль, но даже и боль была частью блаженства.

...За окном, только что ночным и темным, уже проплывали все смены оттенков, что часто бывает весной. Капризная эта пора, как художник, выдавливающий из своего тюбика то одну, то другую краску, желая добиться особенной точности, меняет вдруг серое на голубое, потом голубое обратно на серое, а то вдруг, размывши все нежные краски, оставит одну белизну. Значит, она спала долго, всю ночь проспала, и он лежал рядом, обнимая ее. Она и проснулась внутри его рук, дыша его запахом. Проснувшись, сейчас же раскрыла горячие губы и ими прижалась к его подбородку.

— Давай разговаривать, — прошептал Барченко и отодвинулся от нее. — Ты способна к разговору?

Она утвердительно промычала.

— Я мог бы с того начать, что принес тебе несчастье, и ничего, кроме несчастья, — медленно и раздельно заговорил он, — но это не так. Суженого на коне не объедешь. Твой этот скоморох, Форгерер, все равно доконал бы тебя своей скоморошьей любовью. И ты бы его вскоре бросила, поскольку безжалостна. Не перебивай! — Барченко повысил голос, хотя Дина Ивановна не собиралась ни перебивать, ни тем более возражать ему. — По рукам бы ты не пошла: страстей в тебе много, но много брезгливости. И, может быть, даже брезгливости больше.

Дина Ивановна молчала так, как будто во всем соглашается с ним.

— Это наш с тобой последний разговор. Утром ты уйдешь отсюда, и мы никогда ни к чему... — Он тяжело вздохнул. — И мы никогда *ни к чему* не вернемся. В утешение твоего самолюбия признаю, что я и не представлял себе, что могу попасться в руки женщины, не говорю уж: полюбить. Но это случилось, к несчастью. Да, это случилось. — Он сердито и вопросительно посмотрел на нее. — Ты слышишь меня?

Она попробовала спрятать лицо на его груди, но он отодвинулся еще дальше.

— Ты слушай хотя бы! Ведь выспалась, трезвая...

И вдруг замолчал, тоскливо посмотрел в сторону, на розовое пятно света, загоревшееся внутри темной поверхности обоев и напоминающее чье-то курносое деревенское лицо с едва очерченными, как это бывает у деревенских людей, чертами.

— Не важно, что ты подписала... — Он поморщился. — Они — существа. Вернее сказать, механизмы. Их всех заразили одною заразой. Не только у нас, а везде. Зараза известная. То это была инквизиция, то французская революция, теперь русская. Но с ними бороться бессмысленно! Пока они крови живой не напьются, они не отвалятся. Я думал: взломаю! А видишь? Не вышло...

— Что значит: взломаю?

— Да весь этот их механизм взломаю! Ключи подберу... Ты думаешь, я очень смелый? Не думай. Я трус от природы и очень боялся. Я боялся, когда они начали прикармливать меня, боялся, когда мне открыли лабораторию, боялся, что они схватят меня за руку и скажут: «Подать сюда Ляпкина-Тяпкина!» Из них — половина больных, остальные — мерзавцы. Не знаю, кто хуже. — Он замолчал и криво усмехнулся. — Поверила, да? Опять ведь соврал. «Боялся»... Да если бы только боялся! Я влез по макушку в дерьмо! Теперь мы друг друга... по запаху... Знаешь? У нас с ними запах-то общий... Вот штука!

— Алеша, не надо. — Дина положила руку на горло, как тогда, в ресторане.

— Ты вспомни меня год назад, — продолжал он. — Вернее, не год — полтора. Каким я тогда был? Уверенным, помнишь? «Машину к подъезду! Гони на Лубянку!» Так чем же я лучше? Я сам — механизм. Кого ты во мне полюбила? Я думал, что все рассчитал. Лишь бы вырваться! Уеду на Север, и там не найдут. Исчезну, и всё. А мне — Мясоедова вместо консервов! «Вот вам наш проверенный старый сотрудник! Любите и жалуйте!» Всё! Песня спета. Уж этот бы сразу прикончил, ручаюсь. Пришлось мне вернуться. В поезде ехал, трясся. Только о том и думал, как с меня кожу будут сдирать, с живого. А тут новый ребус: живите, дышите, но мы вам — конвой у дверей, а в спальню вам — Дину Иванну! — Он блеснул набухшими глазами. — Ведь я же просил: уезжай, пока можно! Зачем ты осталась? Романс не допела?

Дина всхлипнула и хотела возразить, но он перебил ее:

— Прости. Я тебе это уже сто раз говорил. Никак не могу успокоиться. Осталась — так, значит, осталась. Не слушай меня. По гроб жизни тебе обязан и за любовь твою, и за то, что сразу правду сказала. И вышло, что ты-то сильнее меня, честнее, во всяком уж случае. Но даже и это напрасно, ненужно.

Барченко потер лоб.

— Теперь ты куда? — пробормотала Дина. — Теперь на Тибет?

— Честнее, — не отвечая на ее вопрос, повторил он. — Я тебя истерзал, бедную. Если ты даже из этой мясорубки живой выберешься, ведь ты все равно пропадешь. Сопьешься, к примеру. Бедовая больно. И слишком красива. А клоун твой этот... Его самого на коляске катать!

— Не надо о нем! — вспыхнула она, глядя на Барченко исподлобья.

— Не хочешь? Не буду... Ты очень бедовая, Дина. Тебе бы циркачкой! Ходить по канату... А как остальные ты просто не сможешь. Ты это-то хоть поняла?

— С тобой все смогу, — прошептала она.

— Со мной... Таких непослушных, как ты, убивают. — Он засмеялся через силу. — Тебя на Востоке давно бы убили и были бы правы...

— Но ты ведь меня не прогонишь?

Исподлобья, выгнув шею так, чтобы ни одно движение его лица не ускользнуло от нее, она смотрела на него ровно и светло сияющими глазами. Ни страха, ни обиды не было в этих глазах. Она словно бы успокоилась от того, что впервые за все эти месяцы он вновь был так близко и вновь говорил с ней. Барченко не выдержал и, схватив ее за плечи обеими руками, встряхнул:

— Дина-а-а! Я ухожу один! Совсем ухожу, ты меня поняла?

— Куда ты уходишь? А как же Тибет? — кротко спросила она. — Нет, я с тобой вместе поеду. Алеша...

Он привлек ее к себе и, не целуя, прижался губами к ее горячему лбу.

— Нам некуда ехать. Ни вместе, ни порознь.

Она высвободилась из его рук. Красные пятна горели на ее лице и шее, как будто бы кто-то ее искусал.

— Я перед тобой всегда как девочка была. Ты меня приучал, обучал, опыты на мне всякие ставил. Правильно Блюмкин сказал... Но ты самого главного не заметил: ни ты без меня жить не сможешь, ни я без тебя не смогу. — Слезы выступили на ее глазах. — Я знаю, что ты очень умный, великий... Ты маг, ты волшебник... Еще кто? Профессор, известный ученый. Философ, наверное? Ты же философ? А я кто? Ну, кто я? Плохая артистка! Да, очень плохая, без образованья. К тому же и замужем... Муж мой вернулся... Но только никто... Никогда! Ты запомни! Смотри мне в глаза и запомни, Алеша! Любить тебя так... Даже наполовину! Никто никогда не посмеет, не сможет!

— Я от тебя три месяца прятался, — криво усмехнулся он. — Ты этого не поняла?

— Почему? — Дина стиснула зубы, чтобы не

разрыдаться, и потом осторожными маленькими порциями перевела дыхание. — Чего не понятно? Все очень понятно. Вот к нам постучат сейчас, что будем делать?

И вдруг просияла сквозь слезы.

— Как ты тогда цыкнул-то на Мясоедова? «Идите вы к черту!» Вот так и мы цыкнем: «Идите вы к черту! Мы вас не боимся!»

Судя по тому, как разглаживалось и смягчалось его лицо, какая-то отрадная и всё разрешившая мысль пришла в голову Алексея Валерьяныча. Он опять привлек к себе Дину Ивановну, истерически, но от души смеявшуюся, и быстро покрыл поцелуями ее лоб, брови, глаза.

— Уедем, и нас не найдут! — задыхалась она, ловя своим ртом его губы. — Уедем, сбежим там к индийцам, ведь правда? Они нас пускай здесь и ищут! Пускай всю Москву разворотят! Весь Кремль по кирпичикам! А мы с тобой... — Она задыхалась от смеха и рыданий. — А нас с тобой — нет! Коляску открыли, содрали все тряпки, а — где мы? Нас нету! Вот вам и цыпленок! Хоть жарьте, хоть парьте! Нас нету!

Он молча, нежно целовал ее.

— А ты во мне не сомневайся! — продолжала она. — Меня не заставят. Повешусь, сопьюсь, но меня не заставят! И я за тобой — на край света, Алеша! Ты мне прикажи! — И всплеснула руками: — Ведь наша-то песня — другая! Другая!

Она просияла счастливой улыбкой:

Кто-то мне судьбу предскажет?
Но никто, хороший мой,
Мне на сердце не-е-е развяжет
Узел, стянутый тобой!

Барченко обнял ее еще крепче и отпустил.

— Сейчас тебе нужно уйти, — сказал он. — Они там тревожатся дома, наверное.

— Да что мне они! — отмахнулась она. — Ты гипнотизер! С вами, с гип-но-ти-з-зе-ра-ми... — Она еле выговорила это слово от вновь нахлынувшего на нее смеха. — С гип-но-зи-те-ра-ми, так? С вами разве кто справится? Возьмете и запно-зи-ти-ру-е-те!

Барченко смотрел и не узнавал ее. Она преображалась на глазах, превращалась в подростка, похожего на птицу, которая с помощью одной, только что выбранной ею мелодии проверяет всю окружающую ее вселенную, и эта вселенная ясно, приветливо вбирает в себя ее радостный голос и ей отвечает такою же радостью:

— Они не найдут нас! Они не найдут!

Через несколько минут, по-прежнему сияющая, с золотыми, словно бы и они только что расцвели, как огромные тропические цветы под залившим их рассветным солнцем, волосами, небрежно запрятанными под шляпу, из-под которой эти золотые узлы их вываливались, наподобие готовых раскрыться бутонов, Дина Ивановна Форгерер стояла у двери, и Алексей Валерьянович Барченко тяжелой рукой поправлял на ней

307

шарфик, поглаживал хрупкое острое плечико, смотря на сияние это со страхом.

— Так мы с тобой прямо отсюда уедем? — прошептала она, быстро целуя его в губы и тонкими пальцами правой руки готовясь повернуть щеколду. — Вернусь к тебе вечером, часиков в восемь. С собой-то что взять?

— Да это неважно, — пробормотал он. — Мы все потом купим. Иди, моя радость...

— Ну, ладно, до вечера! — прошептала она, открывая дверь.

В коридоре было пусто. Человек, дремавший на своем стуле у двери профессора Барченко, открыл осоловевшие глаза. Она усмехнулась в лицо ему странной, загадочной, как у Джоконды, улыбкой и побежала в сторону лифта.

В десять часов утра, когда свежее весеннее утро наполнилось простуженными голосами беспризорников и звоном омытых росою трамваев, в кабинете товарища Блюмкина на Лубянке сидел всю ночь не спавший Алексей Валерьянович Барченко и на вопросы Якова Григорьевича угрюмо мотал головой.

— Вы провалились, профессор, — равнодушно говорил товарищ Блюмкин, который тоже давно бы свалился от усталости, если бы не сила ярко блистающей пыльцы на его смуглой ладони. — Мы ждали, мы очень надеялись...

Он осторожно втянул ноздрями рассыпающуюся пыльцу. Небритые щеки вдруг порозовели.

— Мы славно вчера вас почистили, славно! — И хлопнул по туго набитому портфелю. — Теперь вы нам и ни к чему. Проваливайте подобру-поздорову!

Барченко недоверчиво взглянул на него:

— Неужто отпустите?

— Слово даю! — быстро сказал Блюмкин и оскалился, как вечером в ресторане. — Зачем вы нужны нам? Одни с вами хлопоты! — Он подбежал к двери и высунул голову: — Зовите сюда Александра Васильича!

Через минуту в кабинет вошел седой, стриженный ежиком, в круглых очках, немного мешковатый, нисколько не похожий на Алексея Валерьяновича человек. Барченко прикрыл глаза ладонью.

— А что закрываться, профессор? Кузен ведь, не дядя чужой из трактира! — удивился Блюмкин. — Мы вас давно предупреждали: будете морочить голову, мы вас в одночасье заменим. Ведь есть на кого заменить! Вы же его сами всему научили! Конечно, Александр Васильевич — не вам чета, вы гений, от ваших, так сказать, прозрений волосы дыбом подымаются... Но с вами трудно работать, вы ведь всех презираете, Алексей Валерьяныч. А родственник ваш не капризный. — Блюмкин говорил так, словно вошедший был глухим. — Вы нам очень напортили своим характером, мы кучу времени потеряли. Теперь у вас, Александр Васильевич, — обратился он к стриженому, в круглых очках, — одна задача: разобраться в изъятых у вашего брата манускриптах, понять там последнюю букву. А то, пока мы с вами лясы точили, немцы да англичане уже, может быть, и овладели секретами бессмертия! Того гляди, и Шамбалу откопают... Прощайте, мечты и надежды!

Черные глаза его с веселым сумасшествием запрыгали по комнате.

— А помните, как написал мой поэт? Не помните? Э-эх, как написано!

И всем, кто дерзает, кто хочет, кто ищет,
Кому опостылели страны отцов,
Кто дерзко хохочет, насмешливо свищет,
Внимая заветам седых мудрецов!

Как странно, как сладко входить в ваши грезы,
Заветные ваши шептать имена
И вдруг догадаться, какие наркозы
Когда-то рождала для вас глубина!

И кажется — в мире, как прежде, есть страны,
Куда не ступала людская нога,
Где в солнечных рощах живут великаны
И светят в прозрачной воде жемчуга.

С деревьев стекают душистые смолы,
Узорные листья лепечут: «Скорей,
Здесь реют червонного золота пчелы,
Здесь розы краснее, чем пурпур царей!»

И карлики с птицами спорят за гнезда,
И нежен у девушек профиль лица...
Как будто не все пересчитаны звезды,
Как будто наш мир не открыт до конца![1]

---

[1] Отрывок из стихотворения Н. Гумилева «Капитаны».

Блюмкин перевел дыхание. Прошло не больше минуты, и вскоре он опять заговорил, но уже другим, спокойным и раздраженным голосом:

— Гражданин Барченко, Алексей Валерьяныч! С сегодняшнего дня вы поживете здесь у нас, на Лубянке. Не бойтесь. Пока что мы вас ни пытать, ни расстреливать не собираемся. Вам нужно еще поработать как следует... Товарищ Барченко, Александр Васильевич! Ваша квартира приготовлена и ждет вас. В целях безопасности к вам по личному распоряжению товарища Дзержинского будет приставлена охрана. Ну что? Все понятно?

Лицо его поскучнело и затуманилось.

— Уведите гражданина Барченко, Алексея Валерьяныча! — сказал он, подняв телефонную трубку.

Дина Ивановна Форгерер бродила по улицам. Безмятежный покой царил в ее душе. На улице было тепло, словно летом. Она не замечала ни серых прохожих, ни давки в прозвеневшем мимо трамвае, ни очереди за хлебом, тянущейся вдоль обшарпанных домов. Неизвестно почему Дина Ивановна все время поднимала голову и с умилением смотрела в небо, на котором то рисовались блеклые акварельные цветы, то мягко стелились прозрачные полосы, но цвет оставался спокойным и чистым. На Знаменке, недавно переименованной в Краснознаменную улицу, в церкви Святого Николая Чудотворца только что началась утренняя служба. Дина надвинула шляпу пониже на лоб и проскользнула в приоткрытые двери. Народу было немного, в основном женщины и старики. Дина Ивановна смотрела на иконы, подолгу останавливая зрачки на скорбном лице Богоматери, и тихо глотала соленые слезы. Она почти не слышала того, что произносил священник, но быстро и мелко крестилась.

И вдруг всю ее обожгло.

Святый Ангеле, предстояй окаянной моей души и страстной моей жизни, не остави мене грешного...

«Что? Что такое? — подумала она, широко раскрывая глаза. — Что это он говорит? Моей окаянной души и моей страстной жизни? Ведь он обо мне говорит! Откуда он знает все это?»

Не остави мене грешного, ниже отступи от мене за невоздержание мое. Не даждь места лукавому демону обладати мною, насильством смертного сего телесе, укрепи бедствующую и худую мою руку и настави мя на путь спасения.

Лица священника она не видела, только худые стариковские плечи с нависающими над ними редкими голубоватыми прядями. Вид этих старых плеч вдруг странно подействовал на нее: ей стало смертельно, до дрожи во всем ее теле, жаль и этого старика, который, наверное, скоро умрет, и этих собравшихся в церкви людей, и даже того золотистого света, который мерцал в полутьме. Поскольку и он был живым, оголенным, и он трепетал, и молился со всеми.

*Ей, святый Ангеле Божий, хранителю и по-
кровителю окаянныя моея души и тела, вся мне
прости, еликими тя оскорбив во вся дни живота
моего. И аще что согреших в прошедшую нощь
сию, покрый мя в настоящий день...*

«Да! — с восторженным ужасом думала она и
двигала губами, стараясь поспеть за этими прежде никогда не слышанными ею словами. — Да, Он
все знает обо мне! У меня окаянная душа и ока-
янное тело, и Он знает, что я согрешила сегодня
ночью, но Он прощает меня, потому что...»

У нее перехватило горло от рыданий, и выва-
лившейся из-под шляпы прядью она принялась
вытирать глаза.

*Покрый мя в настоящий день, и сохрани мя
от всякого искушения противного, да ни в коем
гресе прогневаю Бога и молися за мя ко Господу.
Да утвердит мя в страсе Своем, и достойна по-
кажет мя раба Своея благодати...*

«Я здесь хуже всех! — сверкнуло у нее в голове. — На мне одни грехи, я никого не любила,
кроме него! И я никого не жалела! И Бог мне послал испытания! Нет, если бы только мне... Он
всем нам послал испытания только за то, что я
нагрешила и я виновата! Я буду просить Господа,
чтобы Он простил меня, чтобы Он не карал за
меня никого из них! Ни Тату, ни Алексея Валерьяновича, ни няню, ни Алису! Ни всю нашу бедную
эту семью! И маму! И маму пускай не карает!
Я хуже ее, я намного всех хуже! Но я все исправ-
лю! Сейчас побегу к ним и все расскажу! И Коле

скажу, что ему только лучше, когда он один, без меня, ему лучше...»

Вся мокрая от слез, с опухшим и красным лицом, она еще раз перекрестилась и быстро вышла из церкви, но почему-то побежала не в сторону Арбата, чтобы попасть домой, а к Каменному мосту, который особенно ослепительно сверкал на солнце. Пахнущая свежестью, еще сонная, но уже полностью освободившаяся ото льда река почти не двигалась, и в ней, в звуке ее еле слышного пошлепывающего прикосновения к камню, была какая-то успокаивающая простота. Река эта словно бы понимала то, чего не понимали и никогда не смогли бы понять попавшие на мост люди, которые и не смотрели на нее, поглощенные своими делами и заботами.

Дина Ивановна Форгерер свесилась через перила. Голова у нее слегка закружилась.

— Зачем это я прибежала сюда? — глядя на сонную и величавую воду, спросила она себя. — Ведь я торопилась домой!

Она подставила лицо солнцу, и вдруг в золотой тишине услышала низкий и сдержанный голос:

> Ночью нас никто не-е встретит,
> Мы простимся на-а-а мосту...

Содержание

Литературно-художественное издание

ВЫСОКИЙ СТИЛЬ. ПРОЗА И. МУРАВЬЕВОЙ

Муравьева Ирина

МЫ ПРОСТИМСЯ НА МОСТУ

Ответственный редактор *О. Аминова*
Литературный редактор *В. Хорос*
Выпускающий редактор *А. Дадаева*
Художественный редактор *А. Стариков*
Технический редактор *М. Печковская*
Компьютерная верстка *Г. Павлова*
Корректор *Г. Титова*

ООО «Издательство «Эксмо»
127299, Москва, ул. Клары Цеткин, д. 18/5. Тел. 411-68-86, 956-39-21.
Home page: **www.eksmo.ru**   E-mail: **info@eksmo.ru**

Өндіруші: «ЭКСМО» АКБ Баспасы, 127299, Мәскеу, Клара Цеткин көшесі, 18/5 үй.
Тел. 8 (495) 411-68-86, 8 (495) 956-39-21.
Home page: www.eksmo.ru . E-mail: info@eksmo.ru.
Қазақстан Республикасындағы Өкілдігі: «РДЦ-Алматы» ЖШС, Алматы қаласы,
Домбровский көшесі, 3«а», Б литері, 1 кеңсе. Тел.: 8(727) 2 51 59 89,90,91,92,
факс: 8 (727) 251 58 12 ішкі 107; E-mail: RDC-Almaty@eksmo.kz
Қазақстан Республикасының аумағында өнімдер бойынша шағымды Қазақстан
Республикасындағы Өкілдігі қабылдайды: «РДЦ-Алматы» ЖШС,
Алматы қаласы, Домбровский көшесі, 3«а», Б литері, 1 кеңсе.
Өнімдердің жарамдылық мерзімі шектелмеген.

Сведения о подтверждении соответствия издания согласно
законодательству РФ о техническом регулировании можно получить
по адресу: http://eksmo.ru/certification/

Подписано в печать 27.02.2013. Формат 70x108$^{1}/_{32}$.
Гарнитура «Таймс». Печать офсетная. Усл. печ. л. 14,0.
Тираж 3 000 экз. Заказ № 1541

Отпечатано с готовых файлов заказчика
в ОАО «Первая Образцовая типография»,
филиал «УЛЬЯНОВСКИЙ ДОМ ПЕЧАТИ»
432980, г. Ульяновск, ул. Гончарова, 14

ISBN 978-5-699-62501-7

Изысканно. Увлекательно. Необыкновенно!

Анна Берсенева
«Рената Флори»

Изменить свою жизнь… Выбраться из кокона однообразных дел и мыслей…
И найти целый мир!
Это история Ренаты Флори, удивительной женщины, которая поначалу, как
многие, считала себя обычной.

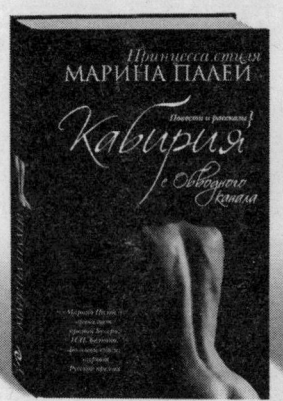